# CONTENTS

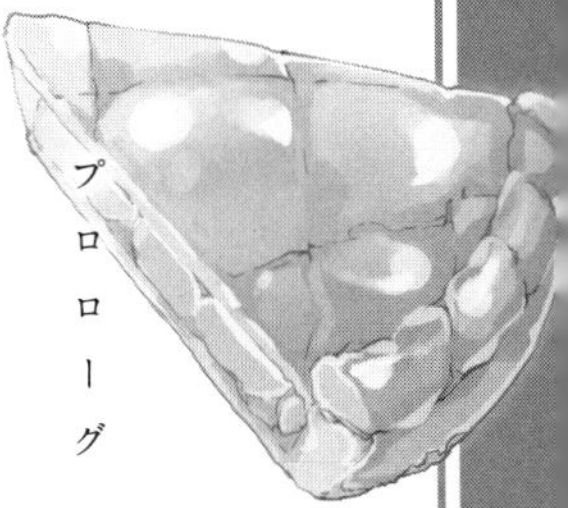

5
Presented by
馬のこえが聞こえる
illustration
コウキ。
悪役のご令息の
Akuyaku no Goreisoku no Dounikashitai Nichijyo
どうにかしたい日常

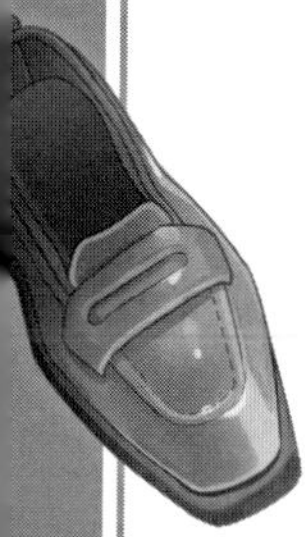

プロローグ

# 14歳の僕です

こんにちは。14歳の僕です。

ゲーム『アスカロン帝国戦記』で悪役として、勇者と激しく戦うかっこよくて、強くておしゃれな貴族、トリアイナ公爵家三男の僕です！　……虚偽！　ほんとは激よわ中ボスだよ。あと、前世はふつうの高校生だったから、たいしたアレもない貴族の末っ子が真の姿である。

ゲームの世界に転生した僕は、6歳のときに前世を思い出して、結果、悪役っていうお役目いただいてたっていうね。運命ってざんこく。勇者にボコボコにされる役だけど、できれば全力でお断りしたくて、でもフラグがね、どうやって倒せばいいかわかんないの。だからとにかくよい子になろうと、日々がんばってる。これがなかなかむずかしくて、ときどき深淵《しんえん》を見つめているよ。

勇者のあっくんとはお友だちになれたんだけど、あっくんってさ、悪になったらお友だちでも容赦なさそうなんだよね……トドメささなくても、泣きながらボコボコにはしてくる。お友だちゆえに。

ゲームで僕が登場するのは15歳のとき。まだ猶予があるから、うっかりしたらコロコロコロ一って悪役になっちゃいそうな時間なんだ。不安、ぬぐえず。なので、引きつづきよい子でいれるように過ごしてます。

晴れたお空のもと、広い厩舎《きゅうしゃ》に僕の高笑いが響く。

「んはっはっはっはー！　もう逃げられないぞ！」

公爵家三男で14歳になった僕の魔法は、いい感じに進化しているのだ！　半分くらいの確率であたる！

僕は魔力をねりねりってして、ポンッ。

「んふふふふ、あたったねー！　……うんうん、グッスリ。じゃあこっち来ようね」

干し草の上でコロンて寝てるちいさい小鳥を両手ですくい上げる。起きないようにそうっとしたら、すごく軽くて、

「ふわふわ」

小鳥は頭のてっぺんが黄色くて体は白黒。クリザンテムトップっていう鳥さんで、魔力は……うむ、うすい緑！

僕は鳥さんが起きないようにソロソロ〜ッて歩いて、厩舎から出た。ちょっと歩いてお屋敷内でも木が多いところに寝かせる。

「鳥さん、起きましょーね」

僕がかけた睡眠魔法《スリープ》を解いてあげると、パチッて目を開けた鳥さんがちょん、ちょん、って跳ねたあとべべべベッて飛んでっちゃった。

「……野生！」

まったくなつかず！

野生らしい動きにうむうむして厩舎に戻ると、毛づくろいの途中だった馬たちがブヒッてしてきた。五頭ともその場にずっといたみたいでよい子！

「お待たせぇ。鳥さん出れなくなってたからお外にご案内してきたよ。待っててくれておりこうだね」

「ブヒン！　ブヒヒ！」

「んふふっなでなで好き？」

「ブヒ」

「わかる～」

馬たちがお鼻をペソッてくっつけて、最後の馬の毛づくろいを応援してくれる。

地面に落としちゃってたブラシをとって、撫《な》でられる気まんまんの馬の体をしっかり梳《と》かす。気持ちぃみたいでしっぽがゆらゆらしてる。よいしょ、よいしょって梳かすけど、僕より背が大きいからちゃんとできてるかな。

馬は可愛《かわい》い。大好き。

悪役貴族候補の僕はドえらい貴族の子なもので、あんまりお外には出れなかった。おうちの中でよい子になるため気合いいれて暮らしてたら、動物やお花って癒やしだなって気づいたんだ。もともと好きだったけど、うちの馬、とても可愛い。ほんとは馬のお世話は使用人のお仕事で、でもお父様たちにお願いして、お世話させてもらえることになったのだ。んふふ、癒やしの時間だ。

「お背中とどいてますか？」

「ふふ、熱心だな」

話しかけながらやってたら、後ろから声がして振り返るとステファンお兄様がいた！

「んあ！　ステファンお兄様っおかえりなさい！　……びゃう！」

「ははっ嫉妬したのだな、本当に賢い馬だ」

ステファンお兄様に駆け寄ろうとしたら、頭をシャモ！　って毛づくろいしてた馬に食べられた。うぐぅ……髪の毛ジュブジュブにされちゃうぅぅ。

僕はよい子だねって言ったりほかの馬にも助けを求めたりして、やっと離してもらえた。厩舎から出ていく馬たち。ポコポコ優雅にみんなでお散歩しに行くみたい。馬番があとからゆったりついていったから安心だね。

ほっとしたらステファンお兄様が清浄魔法《クリーン》をかけてくれて、サラサラになった頭も撫でてくれた。

「フラン、背が伸びたか」

「おぐぅっ、伸びてないです……」

「そうか」

そうなんです。一週間くらいじゃ、僕の背は伸びないんです。

お友だちのハーツくんとか背が高くなって、成長ツーとかいうのでお膝痛いってしょんぼりしてたけど、僕、お膝痛くなさすぎて全力でジャンプできるもんね。学校でも同じ年の子と比べると小さいほうだし。

ランチに呼びに来てくれたステファンお兄様と、おうちに向かって歩く。うーん、僕の頭がステファンお兄様のお胸……にギリですな！

「ステファンお兄様はまた大きくなりましたか？」

「ふふっ、さすがにもう背は伸びないな。だが筋肉はついたぞ、ほら」

ヒョイッて抱っこされた。

「わっ、んふふふ！　ステファンお兄様っ大きい！　はわー！　お空が近いですっ」

「フラン、やはり少し背が伸びたのではないか」

「ほんとですかっ」

嬉《うれ》しい！　今日からミルク多めに飲もっ！

むふんって鼻息を出してると、抱っこしてくれたステファンお兄様が僕のお背中をとんとんしてくれる。

「ステファンお兄様、僕もうコドモじゃないですよ」

「そうか？」

「むむ……あっ！」

ははーん。僕はピンときました。

ステファンお兄様、さみしいんですね！

ステファンお兄様はアラベルおねえ様と結婚してグレンって子がいるんだけど、春だしお花を見に行くって今は別荘に行っちゃってるんだ。

お仕事して帰ってきたステファンお兄様に、グレンの代わりにおつかれさまのちゅう！

「っふふ、ありがとう」

ステファンお兄様が笑いながら僕をぎゅーっとし直しておでこにキスしてくれた。大人になったステファンお兄様はすごく強いから、僕を抱っこしたまま前屈《かが》みになってお顔中にチュッチュしてくる！

「んひゅふふふ！　くすぐったいですっ」

ブベブベブベッて暴れておろしてもらう。

「ステファンお兄様っおうちまで競走しましょー！」

「よし、行くぞ！」

「んあぁあ⁉　はやいっ！」

よーいドンしてないのにステファンお兄様が走りだして、僕も慌てて追いかける！

えええええっすごい速いぃ！

「どうしたフラン！　追い越せないぞ！」

「んぅううう！」

振り向いて後ろ向きで走るステファンお兄様。よ、よゆう……！

「にゅぅううううう！」

下を向いて一生懸命まえに走ることだけするっ！　もう少しでおうちの玄関……！

「んー！　んぎァ⁉」

あとちょっとっていうとこでステファンお兄様にヒョイってされて、玄関の階段にストンと置かれた。

「同時でしたね」

「セブランお兄様っ！」

「ふふ、セブラン。ただいま連れ帰ったぞ」

「おつかれさまでした、ステファン兄様」

玄関で待っててくれたセブランお兄様も、ステファンお兄様のほっぺにチュウして、僕にも屈んでお帰りのキスしてくれた。

「さぁ、みんなでランチにしよう」

第1章 悪役以来の真剣なお悩み

Akuyaku no Goreisoku no Dounikashitai Nichijo

## †学校に行ってます！

パッて目を開けたら朝。おはようございます！

僕は自分でカーテンを開けて、お天気を確認。うんうん、晴れそうだね！ 僕は大切にしてるぬいぐるみのオオカミさんとケルピーを、日のあたるところに連れていく。ぬいぐるみの日干しは定期的にするのが、長持ちの秘訣と思ってる。いい感じの場所に置いたところで、扉がノックされた。

「ぼっちゃま、おはようございます」

「おはようキティ！ 外、晴れてるからイエミツしまわなくちゃ」

「かしこまりました。まずは洗顔とお着替えを」

「はーい」

キティに渡してもらった布でお顔を拭いて、おとなりの部屋でメイドに服を着替えさせてもらう。ステファンお兄様からいただいたボタンはブローチの金具を変えながら使ってる。それは自分でお胸につけて、ベルトにはゼツエーをぶら下げた。鏡を見たらゼツエーがいい感じ。

「うむ、カンペキ！」

僕って貴族だから下町に行くとちょっと距離置かれちゃうんだよね。オーラ出ちゃってるのかな。大貴族オーラ。

そこでおじい様が作ってくれたこの木彫りは、下町の子たちとお話しするきっかけになる優秀な馬なのだ。なんてったってゼツエーかっこいいからね！

「……あっイエミツ！」

「こちらでございます」

キティが部屋からお庭に繋《つな》がる大窓を開けてくれたから、急いで外に出る。イエミツは僕が子供のときに買ったヒカリゴケがくっついた犬の置き物。だいぶ大きくなって、今じゃ犬ってわからないくらいモサモサになっちゃった。

お庭のど真ん中に置いてたイエミツを下のお皿ごと回収して、部屋に戻るあいだにお皿にためてたお水をチェックする。

「う～ん。吸いが悪い」

思ったよりお水吸ってない。心配だから今日は持っていこう。お出かけの用意をメイドたちがしてくれるあいだに僕は朝ごはんを食べることにした。今日はお父様もお兄様もお仕事でいない日。セブランお兄様なんか昇進したら忙しすぎて、朝会うことがほとんどなくなったけど、そのぶんお泊《とま》りが少なくなったから夜のお風呂はごいっしょできるんだよ。

「……んぅ？　このアップルパイ……」

ひかえてるシェフをチラッて見たら、ニコってしてきた。

…………。アップルパイを一口食べる。モグリモグリして、お口の中に集中する。

「……あっコリアンダー入ってる！　んもぉおおおおっ」

　コリアンダーはクセが強いから！　隠しきれてない！

「八角も入れてみましたがお気づきになられましたか」

「この爽やかな感じがそう？」

「それはクローブですね」

「んぬぅうう、食べたあとスースーするからミントかと思ったのにっ。アレンジきかせすぎたらわからない……っ！」

　毎朝のアップルパイのアレンジが最近はクイズみたいになってきてるんだ。なんか僕、味をあてたくてモグモグしてるはずなのに、おいしくてけっこう食べちゃってたりする。たまにふつうのアップルパイが出てくるとやっぱりホワーッてしあわせになるし、朝ごはんひとりでも楽しい！


「行ってきまーす」

「行ってらっしゃいませ、フラン様」

　メイドと使用人に見送られて僕は馬車で街に行く。週に二回くらいだけど学校に通ってるんだよ。

　前世のとはなんとなくちがって、教授がいて生徒がいて、お金払っても払わなくても通えるのが学校。六年前に下町にできた帝国で初めての学校なんだって。

　帝国に学校っていうシステムがないのにはビックリした。貴族は家庭教師がつくし、庶民が通えるやつってないのだ。

数年前に、お父様とステファンお兄様が中心になって学校をつくり始めたんだけど、どうしてつくり始めたかはわからない。誰でも通える学校で、貴族も庶民も通ってる。庶民はタダで良くて、好きなときに好きな授業を受けられるようになってるそうです。なんか貴族たちがお金を出し合って運営してるから、心配ないんだってさ。詳しいシステムはわかんないけど、ステファンお兄様は「学びは平和の礎《いしずえ》」って言ってたよ。みんながお勉強できるのは素敵なことだよね！

「あっおはよー、トレーズくん！」

「おう」

いつもの場所で馬車を降りたらトレーズくんがいた！　トレーズくんは、麩《ふ》菓子こん棒のときよりかなり背が伸びて、なんかかっこよくなっちゃった。黒髪は無造作なのに、それがワイルドでいいって学校の女子が言ってました。お洋服もシンプルなんだけど、背ぇ高いからなに着たってだいたいシャレとるんだよ。イケメンだ。

そんなトレーズくんも学校に来てて、待ち合わせはしてないけど、よく会うんだよ。嬉《うれ》しい！学校ができてトレーズくんとおおっぴらに会えるようになりました。おしのびじゃなくても大丈夫だし、キティやお兄様にだって、お友だちってご紹介できちゃうのだ！　うへへへ。

僕はテテーッてトレーズくんのところまで走ってとなりに立つ。トレーズくんも背がニョキニョキ伸びちゃって見上げないといけない。……なに食べてるのか、あとで聞いてみよう。

「今日お店は？　疲れちゃった？」

「朝イチだから疲れてはねーな。店は下のやつらに任せてきたんだ。あいつらだけで店を回す練習だ」

「じゃあっじゃあっ、トレーズくんも学校行く？　行くならいっしょに行こー！」

「おお」

トレーズくんはたくさんのお店で働いててお忙しい。スラムのむずいほうのお仕事もしてて、スラムの屋台の管理とか雑貨屋さんの店長とか、子どもたちの面倒も見てるみたい。今日みたいに、たまに学校にも来てるし、魔物倒してギルドに運んでるのも見たことある。疲れちゃわないか、僕ちょっと心配してますよ。

「それよりおまえ」

トレーズくんが歩きながら僕の顔を見てる。むむ、特にほっぺですね。

「顔かゆいか？」

「んう？　まだかゆくないよ。僕のほっぺ赤くなってる？」

「赤くはねーけど、乾燥してそうだ。……待ってろ」

トレーズくんが立ち止まったから僕も止まる。トレーズくんはポケットから平べったい小缶をとり出して、中のクリームを指にとると僕のほっぺにヌリヌリしてくれた。

しっとりして柔らかくなったから、それまで乾燥気味だったんだなって気づいた。

「ふぁああ……！　ありがとうっ、いつもよりいい香りだね！」

「改良版だからな。成分はそんなに変わらないし、おまえのアレルギーにも対応済みのやつだ」

「フランですが」

トレーズくんにはお名前で呼んでほしい。おまえって言われると、なんか寂しくて、お胸がきゅっとなるんだもん。お名前でお願いします。

「……フランのアレルギーにも対応してるものだ」

「えへへ！　じゃあ今度届けてくださいっ！」

僕より僕のお肌にくわしいトレーズくん。助かります！

すすすって近づいてきたキティたちにいつお届けするかお話ししてるトレーズくん。前はメイドより小さかったのにすっかり大人ですね！

「トレーズくん、今日はなんのお勉強するの」

「帝国の法律と外国の経済」

「へー」

むず。僕が聞いたけどなんの反応もできない。むず。

トレーズくんかしこいなぁ。

「フランは」

「僕は生物！　あと外国語やるかも」

「あー、な。昼の時間合ったら飯くおうぜ」

「ん！　僕、固いパン食べたい！」

下町の屋台で売ってる野球のボールみたいなパン。めちゃくちゃ固いけどあれは僕のお気に入りのパンなのです。トレーズくんもそのこと知ってるから鼻で笑いつつ頭を撫《な》でてくれた。むふん、いいですね。

トレーズくんと歩いて到着したのは下町の古いレンガのアパート。ここが今日の僕の学校。

ちっちゃいとき、大工さんが学校を建ててるのを見に来たなあ。丸太や木を使って、アパート自体を引っ張って運んできたんだ。移築っていうんだって。まるごといくからびっくりしたよね。同じようなアパートがあと二つあるけど、ひとつは新しくて、もういっこも古いやつ。生物の教授は真ん中のいちばん古い茶色レンガのやつです。

入り口でトレーズくんとじゃあねーってしたら、僕はいちばん上の三階までのぼって教授の部屋の扉をノック。

「おはようございます教授！」

「おはようございますフラン様」

教授の部屋はワンルームなんだけど、本とか鉢植えがいっぱいで入るとすごく狭く感じちゃう。ベッドの上にも本とかドライフラワーがあるし、どうやって寝てるのかなっていつも疑問です。

部屋の中をキョロキョロしたけど、目の前の教授と僕以外だれもいないから今日は僕だけっぽい。

「……本日もフラン様だけのようですね」

ははは、って力なく笑ってる教授はモンテ・クテーロさん。この学校に来て初めてちゃんと先生になったんだって。生徒が少ないとクビになっちゃうらしい。教授34歳、メガネ。生物学って人気ないんだって。クビになったらメガネ買えなくなっちゃうって言ってたし、全体的にかわいそう。

「そっかぁ」

でも僕は空気が読める貴族ですので！　生徒いないことには触れずに椅子代わりの木箱に着席。キズはえぐっちゃだめなんだよ。

つらいことは避けて、本題に入るために後ろに控えてた護衛からイエミツを受けとってお膝にのせた。

「教授、あのね、ヒカリゴケがお水吸わなくなりました。産卵が近いのかな」

「ほほう。興味深いですね、どれ……蕾《つぼみ》はないですね」

教授が僕の足元にしゃがんで、虫眼鏡つかってイエミツを観察しだす。

「月にあてましたか？」

「一週間前から今日の朝まであててみたけど芽も動かないし、魔力にゆらぎも変化もないです」

うすーく光ってるヒカリゴケのせいで、僕のお膝と教授のお顔が照らされてちょっとシュール。

「うーん……病気の気配はないですね。魔障などの心当たりは」

魔障は魔力による悪い影響のこと。うちはそーゆーのにビンカンな家なので、

「僕の家は結界を張ってるから魔物は入れないです。鳥も虫も」

虫くらいいいのにと思うけど、ステファンお兄様が念入りに結界張ってたしなぁ。ゴンブトムシ、じゃなくてグラントムビートルみたいな魔法を使う虫は〝魔虫〟っていう魔物に分類される。ゴンブトムシ、お庭に来たら楽しいと思うんだけど。

教授は胸ポケットに虫メガネをしまって立ち上がった。

「ヒカリゴケはいまだ未解明なことが多いですから……不思議ですね」

教授がふぅってしてハッとした！　これはチャンス！

「！　やっぱり現地調査したほうがいくないですかっ！」

「い、いくないですフラン様。フラン様には御立場がありますでしょう」

「ぐぬぬ」

それを言われるとつらい。現地調査は教授と行くものだけど、僕がおケガしようものなら、教授はメガネ買うどころじゃなくなっちゃう。

「調査は部屋でもできますから。本日はほかの地衣類との比較をしていきましょう」

「ぁい」

椅子に座って足を組んだ教授と資料を照らし合わせて生物に関してのお話をして、そのあとは一階に移動してせんせぃのお部屋で外国語の勉強をしたら、あっという間にお昼になった。

ちなみに外国語は、僕の家庭教師してくれてたハルトマンせんせぃが担当なんだけど、生徒はいつも多い。せんせぃ優しいもんね！　もてもて！

アパートの外に出て、メイドたちとトレーズくんを待つ。

「んん、おなか空《す》いたな」

お勉強するとおなか空くの不思議。

ほんとはクッキー持ってきてるから食べて待っててもいいんだけど、トレーズくんもおなか空いてるもんね。いっしょにランチするために僕は待てますよ。

クゥーンって犬みたいな音が鳴るおなかを手でさすさすしてアパートの出入り口を見る。

しばらくしたらガチャッてアパートの入り口が開いてトレーズくんが出てきた。

「あっトレーズく――」

か、囲まれてる！

トレーズくん、女の子に囲まれて出てきた。映画スターみたいにトレーズくんが歩くのに合わせて女の子が動く。学校って女の子少ないのに、その少ない女の子がぜんぶ集まってる勢い。

「はえー……」

やっぱりむずかしいお勉強してる人ってモテるんだなぁ。

前世でもてない不良がいっぱいの学校に行ってた僕は、お勉強も大切ってしみじみしたのでした。

## ✝先にオトナになったお友だちに言えることはなさそう

庭園でハーツくんとお茶会してます。お茶会っていうか遊ぼーって誘ったら来てくれて、おやつの時間になったからお茶を飲んでるところ、が正解かも。

「サガミも来られたらよかったのですが……」

ハーツくんはティーカップをソーサーに戻して申し訳なさそうなお顔をした。ゲームではひょろひょろハーツって呼ばれてたけど、今はふつうに背が高いハーツくんになってる。細いけどガリガリじゃない。

「仕方ないよ、サガミくん教会のケンシューがあるって前から言ってたし。僕のタイミングが悪かったね」

「フランさまはお優しいです。サガミも来たいと言っていたので、どうかまたぜひ」

「うん！　シュークリームがおいしい季節のうちに誘う！」

「はい……！」

ハーツくんが嬉《うれ》しそうだと僕も嬉しい！　ふたりで顔を見合わせてニコニコしちゃう。

ハーツくんとサガミくんとは６歳のときからずっと仲良しで、僕とハーツくんは同じ学校だけど、サガミくんは神学校っていう神官になるための学校に通ってる。ケンシューが多くて僕はなかなか会えてないんだ。さみしいなぁ。

「サガミくん痩せてた？」

「いいえ、変わらずぽっちゃりでした」

「んふふっ！　こんど会ったらほっぺ触ろ！」

「はいっサガミも喜びますっ」

フォークにお野菜刺して、自分のことみたいにお顔を赤くして頷《うなず》くハーツくん。お野菜が好きなハーツくんも、僕とおなじお店のクリームを塗ってケアしてるからお肌すべすべです。

「そういえばフランさま、このまえ悩んでいらっしゃったヒカリゴケの件は、教授に聞けましたか？」

「あ、イエミツね、なんか教授もよくわかんないんだって。現地調査行きたいけど、僕がお怪我《けが》したらダメだから許可出ない」

「ああ……」

察し！

ハーツくんが察したお顔してる。んぁ～やっぱり僕の身分が高すぎるんだよね。とてもエライ貴族で申し訳ない。

「んはぁー早く大人になりたいなぁ」

18歳になったらひとりでウロついても良くなると思うんだけど、どうかな。ダメかな。……ダメな気もするな。僕、お金ないし。

「ふぬぬぬ」

「おとな……。あのぅ、フランさま」

ハーツくんが眉毛を下げてカトラリーを置いたと思ったら、僕のほうに少し体を傾けてきた。お膝の上に置いた手をもじもじさせてる。

なーに？　って聞いたら、小さい声で聞いてきた。

「フランさまは、魔法はお変わりないですか……？」

「んん？」

なんす？　魔法？？？

最近の僕の魔法どうだったっけな。うまくできる日もあるし、引くほどおヘタな日もある。が、おおむねいつもどおり。

「もっ申しわけございません……情けないことを聞きました」

「なさけない……」

そんなことないよぅ。暗闇魔法がまぁるくできなくて地団駄踏んだ僕のが、貴族としてだいぶ情けないと思う。ハーツくんはがんばり屋さんだし、幼なじみの中でいちばん魔法が上手なんだよ。

だから不思議に思って、ハーツくんのお顔をよぅく見たらなんか顔色がわるい！　お菓子がお口に合わなかったかなっ？　いや待て、魔法のお話をしてたから、きっと何か別の理由があるんだっ。なんか、なんか言いにくいこと！

僕はハーツくんの手を両手でギュッとして、フスンッて鼻息を出した。お友だちの悩みは僕の悩み！

「ハーツくん、僕のお部屋に行こ！」

「え、あの」

「僕、ハーツくんとお部屋でナイショのお話します！」

「ハッ！」

ササッと来たメイドたちがおやつを包んでくれてるのを見て、僕はおろおろしてるハーツくんの手を引いて部屋に戻ることにした。

「どうぞーっ」

「し、失礼いたします……」

メイドさんは部屋のテーブルにティーセットをしたら、そのまま頭を下げて出ていく。中にはメイドゼロ。ナイショって言いましたからな！

リビング的なところの二人掛け用ソファにいっしょに座る。ハーツくんは、我々の迅速な動きに目をしぱつかせてた。んっふっふ！　うちのメイドは全体的になんでもすばやいのだ！

「あ、あのフランさま」

「ここなら誰も来ないよ、ナイショのお話でしょ？」

ハーツくんはちゃんと座ってるけど、僕はしっかり聞くために横向きに座っちゃう。ハーツくんはうつむいてしょんぼりのお顔してた。し、しんこくだ。

「……はい。あの、その、魔法が……魔力がとても増えたり、減ったりして、このまえは庭の彫刻を、根元からたおしてしまいました」

「白鳥だけとかじゃなくて、ね、根元から？　地面からいった感じ？」

「はい、地面から」

「はばぁ……それはビックリするね。彫刻って飾りと台が一体化してるんだねぇ」

僕がしみじみ頷いてたら、ハーツくんがちょっとだけ笑った。

「はい、ビックリしました。魔法学の教師は、魔力の不安定期は貴族はみな、大人になる過程で経験するると言っていました。魔力が安定しなくなるそうです。皆が通る道ですし、落ち着けば魔力は増えるとわかっているのですが……」

へー。知らなかった、魔法使える人ってそうなるんだ。『アスカロン帝国戦記』の中では、そんな設定なかったよ。面白いお話だね！

意識してみたら、ハーツくんの土の魔力はちょっとユラユラしてる気がする。

まだ知らないことあるなぁってハーツくん見てたら、ハーツくんが僕を見てきた。

「フ、フランさまはいかがでしたか。私は、せっ……精通したら魔力が不安定になって……うう」

「ぬ、ぬう」

「フランさま？」

「うぐぅ。ハーツくん」

「はい」

首をかしげて僕を見てくるハーツくん。頼られてる感じがする。うぅ、でもウソつけないしぃ。

「あのね……僕、ぜんぜん安定してる。なんだったら、背もあんまり伸びてない。そのほかも……」

「え！　ぁっ、も、申し訳ございませんっ」

はわってして頭を下げられた。ぉぐうぅぅうう、なんかごめんね。でもこの話で謝られるのってどう？　僕がかわいそうっぽいのでは……？

深淵《しんえん》を覗《のぞ》こうとしちゃったから僕はううん、って頭を振ってハーツくんの手をとってギュッとする。

「謝らないでいいよぅ。背はまだまだ伸びるからね！　それより、魔力が不安定になっちゃうの知らないから教えてください！」

「私がフランさまにお教えするのですか……？」

「うん！　おねがいしますっ」

「わ、わかりましたっ」

経験者、ハーツくんによる魔力不安定事件を聞かせていただきました。

「ふぁああ。じゃあ、なにがきっかけになるかはわかんないんだね」

「はい。あ、けれど、早く安定させる方法が本に書いてありました。ストレスを溜《た》めず、親しい人や恋人といることが良いそうです。父上もそう言ってましたから」

「親しいひとかぁ。ハーツくんは好きな人いるの？」

「す……!?」

ペロンと聞いたら、ハーツくんがお顔を真っ赤にして固まっちゃった。

んあ、そういえば恋バナするのって前世ぶりだ。前世でも高校ではしなかった。だって不良の友だちは、ケンカとお菓子の話しかしないからね！

わくわくしてソファに正座しちゃう。

「う、あの……」

「ふむふむ！　ふむふむ！」

「あぅ、……よ、よくわからないです」

「んああ～！　わかるぅ。よくわからないの、わかるぅー！」

そうそう！　結局ね、なんだかわかんないんだよね、恋バナって。僕、お父様やお兄様のこと大好きだし、ハーツくんのことも好き。けど、それとは違うってことでしょう？　もうさっぱりだよね。

「ハーツくん、教えてくれてありがとう。ハーツくんのおかげで、心構えができたよ！」

「フランさま……っ私の情けない話がお役に立てたなら、経験してよかったです」

情けなくないよ！　ってハーツくんをキュウってしたら、ハーツくんもハグし返してくれた。もうしょんぼりしてないみたい。ふたりでぎゅうーってしたから、僕たちはもっと仲良くなれた気がしたよ！


ハーツくんをお見送りして玄関にたたずむ僕。

「お父様……」

ハーツくんのお話で気になるワードがありました。成長することと魔力の関係、ハーツくんはお父様に説明されたようなこと言ってたのを、僕は聞きました!!

キッとお父様のお部屋のほうを見る。

「ぼっちゃま、いかがなさいました」

「キティ、お父様はいつ帰ってくる？」

「旦那《だんな》様のお帰りは深夜になると聞いております」

「うぬぅ！」

んもぉっ僕は聞かなきゃいけないことがあるのに！

腕を組んで仁王立ちする。どうしようかな！

（……よしっ）

「お風呂入ります！」

「かしこまりました」

みんなお仕事でいないし、やることないなってなったらお風呂場に行くしかあるまい。

「ふっふーん」

脱衣所でまっぱだかにしてもらってるあいだに入浴剤いれてもらって、お湯をかけたら湯船にちゃぽん！　大人用のほうに入れるようになったけど、今日は子供用に寝転ぶみたいにして入る。これはこれでカイテキ！

「ふぁー甘いにおいする……」

「ぼっちゃま、ハチの刺激は強すぎませんか」

「へいきー！」

今日の入浴剤は特別配合のやつ。

なんと！　ステファンお兄様がキラービーを倒したあとハチミツをどうにかしたものなのだ！　僕のためにおみやげで持ってきてくれたんだ。

キラービーは森にいがちなでっかいハチで、針も太いしマヒ毒もある。その毒の成分を頭がいい人がなんかするといい感じの美容液になるんだって。

ハチミツだからお湯はにごってない。……お湯のんだら甘いのかなぁ？

「ぼっちゃま、ステファン様がお帰りになられました」

「！　ステファンお兄様、お風呂来るっ？」

「はい。ぼっちゃまが入ってるとお聞きになると、ご一緒しようと」

「やったー！」

膝立ちしてザブザブ湯船のはじっこに行く。縁《ふち》に手を置いてステファンお兄様を待ってると、メイドが大人用のお風呂に入浴剤をいれてアワアワにしだした。

「フラン」

「ステファンお兄様！」

そわそわしてると、ステファンお兄様がゆったり入ってきた！

膝立ちで待ってる僕の頭をサラッと撫《な》でて、アワアワのほうに入った。

「ステファンお兄様おかえりなさいっ」

「ただいまフラン。ふふ、ハチミツの香りがしたぞ」

僕が仕切りのところまで行くと、ちょっとストレッチしながら僕を見てくれる。

「はいっステファンお兄様がくれたハチミツ使ったやつです！　保湿がすごいし、お肌も清潔になるそうです！」

「ああ、キラービーの毒は薬にもなるからな。でも長く入ってはダメだと言われただろう」

「そうなんです……」

こんなにおいしそうな香りなのに長湯はだめって言われてる。

もうあがらないといけないかな。せっかくステファンお兄様とごいっしょできたのにな。

しょぼ……としてたら、モコモコの泡を頭にのっけられた。

「フラン、こちらへおいで」

「！」

「ふふ、なんて顔をしてる？　そちらが駄目ならこちらに入れば良いだろう」

かかかかしこい！　さすがステファンお兄様だ！

急いで仕切りを越えてステファンお兄様のとなりに沈む。見上げたら嬉しくて勝手に笑っちゃう僕。

「えへへ」

「あとで髪を洗ってやろうな」

モヌッと僕の頭にさらに泡をのせてステファンお兄様はご機嫌だった。

ステファンお兄様に全体をモコモコに洗ってもらって、あがったらメイドにクリーム塗ってもらう。

あ、これこの前トレーズくんが言ってた新作のやつだ。いい香りだねー。

ほっぺとかお背中とかもぬりぬりしてもらってるあいだ、となりでふつうに着替えてるステファンお兄様が僕の視界に入った。ステファンお兄様は背が高いし、お背中もムキムキだ。理想の大人って感じがする。僕は自分の体を見下ろした。……ぺらぺらでは？

眉毛がギュムッと寄っちゃう。

「どうしたフラン、顔がすごいことになっているぞ」

気づいたステファンお兄様に、笑いながら指でおでこのシワをつつかれた。

「……ステファンお兄様」

「うん？」

「僕も、僕もおっきくなりますか……貴族として成長しますか……魔力とか」

「ふむ……フラン、とりあえず着替えなさい。まずは夕食をとろう」

ステファンお兄様が頭をポンポンしてくれた。むむ、これは何か期待できそう！

「失礼しまーす！」

「ふふ、ようこそ」

お夕飯のあと、僕はステファンお兄様のお話を聞きにお部屋にやってきていた。

ステファンお兄様のお部屋にはあんまり入ったことない。お留守なのが多いから、セブランお兄様とちがってお部屋の中でお話ししたりする時間がないんだよね。

ステファンお兄様はメイドにパジャマを持ってくるように言って、奥の扉のほうに行っちゃう。

そっちは寝室だけど、今日はいっしょに寝ていいのかな!?

そわそわしてステファンお兄様の寝室に入る。

「フラン、こちらへおいで」

「ぁい！」

ステファンお兄様がベッドの上に座ってるから、僕もノッシってベッドの上にお邪魔します！

メイドは僕にパジャマを着せたら、明かりを調節して出ていっちゃったので、お部屋には僕とステファンお兄様のふたりっきり。

「それで、フラン」

「はい」

「貴族の成長についての質問だったな」

「ぅあい！」

シパッとベッドの上で正座。

そうなんです！　魔力のお話聞かせてください！　あとムキムキのコツとか！　ステファンお兄様は「もうそんな歳《とし》か……」とか言ってるけど、僕、なんか遅れをとってる気がしますので！

「フラン、では貴族が魔力を得ることからだ」

アスカロンの貴族は、魔法を使うまでに段階がある。赤ちゃんや、ちっちゃい頃はぜんぜん使えなくて、6歳くらいのときに教会で『洗礼』受けて、魔法使えるようにしてもらうんだ。ここまでは知ってるよ。で、魔法が使えるようになったら練習いっぱいして、14歳くらいでいっかい調子悪くして、そんで大人になるとめっちゃ強い魔法使いになったりするんだって。ならなかったりもするけどね……！

「と、一通りはわかったか。お前の年の頃は、体も魔力も大きくなり、体質の変化も著しい。魔力の変質もある。フランは精通はまだだな」

「はい……」

「そんな顔をするな。皆がなるのだから、フランもじきになる」

「あい……あの、ステファンお兄様、成長すると魔力が変になるのですか？」

魔力が変異するってどういうことだろ。正座したままステファンお兄様を見上げたら、うーんと考えこんじゃった。

「何故かはわかっていないが、大抵の者はそうなるな。威力が増したり、凝固よりも拡散が得意になったりする。一月から半年もすれば落ち着き、その後はほぼ例外なく魔力自体が増大するのだ」

「はー。不思議ですね」

「そうだな」

理由はわからないんだって。僕のイエミツとおんなじだね。

なんとなく納得してたら、ステファンお兄様がベッドに横たわっちゃった。それからおとなりをポンポンしてくれる。

「さて、もう眠ろう。早く寝ねば、体も大きくならないぞ」

「んあ！　はいっ」

僕はシュパッとベッドに潜りこんだ。大きくなるのは大事だ！

「ステファンお兄様、おやすみなさい」

「おやすみ、フラン」

ムキムキのお兄様にくっつきながら、背が大きくなりますようにってお願いしつつ、眠りにつくのでした。

## †僕のお友だちがかっこいい

ぶちぃってパンを横に引っぱってちぎる。

今日も学校でトレーズくんに会えたから、公園のベンチでランチごいっしょしてるよ。かったいパンとか串にさしたお肉焼いてる屋台とかがあって、見てるだけで本当におもしろい。

パンちぎるの渾身《こんしん》すぎて、僕たちからちょっと距離をとって控えてるキティたちがアワアワしてるのが見えたけど、これしか食べる方法がないから仕方ないよね。

ぶちっとしたパンの片割れをお膝にしいたハンカチにのせる。そんでもう片方は「ふぐぅ……！」ってまた引っぱって小さくした。一口には大きいサイズだけど、ちぎるの大変だから大きめサイズをお口にポイ。

「むぐ、むぎゅ」

固い。こんなに固いことある？　ってくらい固い。でも噛《か》めば噛むほど味がしてきておいしいからやめられない。なにこれ……おいしい……むぎ……むぎ……。

「おまえそれ好きな」

夢中になって食べてるとトレーズくんが串肉食べながら眺めてくる。僕の食事風景が面白いんだって。

少々お待ちください。いま噛むのに精いっぱいですので。

「茶ぁもらうか？」

「むぐ、ぅぬ、ほしいです」

答えるのと同時くらいで、紅茶が銀のトレイにのせて届けられた。カップはふたつあるからトレーズくんにもどうぞってことだよね。

僕はなんとかパンを飲みこんで紅茶をごくん。パンがうっすら甘いから紅茶もおいしく感じちゃう。

「プハー！　おいしいねぇ」

「っは！　ボッチャマは下町の飯がお気に入りですか」

「うむ。おいしいです。……んへへ！」

トレーズくんが笑いながら頭をクシャクシャってまぜてくるのも気持ちぃ。トレーズくんは手がでっかいなぁ。お肉食べてるからかな。

クシャクシャになったのを直すみたいにしてトレーズくんが撫《な》でてくれる。僕はそのままパンもいっこ食べようかな、でもすぐ食べたらアゴ痛くなっちゃうしなって思って、目の前の公園の風景を見たらハッとなった。

「トレーズくん！」

「あ？」

「これがモテのやつですかっ」

「な、何？」

僕は気づいてしまったのだ。

「こう、ななめに座って僕を見ながら、腕はベンチにかけて、おとなりの人の頭を撫でるっていうのは、モテの上級では!?」

「や、やめろ！　恥ずかしい！」

トレーズくん、モテの人だ！

「ふわぁー……トレーズくんかっこいいもんねぇ。モテるよねえ」

学校でも女の子にモテモテだったもん。トレーズくんの雰囲気のせいで、あからさまに寄ってくる子はいないけど、女の子はみんな見てるんだよ。僕は知っているのだ。

パンをちぎってムギムギしつつ、トレーズくんをじっくり見る。いつも会ってるけど、マジマジ見ることないから新鮮。うむ、かっこいいお顔してます。イケメン。

（セブランお兄様もかっこいいけど、んと、種類？　がちがうのかな）

パンを持って眺めてたら、僕のほっぺをブニッてつまんできた。

「むぁ」

「モテても、好きなやつにモテてねーなら意味ないんだぞ？」

「！」

なるほど⁉　好きな人にモテないとモテてもそのモテには意味がない。哲学みたいなお話だ！

クッキー食べたい気分のときにシェフがケーキ持ってきてもおさまらないのと同じだね。さすがトレーズくん、頭がいい。

「なに『ハッなるほど！』みたいな顔してんだ」

そう思ってたらそのお顔になってたらしい。お恥ずかしい。

「オレのことはいい……おまえこそどうなんだ、貴族の女どもと茶会とかやってんだろ」

「どもは良くないです」

「女たちと」

貴族の悪口はだめだよ。変な貴族に変なふうに怒られるからね！

言い直したトレーズくんに両方のほっぺをムニリムニリされる。

「僕のこと」

女の子も呼んでお茶会したことあるけど、僕、じつは女の子とどうやってお話ししたらいいかわかんないんだ。そんななのに女の子とデートとかモテとかわかんない。前世も高校は男子校だったし中学校のときも……ウッ、思い出したら頭が……っ。

「うー！」

「な、なんだどうした」

「くろれきしくろれきし」

「あ？」

ポカンとしてるトレーズくんの肩に頭をぐりぐりする。とんでけとんでけ～！　ほかのことを考えるんだ……っ。

「……あれ。なんか僕、しゅんとしてる」

「は？　ど、どうした」

「トレーズくんのモテを考えたら悲しくなってきました……なんでだろ。トレーズくんがモテて、お、女の子といて……！　んあああ！　なにこれお胸ぎゅってなるっ、たぶん悲しいときに似てるから悲しいんだと思う！　あー変な感じするぅー！」

「落ち着けフラン」

ドゥルドゥルドゥルドゥル！　ってトレーズくんの肩にめり込もうとしてたら、メイドたちが走り寄ってきた。

「ぼっちゃま！　いかがなされました！」

「キティ……っお胸がモチャモチャしてるよぅ」

「もちゃも……まさか、病ですか⁉　総員、帰宅準備！」

「ハ！」

ガッて担がれて馬車に連行される僕。

馬車の窓からトレーズくんを見たら、心配げなお顔して、でもこっちに手を振ってくれた。僕も窓におでこつけて、ばいばいって手を振る。

「かっこいいなぁ……」

走りだす馬車の中からトレーズくんを見て、なんかお口が勝手につぶやいちゃった僕なのだった。


家に帰ったらすぐにお医者さんが来て、おなかぽんぽんされて魔力でバーってなんかされた結果、異常なし。胃薬だけもらって今はベッドで寝てます。

「……元気な気がする！」

「ダメです。一日ほどは安静になさってくださいませ」

んぬう。家に帰ってきてちょっとしたらお胸の変なのもなくなったんだけどな。ちょっとしたらキティも出ていっちゃって、おひま。

「ひーまぁのひーはヒヅメのひ～」

おとなりに寝かされたオオカミのぬいぐるみの足をむっしむっし動かしてヒマをつぶす。……うむ、寝よ！

はふぅって息を吐いて枕に頭をのせなおす。おとなりのオオカミの首にはセブランお兄様特製の「いい夢見られるリボン」がついてるから、お昼寝の相手には最適なのです。

「………」

目を閉じてちょっとしたらスゥーて眠れたみたいだった。


僕、オトナになってた。おおー背が高いぞー！

キョロキョロしたらなんか見たことある部屋で、目の前であっくんたちが戦ってた。赤黒いヌメヌメにえいえいってしてる。

「んあ、ここ謁見の間だ」

「城がくずれる！　フランくんは先に行くでござる！」

「へい？」

あっくんがすごい真剣なお顔で言ってくる。

え、お城くずれそうなの？　そう言われたらこの部屋ぐらぐらしてるかも。

「じゃあああっくんも逃げなくちゃ」

「いいから行け！　足手まといだ！」

「もろとも行くわ！」

「言うこと聞かないならお仕置きだな」

戦士の攻撃！　魔法使いの魔法！　猛獣使いの鞭《むち》がピシィ！

花火みたいに魔力が飛びかってすごく派手。なのにヌメヌメにはぜんぜん効いてなさそう。

「あわ、あわわわわ」

どうしよう！　あっくんたちピンチっぽいし、あの仲間たちは回復できる人いないよ。どうしてそんな構成にしちゃったの……！

「僕も加勢するっ！」

なんかの状態異常が効くかもしれないし、そうだ、寝かせちゃおう！　って魔力を組んだらボワボワボワ〜ってすごい大きい煙玉ができた。

「すごいぞフラン！」

「かっこいいぞフラン！」

ステファンお兄様！　セブランお兄様！

「防御は任せなさい」

「もっと強くしてアゲルわぁ」

皇子！　オネエの人！

「大丈夫だ、おまえならできる」

トレーズくん！

仲良しのみんなが応援してくれる！　とってもお胸があったかくなって勇気とやる気がぐんぐんになった僕は、両手を上にして地球くらい大きくなった煙玉をえーい！

「まかせなさーい!!」

「んは……ッハバ⁉」

「ふふ、起こしてしまった。ごめんね」

パチッて目を開けたらベッドの横でセブランお兄様が僕を眺めてた。びっくりして目がまんまるになってる僕を見て、面白そうに笑いながらおでこを撫でてくれる。もうおうちのお洋服に着替えてるしお椅子を持ってきてた。長期観察の構えですな！

「胸が悪くなったと聞いたけれど、苦しくはないかい？」

心配してくれたみたいで、セブランお兄様の眉毛がちょっと下がってる。これはいけない！

「はいっお医者さんは大丈夫って言ってました！」

「うん。ランチ中のことらしいね、変なものは食べていない？」

変なもの……めちゃくちゃ固いパンは変なものに入るかな。というか僕、下町に行ったら駄菓子とか食べてるから、セブランお兄様からしたら変なものしか食べてないってなるかも。

「うぬぅ」

「ふふ、まあ、メイドたちが見ているから滅多なものは口に入れさせていないだろう。たまたまなのかな」

「うむむむ」

僕、今すごく元気だし、セブランお兄様の心配をとってあげたい。なんか原因あったかなーって考えたら、あ、と思い出した。

「あの、セブランお兄様、んと、心あたりはあります！　トレーズくんがモテてて、それを考えたらお胸がぎゅーってしてハァハァってなってワーッとなりました」

「ん、んん？」

「悲しいと思ってるって思ったらお胸がモチャっとしたんです」

「……悲しくて？」

「はい！　もう今は悲しくないから元気ですよ！」

フスンッて鼻息を出したら、セブランお兄様が一回目をつむった。

どうしたのかな、て見てたらトサリ……僕のおとなりに寝転がっちゃった。上を向いて目は開いてるみたい。

「おつかれですか？」

「フラン……」

「あい」

セブランお兄様が僕のほうを向いた。しょんぼりしたお顔。

「フランはもしかして……大人になってしまったのかな……」

「んむ？」

「可愛《かわい》い大切なフランが大人になって……ボクは悲しいっ、でも嬉《うれ》しい！」

「んひゅああ！」

当然ギュウウッて抱きしめてきた！

「僕、大人ですかっ？」

これは聞き捨てならない！　ついに成長ツーがきてしまうのでは!?

「ああ、きっとすぐに大人になるよ。そうしたら魔法ももっと上手になる」

「！　大きい魔法を使ってる夢を見ました！」

「ふふふっよかったね」

「ぅあい！」

ちゅっ、ちゅってほっぺとおでこにチュウしてくれたから、僕もセブランお兄様のお顔にいっぱいチュウしたよ！

## †せんせぃのおかげです！

生物学の教授のお部屋はせまいなーって思うけど、外国語のせんせぃのお部屋はせまくない。広さは同じはずだから、やっぱり荷物の多さのせいかなぁ。

「フラン様のイエミツは大きくなりましたね～」

「うん！　大きくなって光が少し強くなったから夜見るとちゃんと明るいよ」

「Ｏｈ！　夜光るなんてロマンチックです！　よくお育てになりました！」

「えへへ」

せんせぃは昔からいろんなことを褒めてくれる。おかげで語学の勉強はキライじゃなくなったし、となりの王国語ならふつうに話せるようになった僕です。

お昼になったので授業はいったん解散。

僕はせんせぃの部屋に残って、テーブルにはうちのメイドたちがランチのセッティングをしてる。

今日はトレーズくんが魔物の討伐依頼っていうので街の外に行っちゃってる。

授業も終わったし、ちょっとつまんないけど帰ろうかなって思ってたらせんせぃがお昼に誘ってくれたんだ。せんせぃとランチするのひさしぶりだから嬉《うれ》しい！

「せんせぃ、固いパン食べられる？」

お菓子も紅茶もあるからテーブルはうちでやるティータイムと変わらないできばえなんだけど、僕がお昼用にって屋台で買ってた固いパンが異彩をはなってる……特に色味が浮いて見える。

「平気デスよ。ぼくの母国ではナイフでも切れない固いパンがありマシタから」

「ひぇっそれはどうやって食べたら……相打ち？　相打ち覚悟で？」

「ノンノン、金槌《かなづち》でくだいてスープに浸してから食べマス。スープを吸って柔らかくなったパンはとても美味《おい》しいのデスよ」

「ふへぇー。外国にはそんな固いのが……」

コーンフレークみたいってことでいいのかな。牛乳でふやふやになったコーンフレークの記憶があるよ。僕、あれ大好き！

せんせぃも手で容赦なくブチッてパンをちぎって、ふたりでいっしょに一生懸命噛《か》んでたら、ふとせんせぃがイエミツを見た。

「外国といえば、ガラティン王国にも光るコケがあったヨウな……？」

「！　王国に⁉」

王国の動植物資料はおとなりの国なのにあんまりない。これは興味をひかれます！

「ハイ。王国には古代の遺跡を探検する人タチがいて、たしか明かりの魔力が消えたので、目印に光るコケを使った、と」

「ひゅぁあああ～！　すごい！　ヒカリゴケと同じやつかな⁉　何色なんだろ！　ンぅうう―見てみたいなあ！」

昔の冒険者が光のない洞窟に目印用にくっつけたのが繁殖したんじゃないか、って言われてるんだって。種類はちがうのかな！　住んでる人は違うのに、コケは同じのが生えてたら面白いなぁ。

「フフフッ！　本当に植物が好きナノデスね」

せんせぃが微笑《ほほえ》ましげに見てくるから、ちょっと照れちゃう。

もじもじしたけど言おうって思って、僕はせんせぃをチロッと見た。

「あのね、動物も好きなんだけど、僕がお花好きなのはせんせぃにブーケの作り方教えてもらったからなんだぁ……」

「ブーケの？」

「ん……ちっちゃいとき、せんせぃがお父様とお兄様に花束作るといいよって言ってくれたんです。そしたらお父様たちすごく喜んでくれたから、僕、そのあとも何回か作ってて」

せんせぃがパンを食べる手を止めて僕を見てる。

「だからね、あの、せんせぃ、教えてくれてありがとうございましたっ」

座ったままペコッとおじぎ。

僕のひそかな趣味なんだぁ。お父様たちはすぐに保存魔法かけてとっといちゃうからあんまり作れないけど。

お礼を言う機会がわからなくて言えなかったから、今できて良かった！　ってせんせぃを見たら号泣してた。

「せ、せんせぃ」

「ぼ、ぼくこそGrrrrrazieeee～!!」

「ひゅわぁ！」

「教師になってヨカッタと、感動していマス……ッ」

泣き笑いしてるせんせぃを見て僕もなんだか嬉しくなってほっぺが熱くなったのでした。

お胸があったかい気持ちでせんせぃとお別れしておうちに帰る。

ひと仕事終えたのでお昼寝してもいいんだけど、ブーケのお話したから作りたくなってきた！

部屋からお庭に出て見回す。春だから選び放題ですな！

「お父様にはこのまえ作ったしぃ」

お兄様たちにも上半期ぶんはもうあげたから、どうしようかな。

「……あっ、トレーズくんにあげよ！」

魔物討伐おつかれさまでしたのブーケ作ってもいいよね。今日会えなくて寂しかったし、トレーズくんのこと考えて午後は過ごそう！

「ふっふーん」

メイドにカゴを持ってもらって、トレーズくんっぽいお花と葉っぱを選んでいく。トレーズくんは赤とか黒とかのイメージ。でも無事でよかったね、のブーケだから明るいお花もいれて爽やかにした。

「できたー！」

選んだお花をリボンで束ねて完成。

「うむ、かっこいい！」

できたブーケをかかげてじっくり観察。トレーズくんっぽいし、かっこよくて強そう！　渡したらニコッてしてくれるかな？　くれるといいな！

（……？）

なんでか僕のほっぺが熱くなって、お胸がトキトキトキトキってはやくなっちゃった。

「ぼっちゃま、いかがなされました？」

「キティ！　ううんっ、なんでもない！」

下手なことを言うとまたベッドで一日寝なきゃいけないからね！

## †お茶会で情報交換！

今日はハーツくんの家でお茶会。お呼ばれした僕はちょっとおしゃれしてハーツくんの家に来た。

馬車から降りてウキウキで歩いちゃう。んふふっハーツくんのとこのお茶会はおやつがおいしいし、男子しかいないから気楽なのだ！

「お招きありがとうハーツくん！」

「フランさまっ、ようこそおいでくださいました」

「サガミくんもひさしぶりぃ～！」

「はい……っおひさしぶりですフランさま！」

サガミくんとも両手で手をにぎり合ってご挨拶。ハーツくんとはこの前ぶりで、サガミくんとは二ヶ月ぶりくらいだ。相変わらずのぽっちゃりである。

庭園が見えるサロンにはテーブルとおやつが用意されてて、お客さんがぜんぶ来るまで庭園を見せてもらうことにした。

「んあ！　スミレウサギだ、めずらしいねっ」

チューリップの大きい花壇にヒョコヒョコうごくお耳が長い動物。スミレウサギはピンクの体に頭のてっぺんから紫色のグラデーションになってる、遠くから見たらスミレみたいなうさぎでちょっと魔力もある。

白いおリボンがしてあって、ハーツくんの家のペットなんだなってわかる。

「はいっ、さすがフランさまです。わたしの兄が遠征先から連れてきたのです。とても可愛《かわい》いんですよ」

「すごく可愛い！　撫《な》でてもいい？」

「はいっ」

僕とサガミくんはお庭にしゃがんで、花壇の草をむしゃむしゃしてるスミレウサギのお背中をそうっと撫でる。

「はわー可愛いねぇ」

「小さくてふわふわですね」

「ねー」

ふわふわだけど骨格もわかる体つき……ふむぅ、こんな小さいのに森で生活してるって気合いのはいったうさぎだ。なんかかっこいい！

「フランさま、サガミ、みなさん揃《そろ》いましたのでお茶会をはじめますね」

「あっうん！」

僕はハーツくんのおとなりの席に座って、紅茶をいれてもらうとお茶会がはじまった。初めて会う男子もいるけど、ハーツくんのお友だちは優しそうな子ばかりだから静かにお茶会ができそう。同じお勉強仲間なんだって。

僕は公爵家だからみんなご挨拶にはいっぱい来てくれるけど、その後は僕を遠巻きにしがち。14歳にして気を使われてる僕です。大貴族だからね、しかたない。

ハーツくんのおうち特製のスコーンはおいしいし、サガミくんがおとなりに座って付き合ってくれるから寂しくないよ。あ、あのフルーツの入ったスコーンもください！　ジャムおいしいです！

「サガミくん、教会のケンシューってなにするの？」

「あ、えぇと、先輩神官について近くの村にお祈りしに行きます。病気のひとがいたらお薬作ったりもします」

「お薬作るの！　すごいね、お医者さんみたいだね！」

「そ、そんなことないです……」

照れてるサガミくんの赤くなったほっぺをプニィってする。やわらかーい！

「えへへ、やぁらかいねぇ」

「ふぁ、フランさま……！」

「サガミが元気そうで安心しました」

「ハーツさままでっ」

ほかの子とお話し終わったハーツくんもやってきて、反対側からプニィプニィしはじめた。ぎゅって目をつむってお顔を真っ赤にするサガミくん。えへへ、癒やされる。

「あ、そうだサガミくん。さいきん僕ね、お胸がドキドキすることがあるんだけど、これはお薬飲んだらいいやつ？」

「えっフランさま、ご、ご病気なのですか……っ？」

「フ、フランさまがご病気……っ？」

小声になって心配してくれるふたり。ほかの人に聞かれないようにコソコソってしてるけど、すごく心配ってお顔してくれてて慌てちゃう。

「ううんっ、主治医に診てもらったら、元気ですって言われたから大丈夫なんだよ。でもトレーズくんのこと考えてたら、ドキドキして、お胸のあたりがハァハァってなったんだ」

これは成長期だからでしょうか。成長ツーのたぐいかもって思ってて、お薬つくるサガミくんならなにかわからないかな。大丈夫って言ったけど、ほんとはちょっとだけ不安な僕。

「えっえっ」

「フ、フランさま、それって！」

ハーツくんとサガミくんが目をぱっちりさせて僕を見てきた。

この反応……なにか心当たりがありそう！

ハッとして姿勢を正して、ふたりを見つめ返した。

「あ、あの、それはもしかしたら」

椅子に座ったハーツくんがお膝の上の手をもじもじさせてる。

「その人のことを考えたら、ドキドキして恥ずかしくなって、それからしあわせな気持ちになりますか」

「え、えと、フランさま。その人がほかの人といたら寂しくなっちゃいますか」

ハーツくんとサガミくんが、ふたりでお顔をポッとさせて興味深そうに僕を見てきた。

「うーん？」

よくわからないけど、ふたりの言うシチュエーションを思い出してみる。

……うむ、トレーズくんのことは考えたら楽しい気持ちになる。

ほかの子といたら、

（あっなんかお胸がモチャつく？）

「フランさま？」

「うむぅ、考えてみたらそんな感じだった！　これが成長ツーっていうやつ？」

「い、いいえフランさま、多分それは」

ハーツくんとサガミくんが一回顔を見合わせたあと、声を揃えて言ってきた。

「「恋ですっ」」

「!?」

あ、ああー!!


ハーツくんのおうちから帰ってきた翌日。

ベッドにうつぶせに寝てる僕14歳。

恋ですって言われてからもハーツくんとサガミくんとお話ししたはずだけど、なに話したかほとんど覚えてない。恋って思ったらだんだんドキドキしてきて、おうちに帰ってきたところでなんかワーッてなっちゃって、一回寝たのに、今日はもう朝起きてからベッドから出れてない。

「…………」

枕にお顔を埋《うず》めてちょっと息を止めてみた。

トレーズくんを思い浮かべる。ちっちゃい頃に会ったときは前世の不良より恐くない子どもだったのに、おっきくなった今はかっこよくなった。僕より背が高いし、魔物倒せるくらい強いし、いっぱいお仕事して部下もいるし。

でも、僕もトレーズくんも男なんだよね。

「………」

お顔を横に向けてブフーッって鼻息をつく。

何回考えてもここで止まっちゃう。前世で女の子ともお付き合いしたことない僕には、男の人とどうやってお付き合いするのかわかんない。ふつうに好きって言っていいのかな。その前にそもそも男の人を好きってなる？？

となりに寝かされてるオオカミのぬいぐるみの黒いお鼻をなんとなく見ながら、もう一回考えてみよう。

「ドキドキしますか？」

体も横にしてオオカミの手をにぎにぎしつつ、ちっちゃい声でジモンジトウ。うむ、ドキドキはします！

「モチャモチャする？」

うぅーん、トレーズくんがお仕事の人といてもなんともない。女の子といたら……モチャモチャします、うぎぃぃ……。

「これは好きですか」

…………。

バボッてお顔が熱くなったから、僕はオオカミのおなかに顔を埋めた。

「んううううぅー！　好きかもぉっ」

ぬいぐるみのおなかにおっきい声でお伝えしてしばらくジッとしておく。

「んはぁー」

息が苦しくなったところであお向けで寝なおした。

むふん。

モゾモゾってしてまたうつぶせになって、僕が男でトレーズくんも男という世界の真理について考える。……考えすぎて頭ぼやーってしてきちゃった。

トントンって寝室の扉がノックされて、僕は考えるのを中断。

「フラン」

入ってきたのはセブランお兄様だった。

お出迎えできる余裕がなくて、うつぶせのままでいたらベッドの横にしゃがんだセブランお兄様が僕をじっくり眺めはじめた。ほぉ、とか起きてるんだね、とか言いながら頭も撫でてくれる。

「セブランお兄様……」

「うん？　なんだいフラン」

ふわふわした虚《うつ》ろな視界のままセブランお兄様のお名前を呼ぶ。

「僕、僕……」

「うん」

「トレーズくんのこと好きになっちゃったかもです」

「うん」

グスンッてお鼻がなって、ジワジワって目がうるんできちゃう。悲しいお話じゃないのに、なんか自分のことがよくわからなくて、なんか、なんか……。

ヒグッて息が変になっちゃってたら、ベッドに入ってきたセブランお兄様が抱っこしてくれた。セブランお兄様にぎゅうってしてお顔をお胸にくっつける。

「フランの初恋だね」

「好きになっても変じゃないですか……？」

「変ではないよ、男同士でも恋をすることはあるから」

頭のてっぺんにチュってされて、ゆっくりユラユラしてくれる。そうしたらだんだん落ち着いてきて、はふって息ができた。

そうか……男の人同士でも好きになっていいんだ。

「となりの部屋にあったブーケは、彼のことを思って作ったのかい？」

おととい作ったトレーズくん用のブーケ。お部屋の涼しいところで花瓶にいれてたんだ。

「はい。今日トレーズくんに渡そうと思ってたけど、ベッドから出られなくなりました」

「考えすぎて？」

「ぅあい……」

お恥ずかしい。僕、恋愛したことないから、ほんとにそうなのかなって考えてたら身動きが取れなくなりまして。

きっとセブランお兄様に、僕が初心者なのが発覚しちゃったのが恥ずかしくて、セブランお兄様のお洋服の上着の中に入りこんだ。

「ふふ、今日はゆっくりするといい。ボクも休みだからいっしょにいようか」

「お話きいてくれますか」

「もちろん。ブーケにはフランが遅速魔法《スロー》をかけてあげるといいよ」

「はい」

セブランお兄様とベッドの上でお昼ごはんを食べて、いっぱいお話をした。騎士の人の中にはパートナーっていって同じ部隊で働いたりおうちを買って暮らしてる人もいるんだって。

「だから、フランが好きになったのが男性でも変ではないんだよ」

「はいッ」

「相手があのトレーズという青年なら、また悩みも出てくるだろうけれど……フラン」

「?」

ベッドにもたれていっしょに座ってるセブランお兄様を見上げると優しいお顔して僕を見てた。

「お兄様は何があってもフランの味方だから。フランがひとりで悩むのなら、いつでもボクやステファン兄様、父様が力になるからね」

チュっておでこにチュウされて、僕はすごくしあわせな気持ちになったのだった。

## †スマートな感じで告白したい

おはようございます！　朝です！

セブランお兄様にお話を聞いてもらってスッキリした僕は、本日玄関にて仁王立ちしているところである。

「ぼっちゃま、おやつはこちらでよろしいでしょうか」

「ん！　馬車にのせて」

「かしこまりました」

アップルパイとスコーンをチェックして、僕も馬車にのりこんだ。

見送りに立ってるメイドたちがみんな真剣なお顔で、深々と頭を下げてくれてる。僕はそれを見てギュンて拳をにぎって頷《うなず》いた。

馬車はガラガラ走ってまっすぐに下町に到着。

「ムフン！」

ずんずんずんって歩いて下町の中でも大きめなレンガのお店の前まで来た。扉にはまったガラスから、店内がざわざわってしてるのがわかる。

うむうむ、公爵家の三男がご来店ですからな！　お忙しいとこすみません！

「おじゃましまーす！」

キティに扉を開けてもらって中に入る前にご挨拶。気持ちとしては「たのもう！」だけど、お仕事中の中に突入してるのわかってるからやめておいた。

中には入浴剤をはじめ、たくさんの雑貨が並べてあった。庶民のお客さんとお店の人が何人かいるけど、お客さんは少しお金持ちのほうの庶民だ。

すぐに店長さんが来てくれて、僕の前に跪《ひざまず》いた。それに倣《なら》うみたいにして店内のスタッフやお客さんも床にお膝をついちゃう。あっこれはホントに申し訳ないやつ……！

頭を下げて僕の言葉を待ってる店長さんに慌てて用件を伝える。年上の男の人が跪いてるのってなんか気まずいよね。

「みんな楽にしてください。店長、トレーズくんいますか」

「はい。呼びに行かせましたのですぐに参ります！　トリアイナ卿《きょう》、若が来るまで、よろしければ奥の応接間にてお待ちいただければ光栄に存じます」

んふふ、若だって。トレーズくんはがんばり屋さんで責任感ある人だから、スラムのボスに、ここらへんのお店の管理をおまかせされてる。だから店長さんもトレーズくんを信頼して、若って呼んでるんだって。かっこいいなぁ。……それはそれとして、店長さんは跪いたまま、お店のいろんな商品もご説明してくれる。お、起きてくれんかな。

「先週輸入したばかりの新商品の茶葉がございまして、さらに若が新しい化粧水の開発も」

バタン！

「あっトレーズくーん！」

「フラ……っ、……あー、ようこそいらっしゃいました。どうぞ奥に」

この気まずい空気の中、お店の奥から出てきたトレーズくんにホッとしていそいそ駆け寄る僕。トレーズくんも店内を見て察したらしく、応接間にご案内してくれた。

「ふぁーキンチョーした！」

「緊張したのはスタッフと客のほうだろうな。公爵家のぼっちゃんがアポなしで来るとか……まぁ箔《はく》になるか」

予告なしで来たのは良くなかったね。反省。でもお客さんがこんな朝からいるなんて、やっぱり人気なお店なんだなぁ。

トレーズくんと向かい合ってソファに座ったら、お店の人が紅茶を持ってきてくれた。うちのメイドもいっしょにササッてケーキを準備して、あっという間にブランチみたいなテーブルになったら、お店の人は出ていっちゃう。

「トレーズくん、朝ごはん食べた？　このスコーンおいしいんだよ、シェフがモチモチを目指したやつ」

「おう、さすがに美味《うま》いな。やっぱり貴族は小麦から違うか」

「アップルパイも食べてね！　僕がいちばん好きな味で焼いてもらったから！」

「おお、まじか。ありがとう。トリアイナ家のアップルパイは有名だからな」

トレーズくんにオススメして、ふたりでおいしいおいしいいってして、一通り食べたところでトレーズくんが顔を上げた。

「それで？　朝イチで来るなんて珍しいけど、どうかしたか？」

足を組んで紅茶を飲んでるトレーズくんが優しい声で聞いてくれる。イケメンだね！

「ん！　あのね……」

壁際で気配を殺してたキティに視線を向けると、僕が作ったブーケを手渡してくれた。

「あの、あのね、これトレーズくんを思って作ったブーケなんだぁ」

テーブルの横を通ってトレーズくんにどうぞってする。魔法をかけてたからぜんぜん萎《しお》れてないんだよ。良かったぁ。

「ブーケもらうの去年ぶりだな……ありがとう、大切にする」

トレーズくんがニコってした瞬間、僕のお顔がボボボッて赤くなったのがわかった。お耳まで熱いよぅ。

「どうしたフラン、顔が――」

「トレーズくんっ！」

「お、おお」

僕はトレーズくんのいるソファにズムンって座って、お膝の上に手をぎゅっとしてお名前を呼んだ。

お名前呼ぶだけなのに緊張して、目つむっちゃった。目のまわりが熱くなって、心臓もドキドキしてきて、うーってなりながら目ぇ開けたら視界にはテーブルがあった。肩に力入りすぎたみたい。

僕はもういっかい目をぎゅってしてから、トレーズくんを見るように斜めに座りなおし、勇気の力でお顔あげた。

僕の反応に驚いてるトレーズくんのお顔を、正面からしっかり見る。

「あのね、僕、トレーズくんが、す、好きぃ……です」

「あ？　どうしたんだ改めて。昔から言ってくれるから知ってるぜ」

首をかしげてるトレーズくん。

ぐぉぉ、そうじゃない、そうじゃないよ。たしかに昔から言ってるけど……ぬぬぬぬっ説明するの恥ずかしい！

「んと、僕の好きは恋してるの好きなの！」

「……は、はっ？　おまえ何言ってるかわかってるか」

首をかしげたままだったトレーズくんが、だんだん目を大きくしていく。リラックスしてた体にも力が入ってきて、じりじりと座りなおしてくれてた。そのうえで深刻な顔して、熱あんのか、ぐらいのテンションで聞いてくるんだよ。っもうー！

「わかってるよ！　チュウしたい好きだもんっ、チ、チュウ……んぁあぁーっ考えたら恥ずかしくなってきちゃった！　でも好きなのホントだよっ、ドキドキするし好きって思うんだもん！　っひゅぁあああーっ告白恥ずかしいねぇ！」

言ってるうちにまたどんどん緊張と羞恥が高まってきて、最後はソファに体育座りしてお膝にお顔を伏せて耐えた。直前に高速で拍手してるメイドたちが見切れて、余計お顔が熱くなる。

ドキドキが自分のお耳にまで聞こえてくる。

（ううぅ……っジンセイで初めて、告白しちゃった……！）

すごく勇気がいったけど、でも……でもトレーズくんに伝えたくてしょうがなかったし。あと、トレーズくんモテるから言わないとなんか、なんか、こわかったのだ。だれかとお付き合いしてるトレーズくんにはもう言えないし……うぐぅ。想像すると胃いたくなる。

呼吸も変になるくらいだけど、告白したからにはトレーズくんの反応が気になっちゃう。

僕はもっかい勇気を出してそろそろ～ってお顔を上げたら、トレーズくんも真っ赤になってる気がする。とても珍しい。レアな光景すぎて、緊張よりも冷静になった僕は、トレーズくんを観察してしまう。うむ。見間違いじゃない。

「……トレーズくん、お顔赤い？」

「っ！　あたりまえだっ」

「んびゃー！」

クシュクシュクシュ！　って頭を撫《な》で回されて楽しくなっちゃう。

んふふふっトレーズくんの撫で方は乱暴だけど痛くないから気持ちいい！　大きい手に頭を押しつけてたらそのうち撫で方がゆっくりになってきた。うむうむ、僕はこれも好きですよ。

気持ちよさに目が細くなりつつトレーズくんを見たら、片手で自分のお顔を覆ってうつむいてた。

「トレーズくん、落ちこんでるの？　泣いてる？」

「泣いてねぇよ。……はぁ、おまえはすごいな」

「フランです」

「フラン」

はい！　ってお返事したら笑われた。そんでヒョッと持ち上げられてソファに置かれる僕。トレーズくんは横向きに座って、両手で僕の手をとった。

「フラン」

「ぁい」

「オレもフランが好きだ。恋してる好きだ」

！

「んぱっ……ぽっ、ん、んぁああっほ、ほんとう⁉」

「本当だ、……ずっと好きだった」

ふゃ！　すごい、じゃあ両想《おも》いだね！

すごく嬉《うれ》しくて叫びたいのに、なんか嬉しいのがお喉のあたりでワーッてなって、上手に声が出ない。

「ずっと好きだったんだ。スラムのために動いてくれるのも、オレらみたいなのにも優しくすんのも……アホみてぇにまっすぐで一生懸命なのもぜんぶ」

トレーズくんは力が抜けたみたいに笑った。

「つーか、泣きながら走りこむ顔も可愛《かわい》いって反則だろ」

はわ、はわ、って口をぱくぱくさせてたら手の甲でほっぺを撫でてくれた。落ちつ、かない！

やっぱり嬉しくてフススス－！　って息吸っちゃう。

「オレはスラムの出だろ。身分も資格も何もない。だからすげー頑張って帝国の貴族も無視できないくらいの金持ちになろうと思ってた」

「お金持ちに？」

「おう。それが実現したらフランを拐《さら》ってやろうと」

ピクッとキティが動いたけど、トレーズくんが僕から手を離して肩をすくめた。

「けど、そんな姑息《こそく》なことしてもダメなんだって突きつけられた。たった今」

「いま」

「おー。アホみたいにまっすぐに告白してくるヤツには、ちゃんと正攻法でしあわせにできる人間しか相応《ふさわ》しくねーってな」

「ほむ」

とても難しい言い回しをされた気がするけど、うむ、これはどうなんですか、僕は両想いになってますか？？？

「だから」

「トレーズくんっ、僕とおつき合いしてくれる⁉　くれない⁉」

「っは！　落ち着け落ち着け。ぜんぶ言われたらかっこ悪いから、ちょっとはオレに言わせてくれ」

「うぐぅう」

困ったみたいに笑ったトレーズくんが、ソファからおりると僕の足元に膝をついた。

「フラン」

「はい」

「まだ何者でもないオレだけど、フランを守りたいし愛したい。好きだ、つき合ってください」

「っ、ぅあい‼」

お返事と同時にドンッて抱きついたら、トレーズくんは笑いながらぎゅうって抱き返してくれた！

すごく嬉しくて、お胸があったかくなった僕は全力でトレーズくんにめり込もうとしたのだった。


「んはぁー」

「落ち着いたか」

「ん！　でもまだしあわせな気持ち！」

トレーズくんのお膝にのせてもらってずっとハグしてたんだけど、僕はよいしょと立ち上がった。

「フラン?」

扉の向こうのお店がだんだんにぎやかになってきたからね、そろそろ帰らないとお仕事のおじゃまになってしまう。

トレーズくんにもそう言ったら、変なとこで律儀だなって言われて頭を撫でられた。

「じゃあ僕、帰るね!」

応接間の扉の前で振り返ってトレーズくんにご挨拶。出入り口まで送ってくれるからここでご挨拶しなくてもいいんだけど、なんとなくほかのお客さんとかの前では貴族らしくしてる僕なので。

メイドたちが廊下で待っててくれて、僕が最後に出ようとしたらトレーズくんに呼び止められた。

「フラン」

「んう?」

「……」

少し屈《かが》んだトレーズくんが、ちゅ、ってほっぺにチュウしてくれた。

ボボン! って僕のお顔が赤くなったのがわかった! だってお耳まで熱いもん!

「おぼ……ぼぅ!」

「ふはっ、可愛いな」

トレーズくんにエスコートされてお店の外につけた僕の馬車に行く。お店の玄関までお店の人たちがお見送りに来てくれたみたいだけど、頭がボワッとしてた僕はふらふらになりながら馬車にのりこんだ。あとから聞いたら見送りの人に「ありがとうございます、ありがとうございます」って言いながら歩いてたらしい。

おうちに帰る頃には落ち着いてきて、お部屋で外用の服から着替えさせてもらう。

「ぼっちゃま、こちらでいかがでしょうか」

「ん、あ！」

部屋着になったのを確認するのに鏡を見たら、僕、自分のお口が目に入ったら思い出してまたボボボン！　って赤面しちゃった。急にチュウされるのがこんなに恥ずかしいとは！　でも嬉しい気持ちもあるから、どうしていいかわかんないぃ……！

うぐぐとなった僕は、最終的にそうっと床にうずくまって小さくなって、夜に様子を見に来たセブランお兄様に慰められたのだった。

まったく！　イケメンは困りますな！

## †あっくんが街でイベントを起こした

「あっくーん！」

街で待ち合わせしてたツンツン頭のお友だちに駆け寄る。

公園の噴水前にいるのは、たぶん将来勇者になる現在庶民のあっくんことアーサーだ。

「フランさま！」

ピッて敬礼して待つのうける。相変わらずだな～！

「おまたせぇ」

「いいえ、拙者もいま来たところでござるからして」

マジメなお顔で言うあっくんと街に歩きだす。ふたりで会うときは買い食いするのがお決まり。

んっふっふ！　今日はなに食べようかな！

八年前、あっくんは川を越えて一家で帝都にやってきた。魔法の才能がある！　って僕の魔法のせんせぇに見出《みいだ》されて魔法の使い方を習ってる。

そりゃあるよね、あっくんは勇者であらせられるから！

僕とあっくんはせんせぇの教え子つながりでお友だちになったんだ。

「あっくん、お靴かえた？」

「おお！　さすがよく気づかれました！　……ジャジャーン！　コレッ、おれっちんところの新作！　靴底にクッション性をもたせせぇのダンジョンを走るのもお任せぇのなスライムソールシューズでぃーす！」

「おおー」

お靴がよく見えるポーズをしてるあっくんに拍手。後半なに言ってるかいまいちわからないけど、なんかすごそう。

あっくんの家はお靴とか盾とかおナベとかの修理屋さんしてるんだって。

「スライムって森の？」

「いかにも。拙者とトレーズ殿が森であった巨大なスライムをですね……」

「おぶぅ」

リアルな狩りの描写はつらいから、虚空をながめる僕。

屋台で買ったリンゴ飴《あめ》みたいのを無心でなめる。

害になって討伐依頼出されちゃったスライムだし、僕だってお父様やお兄様が狩った魔物のお肉いただいてるけど……軟弱ですみません。

それにしてもあっくんは本当に強くなった。勇者ってこういうことなんだなっていう強さ。魔法もいっぱい覚えてるっぽいし。

これはいよいよ勝てないなって思うよね！　悪役から回避生活をしてる僕としてはその成長にビクッとしてるのである。

「……というわけなのでござる！」

「そっかぁ」

あっくんのお話が終わったのに生返事をしてしまった。

それでもあっくんはニコニコお話ししてくれるから、いっしょにいても楽しい。でもそれ以上強くならないでほしいとも思う僕です。

「あっくんは春は狩りで予定いっぱい？」

森に行くなら狩りじゃなくて生き物の観察したり、鬼ごっことか魔法開発とかして遊びたいなぁ。

それなら僕もいっしょに行けるんだけど。

そう思ってあっくんを見たら、僕の持ってきたクッキーをシャモシャモ食べながら、うーんって腕を組んだ。

「いや、それがですな、ディディエ殿が帰ってきたら外国にともに行こうと思ってるのでござる」

「が、外国に!?」

急展開！

ディディエっていうのはオネェの吟遊詩人で、皇帝の椅子爆破犯のひとり。近隣の街で歌を歌ってて、たまに帝都に稼ぎに戻るんだけど、

「外国って、海を渡っちゃうの!?」

あっくんはハーブ屋さんの屋台でジュースみたいの買ってから、うんって頷《うなず》いた。それからキョロキョロして、僕のお耳にお顔を寄せてきた。真後ろにメイドと護衛がいるのに、それは気にしてないらしいあっくん。ちょっと天然なんだと思う。

「ここだけのお話、ガラティン王国のダンジョンには伝説の武器があるのでござる……！」

「伝説の」

「アスカロン帝国戦記では最終武器の扱いだったのですぞっ。クウーッわくわくするでござるなぁ！

数値的にもあれは整ってるし、運用次第では……」

すごい早口でブツブツ言いだしちゃった。こうなるとやや長い。

伝説の武器なんて子供むけのおとぎ話だけど、僕は知ってる。その武器はガチで存在することを……うう、お背中に悪寒がはしるょぅ。

それにやっぱり、あっくんも前世の記憶ががっちりあるみたいだ。

でも言わない。僕も前世でゲームだったの知ってるよって言わない。なぜなら僕がなんかして、聖女みたいにまた運命が変わったら怖いもん。魔王は封印されたみたいだけど、それもどうなるかわかんないし。

「フラン？」

大通りの横から巡回してる騎士の集団が来た。先頭にいるのはセブランお兄様だ！

「セブランお兄様っ！」

目の前まで来てくれたセブランお兄様。後ろの騎士の人は一回礼をして直立だけど、目が合うとちょっとだけニコッてしてくる。

「ふふ、珍しいところで会うね。お友だちと会っていたのかい？」

「はい！　あっくんとオヤツ食べてました！　ね、あっくん」

バタン!!　ドン！

「ぬわぁ！」

「キャ!?」

振り向いたらあっくんが女の子とぶつかってる瞬間だった。

「スリだー!!」

「捕まえてくれ！」

女の子が飛び出してきたお店からおじさんたちがゾロゾロ出てきた。スリという言葉に即座に反応したセブランお兄様たちが女の子を取り囲み、あっくんは地面にお尻をつけてポカンとしてる。

キティと護衛は僕を守る陣形になったけど、僕は唖然《あぜん》として動けなかった。

「魔法使いイベント……」

いずれ仲間になる魔法使いが勇者と初めて出会うイベント。

それが目の前で起きてた。

魔法使いとの初遭遇イベントは勇者が止めに入るはずなんだけど、そうはなっていません。なぜならあっくん、ぶつかったときにミゾオチに結構いい肘もらっちゃってたもんね。

地面で落ちこんでて可哀想《かわいそう》だから、取り囲んでる騎士の人の背後でしゃがんで口パクで安否確認してると、

「だからスリじゃないわ！　あの男が盗んだものを取り返しただけよ！」

「おれが盗んだだって⁉　どこに証拠があんだ！」

「テーブルに置いてたじゃない！　これの価値がわからないのが何よりの証拠だわ！」

「ああっ⁉」

「なによっ！」

め、めちゃくちゃモメだした。騎士が止めに入ってるのに好戦的すぎる女の子と酔っ払いおじさん。

もみ合いになりそうなのを騎士が止めてるけど、僕、すごくやな予感してる。

（魔法使いってたしか……）

「ああもう！　くだけろ拳っ！」

魔法使いがぎゅっとした拳でおじさんに殴りかかった。あんなに細い手で殴ったら、たしかに女の子の手が折れちゃう！

（魔法使いは自爆グセがあるんだった！）

ハッと思い出した僕はすぐに魔力を練って睡眠魔法《スリープ》をかけようとしたけど、その前にセブランお兄様が止めてくれた。

「お嬢さん、キミの手が傷ついてしまう。とにかく一度落ち着いて話そうか。私たちが話を聞こう」

ほひゃー！　かっこいい！

あっさり止めてお店にススと押しこむセブランお兄様と騎士たち。騒ぎに集まってた見物人も散りはじめた。足元に転がってたあっくんは、騎士の人に立たせてもらって土埃《つちぼこり》も払ってもらってた。

「……あっくん！　おケガない？」

「……」

「あっくん？」

「さ、早急に彼女を仲間にしなくては！　これは一大事ですぞ！　はっ!!　フランさま、拙者急用ができたゆえ、今日はお別れでよろしいか！」

うむ。急用って魔法使いを仲間にするご用だよね。ぜんぶ同じ声の大きさで言ってたよ。

そう思ったけど、僕はあっくんのおケガだけ確認して、また遊ぼうねってお別れしたのだった。

目の前で大騒動を見てうっかりしてたけど冷静になると「あ」ってなった。

「まだゲームは終わってない……」

馬車にのりこもうとしたところで気づいちゃったから、馬車のステップに足がかけられない。気力が、気力がない。絶望を感じてきてるからとりあえず地面でもいいから倒れちゃいたい……。

「ぼっちゃま、もしや乱闘騒ぎのショックで……！」

キティがピンときた！　みたいな反応のあと、力が入らない僕の胴を持ち上げて馬車に詰めようとしてくれる。僕も逆らわずふつうに持ち上げられてると、真横から声をかけられた。

「フラン……？　どうした」

「トレーズくん⁉」

ンバ！　って横を見たら布袋持った僕の、僕のお付き合いしてるイケメンがいた！　なんか布袋を肩にかついでる。お仕事してきたのかな？　かっこいい！

キティが気を利かせて、馬車じゃなくてトレーズくんのほうに僕をおろしてくれたけど、かっこよくてちょっと恥ずかしい。

「トレーズくん、お仕事中っ？」

「いや、終わったとこ。それよりどうした、体調悪いのか」

トレーズくんが心配そうにお顔を見てくる。んあぅ、お顔が赤くなってる気がする。

「ん。あのね、大丈……」

「ぼっちゃまは揉《も》め事を目撃なされて、心を痛めておいでなのです。トレーズ、ぼっちゃまをお慰めなさい」

「あっ？　おい！　オレ汚れて」

なにか言いかけたけど馬車にギュムと入れられるトレーズくん。そのあと僕もどうぞって言われたから、そろそろと馬車にのりこんだ。

先客のトレーズくんは諦めたのか、座席に座って僕を待っててくれた。車内でふたりきりになって、向かい合うみたいに座る。

「フラン」

「トレーズくん」

ちょっと見つめ合っちゃう。

えへへ、この前の告白ぶりだもんね。照れちゃうけど、嬉しいのほうが大きい。

「トレーズくん、僕ね、会えて嬉しい！」

「おう、オレもだ。今日会えるとは考えてなかった」

「ハグしていい？」

答えられる前に引き寄せられて、抱きしめられた。

「んふふ！」

「服汚れてて悪ィ」

「いいよお、お仕事してたんだもんね！」

僕も抱きしめ返してトレーズくんの肩に顎をのせた。トレーズくんはお背中を優しく撫《な》でてくれるから、なんか安心する。

「ケンカでも見て怖かったのか？」

お、おお、慰めようとしてくれてる！　でもケンカのせいじゃないんだよ。ケンカは前世でいっぱい見たから慣れてるし。そうじゃなくて、大いなる力にビビっているだけです！

「あのね、僕、王国に逃亡するかも」

「……ああ？　そんなにケンカが怖かったのか？」

ぐぬぬぅ。説明できないもどかしさ！

でも説明したら変なやつって思われちゃうかもしれないし……！

「ぅぶうううう」

「……。まぁいいんじゃねー。オレも近々王国に行く予定だから、いっしょに行けるかもしれないな」

「トレーズくん、王国行くのっ？」

「ああ。向こうの市場調査に行こうと思ってよ」

なんていいタイミングで計画してるのかね！

僕も王国の様子みたい！

「僕もごいっしょしていいっ？　お仕事のおジャマはしませんので！　お父様に聞いてみる！」

行けるかどうか許可もらわないとね！

ふんって鼻息を出したら、トレーズくんが「叶《かな》うといいな」って言って笑ってくれた。

†僕の交渉術！


お父様に会えず二日。これはまずいと思って執事にお父様がいつ帰ってくるか聞いたら、毎日帰ってるけど深夜だから僕が会えてないんだって。

むむ。たしかに早寝遅起きな僕なので、朝ごはんのときも会えないし、困ったな。

「かくなるうえは、夜ふかしします！」

「はい、ぼっちゃま」

寝室にいると寝ちゃうから、夜ごはんのあとはお庭に出て犬型ヒカリゴケのイエミツを夜風にあてて時間をつぶすことにした。

メイドがテーブルセットしてくれたから、椅子に座ってイエミツを観察。ボワッと光るからテーブルの上がなんか癒やし空間みたいになってる。せんせぃも洞窟で明かり代わりにするって言ってたっけ。……隠し通路にも大量に置けばいいんじゃないかな。

温めたフルーツミルクを飲みながら、うとうとしてたら連絡が来たみたい。

「ぼっちゃま、旦那様《だんなさま》がお帰りになられました。今でしたらお話もできるかと」

「わかった！　急ご！」

僕はハッとしてイエミツを室内に戻し、廊下に出てお父様のお部屋まで急ぐ。帰ってきたばっかりらしくて廊下に使用人がちらほらいた。僕がお部屋についたときちょうどお父様の執事が出てきた。

「フランぼっちゃま」

「お父様いるっ？」

「はい、ただいまお着替えになられて夜食を召し上がっておいでです」

執事は僕が来たことを伝えると扉を開けてくれた。ありがとうって言ったら、旦那様も喜びますってにこりとしてくれる。

「お父様、フランです！」

お部屋に入ったらソファに座ってお茶を飲んでるお父様がいた。お夜食ってお茶だけ？って思ったら食べ物置いてたっぽいお皿があってちょっと安心。

「おお、フラン！」

お父様が立って両手を広げてくれたので、条件反射的にデデデッて抱きついてほっぺにチュッとしちゃった。お父様もお返ししてくれて、一回ギュムッとされる。

「お父様おかえりなさい！」

「うむ！　帰ったぞ！　話があると聞いた。話してみよ！」

「はい！」

ソファに降ろされたので、ソファの上で正座。大事なことなのでキリッしたお顔で王国に行きたいことを伝えるよ！　将来の逃走先の確認が目的だけど、タテマエは動植物のお勉強とする！　あとお友だちが行くからいっしょに行きたいってことも。

「うぬう、王国か……その植物の調査研究とは帝国ではできないのか」

「環境とか文化が違うと植物のあり方も変わるのです。王国の資料は少ないから実際に見てくれれば、いつか帝国の生き物の役に立つかもですし！」

そんなことを教授とお話ししたことがあるから、我ながら説得力がある気がする！

真面目なお顔のままお父様を見つめる。お父様は腕を組んで眉を寄せてた。

「……フランも小さいとはいえもう14か。ウヌゥウウウ」

すごい唸《うな》ってる。葛藤？　葛藤してますか？

ならあと押ししなくては！

「護衛もつけます！　変なとこ行ったりしません！　お手紙も書きます！」

あとは、あとは！　なんかあるかな⁉

僕、本当にいい子にしてますので。

ただ予備の安全な住処《すみか》ないかなーって見てくるだけですので！

「ヌヌヌヌゥ……よし！」

「！」

「父が調整してみる。その都合がつけば許可しよう！」

「んぁあああー！　ありがとうございますお父様！」

やったー！　ドムンッてお父様の側面に抱きつくと頭をモズヌモズヌ撫《な》でてくれた。ひさしぶりにお父様に撫でられてちょっと照れちゃう。お父様は大きいからまだまだ僕の頭は片手で収まるね。

「えへへへへ」

「ところでフラン！　友達とは真実に友か！」

「ぶあ⁉」

「友であるか⁉」

ビクッとしちゃった。どうしよう。トレーズくんのこと大好きだけどお友だちの大好きじゃないってわかって、トレーズくんも好きだよって言ってくれて、だから、だから恋人なんだよ。

それをお父様に言っていいかな。怒られたりしないだろか。……でも、でもナイショにするのもヤだ。お父様にもトレーズくんにも、ウソつきたくないもん。

（んんんう……！）

「……こっ、恋人、です……」

んひゅぁああ！　これは恥ずかしい！　家族にお付き合いしてる人がいるって言うの恥ずかしい！

「そうか！　……そうか！！！」

声大きい！　深夜だけど一段と大きくなったお父様の声にちょっとお耳がボワーとなる。お父様は何回か頷《うなず》いたあと、僕を立たせてくれた。

「ではフラン！　早く寝ないと大きくなれない！　寝よ!!」

「はいっ、おやすみなさいお父様！」

「うむ！」

つられて大きい声でお返事してお部屋に戻った。着替えさせてもらってベッドに入ると、だんだん海外旅行に行けるかもっていうワクワクが湧き上がってきてあんまり眠れなかった。


寝不足気味のままひとりで遅めの朝ごはん食べてたら、お仕事に行くセブランお兄様が声をかけてきた。

「フラン、大丈夫かい？　パイを食べたまま寝ているけれど」

「んあっ……セブランお兄様、お仕事ですか」

「うん。でもフランの様子が気になってね」

アップルパイを詰めこんだ僕のほっぺに手をあてて首をかしげるセブランお兄様。これはご心配おかけしちゃってる……！

「ん、んと、きのう王国にお勉強に行きたいってお父様に言ったのです。もしかしたら許可してくれるかもしれないと思ったら興奮して寝不足になりました！」

「……王国に？」

「はい！」

ふむ、としたセブランお兄様は、朝食後は仮眠するといいよって言ってお仕事に行っちゃった。お見送りできずざんねん。

そのあと言われたとおりちょっと仮眠して、起きたら外国語の自習をした。どの国でも生きていける準備はしたいもんね！

それから学校に行ったりふつうに過ごして数日後、お父様が王国旅行を許可するって言ってくれたのだった。なんかいっぱい条件つきだったけどね！

## †僕の目標を超えてくる僕

午前中のちょっとにぎやかな学校。

その三階の教授のお部屋で、教授の前に仁王立ちしてる僕、14歳。

「んはっはっはー！」

「な、なんということだ。信じられない」

お父様からのお手紙を読んだ教授はブルブル震えて、何回もお手紙を読み返してる。

「王国に行く許可もらったのでご同行してください！　ごはんもお宿もご用意してるし、護衛もついてるから万全ですっ」

どっやどやどや！

腰に手をあててのけぞっちゃう。教授がずっと心配してた僕の身柄だけど、騎士がついてくるから安全オブ安全！　これなら現地調査してもいいよね。

ごはんもベッドもぜんぶ僕のおうちがご用意するので、教授は僕の先生としてついてきてくれたらいい状態。タテマエは僕の生物学のお勉強のための旅行だから、旅先の指導役として教授が任命されたので講義のあとお手紙を渡したのだ。

「わ、私などが……王宮には高名な学者もいるでしょうに、ま、末端の私が……私などがこんな機会を……っ」

教授はぶつぶつ言ったあとブブブブブブ！　ってもっと高速で震えだした。だ、大丈夫かな。厳正に選んだってステファンお兄様が言ってたし、僕に付き合って教授が少しのあいだ学校休んでも平気にするらしいけど……教授のこの反応はいいと悪いどっちだろ。

急に自信がなくなってくる。僕、教授に教えてもらう立場だけど、身分が激高だから断れないって可能性もあるんだもん。

「教授、あの、ダメなら断れるよ、僕がお父様に言うので」

「いきゅます!!」

めっちゃ噛《か》んだじゃん。ひゅわっ大丈夫？　口から血が……。

「ぜひとも随行させてください！」

「ん、んと、はい。よろしくお願いします」

「はい！　よろしくお願いいたします！　……王国に行くなら植物たちの世話を頼まなければ。ここは冒険者を雇って……」

窓からの陽射しで教授のメガネが光っててお顔がよくわからないけど、たぶん喜んでくれたっぽい。

お部屋の中をウロウロしだした教授に「それじゃあ、失礼しまーす」ってご挨拶して廊下に出た。

「フラン」

「あっ！　トレーズくん！　待っててくれたのっ？」

壁に寄りかかってたトレーズくん発見！

五歩を急いで近寄ったら頭に手を置かれた。

「昼飯いこーぜ」

「ん！」

今日もランチのお約束したからね！　今日はなに食べようかな！　おなかもいい感じに空《す》いてきた

からウキウキして外に出る。

トレーズくんとも朝会ったときに王国行きのことは言ったんだ。お友だち……こ、恋人もいっしょに行くってお父様に伝えたから、トレーズくんも僕と同じ船で同じ宿に泊まることになってる。そのお話をランチのときしなくては！

お父様とお兄様たちが言ってた条件とか要件とかを思い出しつつトレーズくんのおとなりを歩く。僕より背が高いからチラッて見たいのに、見上げるようになるからすぐばれちゃう。

「どうした？」

「えへへ、なんでもないよ」

そうかって言ってペムペムと頭を撫《な》でてくれる。嬉しくてお口をムズムズさせてたら、僕の頭の中でやる気がむくっとした。

きのうの夜、トレーズくんに会ったらしたいなってベッドで考えてたこと。僕もトレーズくんの恋人なんだから、いろいろしてもいいと思うんだ。

うむ、……うむ！　今日はてっ、手を繋《つな》いじゃうぞ！　そんでもうちょっとできそうだったら、さよならのときほっぺにチュッてする！

「フラン、今日も固いパンでいいのか？　前に気にしてたパン屋も来てるぞ」

「ンハ!?　あの木の枝みたいな!?」

「おう」

トレーズくんが顎でさしたほうを見たら、屋台に大量の木の枝が立てられてる！　ゴツゴツして茶色くて細長い、どう見ても木の枝なのに、あれがパンだって知ったときの衝撃たるや……！

メイドが買いに行ってくれるけど、あのパンは作り方からデザインまでなんであああしたのかわからない。ぜひ店主に聞いてみたいんだ！

「あっ、待って。僕が買ってみる！」

「かしこまりました」

「あのパンにします！」

「こんにちはっこのパン一本、いや、いっこ……本？　数え方は本でいい？」

「へぇ、どちらでもでいいでやす」

「ん！　一本ください！」

店主が細長パンを一本ひっこぬいて乾いた葉っぱみたいので手元を包んでくれた。あ、この葉っぱ笹類のだ。帝国だと地方にしかないから、そっちから来たのかな。

「店主さん、なんでパンを木の枝みたいにしたの？」

「さあ……昔からなんで、すいやせん。でもうちの地元じゃ若い恋人たちに長いのが人気でやす」

「そうなんだ」

昔からの食べ物ってナゾ起源多いよね。僕は店主にお礼を言って、そばで待っててくれたトレーズくんといつもの公園のベンチに向かった。あ、パン買うのに夢中で手ぇ繋げなかった……。

「フラン、それシナモンぽい香りがしてるけど食えるか？」

「えっ、あ、ほんとだ！」

だから茶色いのか。

トレーズくんが心配そうに見てるけど、僕がムムってなるのはアップルパイにかかってるシナモンで、シナモンだけならふつう。シナモンだなって思うくらい。

パクッてしてモグリモグリ。あ、まわりにお砂糖みたいなのついてる。

「ん、おいしい！　シナモンうすめ！」

「そうか」

「うん！　トレーズくんも味見してみていいよ！」

はい！　って細長パンをトレーズくんの口に近づけた。

トレーズくんは一瞬ちょっと変な顔したけど、パク！　って食べてくれる。んふふっ恋人に人気ってこうやって分けるのが楽だからかな？

「どう？」

「うまいな」

「ねー！」

僕のお手柄みたいな気持ちでニコッてしてたら、トレーズくんがお砂糖がついた自分の唇をぺろりとした。そんで僕の唇を見て、

「甘いな」

「……はっ……ぱ……んあぁああー！　間接キスしたあああ！　あー！」

「……ッハハ！　気づいてなかったのかよ」

パンをぎゅってにぎってパニックになってる僕の頭を一撫でしたトレーズくんは、そのあとはお茶を用意させてくれて、落ち着くまで待っててくれたのだった。

# 閑話　まわりの人たち

ぼっちゃま方はよく厩舎《きゅうしゃ》においでになる。

だが朝いちばんに来るのは旦那《だんな》様だ。

「皆の者、おはよう！」

「おはようございます旦那様」

使用人の我々にも挨拶をしてくださる。簡素なお召し物の旦那様は、厩舎に入ると一頭一頭の顔を見ながらウンウン頷《うなず》いていらっしゃった。

奥へ行くと厩舎でも気性が難しい五頭がいる。

だがその五頭でも旦那様の迫力には敵《かな》わないらしい。いつもより数段大人しくして、旦那様と目を伏せて合わせないでいた。敬意を払っているのがわかる。

「うむ！　良い馬たちだ！」

旦那様はいちばん大きい馬をお選びになり、そのまま朝の遠乗りに行かれた。選ばれた馬の顔はキリリとしていた。

やはり旦那様に選ばれることは、馬にとっても名誉なことなのだろう。

朝食が終わると、一日おきの頻度でセブラン様がお見えになる。

「おはようみんな。ああ、仕事を続けて」

いつもセブラン様はこうして気遣ってくださる。

使用人たちが掃除や世話で騒がしくしてしまい申し訳ないと思うのだが、セブラン様は広い敷地で悠々と散歩している馬たちを眺めに外に出られる。

たまに挨拶に寄っていく馬たちを撫《な》でるお姿は、景色とあいまってとても穏やかだ。セブラン様は馬と触れ合うのがお好きで、それが伝わるのか、体の小さい馬たちが順番とばかりに並んでいるのも微笑《ほほえ》ましいものだ。

このとき気難しい五頭は、セブラン様の視界に入るところまで来ると姿勢を正して少し速く走ってみせている。

「ふふふ、みんな元気だね」

何かのアピールに違いないが、セブラン様はどの馬にも平等なのでそれもにこやかに眺めるのだ。


昼前の少し暇な時間。

掃除も一段落し、我々も馬たちもおのおの思うように過ごす時間だ。

「おはようございまーす！」

メイドを連れたフラン様が元気いっぱいにいらっしゃった。

学校へ行かない日は、たいていこの時間に来て馬たちの世話をしてくださる。

日課となったのは二年ほど前からだったと思うが、使用人にやり方を聞き、今では慣れたご様子でお世話なさっていた。

五頭の馬たちはフラン様のブラッシングが好きらしい。外で遊んでいても必ず厩舎の真ん中で待つ。

体格の良い五頭なので威圧感さえあるが、フラン様はその馬たちを可愛《かわい》いと思ってるご様子だ。

「んあああ～！　食べないでよぅ」

フラン様が一頭一頭熱心にブラッシングしていると、毎回順番を待っている馬にちょっかいをかけられてしまう。反応を楽しんでいる馬もいれば、構ってほしい馬もいるし、いちばん大きい馬などはフラン様の小ささを心配している様子だ。ただそれぞれの思いは伝わっていないのが可笑《おか》しい。

「んもぉおおお……！」

最終的に馬の鼻水やよだれでベタベタになるが、さすが貴族でいらっしゃる。さっと魔法で体を清められるのが見事。

だが帰り際にまた鼻水をつけられていた。それでも困ったなぁという顔をして馬たちを撫で、明日も笑顔で来てくださるのだ。


深夜。夜の番しかいない時間にステファン様はひょいとお寄りになる。

「ご苦労。異常はないか」

「はっ」

普段よりもやや抑えたトーンのステファン様は騎士服のままだ。

多くの馬たちが寝ているのを慮《おもんばか》ってのことだろう。

奥で寝ていた五頭が身じろぎをする。この厩舎では格上の五頭だが、そのせいか油断して横倒れで寝ていることが多い。馬としてはステファン様に良い格好を見せたいようなのだが、「よい、寝ていろ」という小さな声に従うのだ。

日中にいらしたときはステファン様も遠乗りをなさる。その日いちばん筋肉があたたまっている馬をお選びになり、速く駆けるのだ。

だが夜は、厩舎の馬たちを入り口からしばらく眺められ、我らに最近の様子を問われるだけでお帰りになる。馬に対しても、我らに対してもとても紳士的でいらっしゃるのだ。

ちなみに気になって五頭を見に行くと、たいてい目を見開いて寝ていない。

健気《けなげ》なところもある五頭なのだ。

# 第2章 はじめての海外旅行



## †港町で覚悟を聞いた

「海だー！」

いま僕の前には大きな海が広がってます！

帝都から出て五日。ずーっと馬車で走ってた僕ののった馬車の一団は、ついに目的の港町についた。

そう一団。団。まぁまぁあの数のお付きがつけられてる僕。これもお父様がつけた条件のひとつなんだ。

トレーズくんも後方の馬車にいるし、護衛も大量である。

「入れるかなっ泳いでもいいかな⁉　あ！　僕泳げなかった！」

前世では海水浴とか行っててアリガタミとかなかったけど、現世では生まれて初めて見るから感動しちゃう！　んあああ！　前世と同じ海の香りがしてるー！

「すげぇ元気だな。馬車疲れしてねえのか」

荷物下ろしてるトレーズくんに笑われた。ここから船にのり換えるから準備があるみたいでみんなちょっと忙しそう。明日の朝に出発なんだけど、今のうちにお荷物積みこむんだって。僕もお荷物のゼツエーとイエミツをしっかり持って管理してます。

「トレーズくんは海見たことある？」

「いや、初めて見た。想像以上にデカいんだな。これがぜんぶ塩水で、しかもどこまでも広がってるとか信じられねぇ」

眩《まぶ》しそうに海を見てるトレーズくん。帝都で生まれると海って見ないよね。んん……トレーズくんのいい思い出になってたら嬉《うれ》しい。ふたりで少しのあいだ海を眺める。

「ぼっちゃま、旦那《だんな》様がいらっしゃいました」

「お父様！」

キティに言われて港からずっんずっんて歩いてくるお父様を見つけた。お父様は馬で先に来てて僕がのる船のためにいろいろ手配してくれてたんだ。

おおー、お父様って遠くから見ても大きい。港町の漁師さんも大きいけどそれ以上ある。なんか遠近法がおかしくて目が変になってくるや。

「フラン着いたか！」

「はいっ」

バッて腕を広げたお父様にザンッて抱きしめられた。うむぅ。お父様とハグすると僕の体が浮いちゃう。けどお父様の首に腕をまわしてほっぺにチュウ。浮いてからのご挨拶にも慣れてますよ！

「船の点検は済んでいる！　無事で行ってくるのだぞ！」

「はい！」

「爺様渾身《じいさまこんしん》の船だ！　揺れもないから安心して良い！」

「あい！」

「帰りは父の代わりにセブランが迎えに来る！　頼れ！」

「へいっ」

ギュヌ、ギュヌ！　一言のたびにぎゅっとされる。お父様は力強いからちょっとだけ苦しい。今日のお父様はお別れのご挨拶が長めだなぁ。

「フラン！」

「ふい！」

「…………無事を祈っているぞ！」

「！　はい‼」

すりすりってほっぺをすり合わせて僕を降ろしてくれた。

それからお父様はぐるりと周りを見て、僕の後ろでメイドたちといっしょに頭を下げてるトレーズくんに目を止めた。

「そこの男、おもてを上げよ！」

んえ⁉　な、なに。お父様がなんか……強い！　メイドたちもピクッとした。緊張感が出た現場でトレーズくんはゆっくり顔を上げた。目を見ないのはえらいね！　ところで僕はどうしたらいいですか⁉

「名は！」

「トレーズと申します」

「うむ！」

「…………」

「…………」

む、無言。まっすぐ前を向いてるトレーズくんと、そのトレーズくんを見てるお父様。しばらくそうしてたら、お父様がトレーズくんのお顔を片手でグッて上げて無理やり視線を合わせた。

「そち、覚悟はあるか」

な、なん……っこわ!? 怖い空間！ なんかお父様から真っ赤な魔力出てるし！ トレーズくんがヤバイ気がしてあいだに入ろうとしたらキティに無言で止められた。

「あります」

ピリついた空気なのに、トレーズくんはお父様の目をガッチリ見て答えた。メンタル！ メンタルすごい！

「…………」

「…………」

無言で見つめ合うお父様とトレーズくん。あっ、僕のほうがおなかが痛くなってきそう。

「……うむ!! しかと聞き届けたぞ！」

トレーズくんから手を離したお父様が頷《うなず》いて、魔力もしゅわーってなくなった。

(ぬぬぬ。今のは僕のせいなのでは……)

トレーズくんが恋人だってことのトラブルの匂い。つまり僕のせいな気がしてならないぞ！

ここはやっぱり僕がフォローに入るべきだなって口を開けようとしたら、トレーズくんが急に地面に跪《ひざまず》いた。海が近いから海水でぬれちゃう！

「ありがとうございます。何よりもこの方のしあわせを護《まも》ることを、この場で誓います。……お許しいただき感謝いたします」

「うむ！　フランを任せたぞ！」

「は！」

くるりと僕を見て、もう一回頷いたお父様は僕の頭を撫《な》でて今日のお宿に行っちゃった。

「……フラン」

「………………」

「今の、認めてもらったってことでいいんだよな。……フラン？」

ボワボワする視界でトレーズくんをなんとなく確認。

「トレーズくん……」

「おう」

顔赤いなって言ってトレーズくんが僕のほっぺに手をあててくれた。その手がちょっと震えてる。

「ふえっ……えっ、うくっ、トレーズくぅうん！」

「うわ!?」

べムン！　って抱きついてお胸にぐりぐりお顔を押しつける。うわあああん！　なんか泣いちゃうよう！

「うれじいいいいい！」

「お、……おお。そうだな。オレも嬉しいよ。しかしさすが公爵様、すげぇ迫力だったけど」

「んくっ、はぐ……っ僕、トレーズくん滅されちゃうと思ったぁ……っ！」

「そんな!?」

ちょっと青ざめてたらしいトレーズくんに気づかず、僕は気が済むまでトレーズくんをぎゅっとしたのだった。


お宿に泊まるのかと思ったら港町のえらい人の別荘に泊めてもらうんだった。

お父様にご挨拶に来た領主の人に僕もご挨拶して、そのままお父様とお別れして僕たちだけでお泊《とま》り。トレーズくんとは別のお部屋で、でも朝ごはんは教授とトレーズくんもいっしょに食べれた。シェフはついてきてないからふつうの朝ごはん。ちょっとフォークの進みが遅くなって申し訳ない。

そんで朝ごはん食べたらいよいよ船にのりこみます！

「え……」

「ヒッ……！」

僕たちがのる船の前に来たところで、トレーズくんと教授の歩きが遅くなった。いや教授はもう止まってる。

港町にたくさん泊まってる船の中でも、いちばん大きくていちばん装飾が多くていちばんお金かかってそうな船。そう。僕のおうちのです！

足が止まるのもわかるよ。目立つからそこらへんの人も立ち止まって見てるし、ちょっとだけ恥ずかしい。でも自慢なんです！

「フラン、あれ、か？」

「うん！　おじい様が僕のために造ってくださったんだ！」

えへん！　かっこいいでしょー！

おじい様がなんかいろいろ考えて造ってくれたのだ！　大砲もつけてあって強いらしいよ！

フススンッて鼻息が出ちゃったけど、僕はこの船が大好きだから自慢できるときに全力で自慢したいのです。

「はぁー……すげぇ、言葉が出ないぜ」

「かっこいい？」

「おう、かっこいいな！　やる気になってくる」

茫然《ぼうぜん》としてたトレーズくんを見上げたら、急にすごい笑顔になって僕の頭をクシャクシャって撫でてくれた。んふふ！　かっこいいって！

スロープを上がって船にのりこむ。船員さんもいっぱいいて忙しそうにしてたけど、僕が甲板についたらザザッて敬礼してくれた。これには僕がビクっとしちゃった。みんなおじいさまの部下の人らしいけど敬礼されるの慣れない。

けどいつものようにご挨拶。

「んと、よろしくです！」

「「ハッ!!」」

ビクッ。お返事の声量はそれであってるの……？　いまそんなにしたら疲れちゃわない？

なんか船員さんは年々声が大きくなってると思う。

「さすがトリアイナ公爵家の……すごい迫力ですね」

「我々も気を引き締めよう」

僕たちの横で、セブランお兄様が小回りがきく護衛になってつけてくれた騎士の人も驚いてた。
船内に入ると廊下があって、少し先の扉を開けるとさらに絨毯《じゅうたん》の廊下が続いてる。ホテルみたいにキレイにしてあるここからが僕が過ごすスペースってこと。

「か、壁もランプも違うのですね。フ、フラン様、私はどこの隅に座っていたらよろしいでしょうか……っ」

メガネを拭いたり掛け直したり、あからさまに挙動不審な教授。え、もしかして船が苦手だったのかな⁉　魔力で揺れないようになってるはずなんだけど、苦手ならとにかく寝たほうがいいのかも。

「教授っ、教授のお部屋はあそこです！　ベッドがあるから寝ててください。ランチになったら呼びますしっ」

さり気なくメイドが部屋の扉を開けてスタンバイした。おそるおそる近づいて部屋の前まで来た教授は「こ、個室⁉」て叫んだ気がしたけど、メイドたちが部屋に押しこんでパタンて扉が閉められた。

教授、お大事に！

「フラン、オレの部屋は？」

いっしょになって教授を見送ってたトレーズくんが首をかしげて聞いてきた。

「あ、ここだよ」

廊下のまんなかの大きい扉を開けてもらって中に入ると、帝都のお部屋みたいなリビング。奥には寝室もあって、違うのは窓の形くらいかなあ。

「どうぞー！」

くるりと振り返ったら、変な顔したトレーズくん。お部屋に入ってきてくれない。

「ここで間違いないのか」

「ん！　僕といっしょだよー」

帝都でお話ししましたもんね！　恋人だから、いっしょのお部屋でお話ししたり夜はお泊りしたりしていいんだよ！　ふぁあーっドキドキするけど楽しそう！

「いや、宿はいっしょって言ってたけど寝室まで同じはどうだ……」

片手で顔を覆ったトレーズくんが、しばらく考えたあとひかえてたキティに話しかけた。

「あのソファはベッドに」「なりません」「……空き部屋は」「ありません」「わかってるのか？」「五割程度はおわかりでいらっしゃると」

なんかキティとコソコソ話してる。むむ、お話が聞こえない。

ちょっと気にしつつ、木彫りのゼツエーとヒカリゴケのイエミツを窓辺に置いて待つ。

はぁーとため息をついたトレーズくんが、やっとお部屋に入ってきてくれた。ちょっとお耳が赤い。

「フラン」

「はい」

「世話になる」

「んっよろしくお願いします！　んあっラッパの音！　トレーズくん、船が出るの見に行こ！」

お外から出港するよって合図のラッパの音が鳴りだした。僕とトレーズくんは甲板に出て、船が動きだすのを眺める。

王国には明日の朝につく予定。

ランチを食べたら夕方までトレーズくんとお話ししよう。それで夜になったらベッドでいろんなお話しするんだ！

「んうー！　楽しみだね！」

「おお、オレがんばるわ」

遠ざかっていく港町に手を振って、僕たちは王国に向かうのだった。


みんなでランチをしたら、お部屋でちょっと休憩した僕とトレーズくんは二階の甲板で日向《ひなた》ぼっこすることにした。一階は落ちたら海だから僕はご遠慮してくださいって言われてるからね。

「船ってこんなに揺れないもんなのか？」

甲板に置いた椅子に座ったトレーズくんは、椅子に寄りかからないでずっと海を見てる。初めて見るしその海を走る船っていう体験が飽きないんだって。

「んと、ふつうは揺れるんだって。でもおじい様が魔道具かなんか使ったから平気なんだって言ってたよ」

僕もおとなりのソファで海風を浴びてる。目をしぱしぱさせて僕も海を眺めてみた。波がいっぱいあるのに船はぜんぜん揺れなくて、動いてるのが不思議な気持ちになる。

んむ、ぽかぽか陽気で目をつむったら眠っちゃいそう……。

「フラン様、そろそろ人魚の散歩道ですので人魚群がみられるかもしれません」

「ほんと！　トレーズくん、人魚だって！」

「に、人魚っ？」

「見よう！」

船員のえらめな人が教えてくれたから、僕はハッとしてソファから立ち上がった！　そんでトレーズくんの手を引っぱって甲板の柵まで急ぐ。びっくりしてるらしいトレーズくんもあたりを警戒するみたいに見回してる。

「人魚ってマジでいるのか！」

「僕も一回しか見たことないけど、いるよ！」

「フラン様、進行方向の左手をご覧ください。波紋が浮かびはじめています」

「んあああああ！　来たのかな⁉」

船もとまって、その場で待機。そうするうちに遠くの海面にまるい波紋がいっぱい浮いてきて、それがさらに増えたら急にザパン！　ってなにかが飛び上がった！

「あーっ人魚さんんんん！」

人の形なのに下半身がお魚！　かんぜんに人魚‼

前世ではいなかった人たちだし現世でもレアな存在。思わず柵からのり出しそうになったのを、トレーズくんが腰を掴《つか》んで止めてくれた。すみません！　興奮してしまいました！　僕は柵じゃなくてトレーズくんにしがみついて、次々ジャンプしてる人魚を観察。

「はぁあああっ、すごいねぇ！」

「おお、めちゃくちゃいるんだな。ジャンプ力は尾ヒレからか？」

「うん！　筋肉すごいらしいよ！」

触ったこともお話ししたこともないから、なんか存在するだけで感動する。遠くてお顔まで見えないけど手を振っておく。胸元で小さくだから人魚にも見えないかな。

しばらくパシャンパシャンしてた人魚たちがいなくなった。

「思ったよりも人型だったな」

「すごかったね！　イルカみたいだった！」

「イルカ？」

海の生き物に興味をもったトレーズくんにイルカのお話をしてたら、メイドにそろそろお部屋にお戻りくださいって言われちゃった。

「トレーズくんはまだ海見てる？」

「ああ、もうしばらく見ていたい。走ってる船から海を眺めるのは最高なんだな」

ちょっと照れたみたいに笑うトレーズくん。海と船を好きになってくれたのかもっ。嬉しいな！

「ん！　それじゃあ僕はお風呂に入ってくるね！」

「は……!?」

この船にはなんとお風呂がついてるのだ！　おじい様がこだわって作った匠《たくみ》の技のお風呂！　船にのったときしか入れないから、このチャンスは絶対に逃さないぞ！

「またあとでねー！」

トレーズくんとお別れして船内のお風呂に向かうのにちょっと早足になっちゃう。わくわくですな！

お風呂場では日焼けとか海風の乾燥とかチェックされて、入浴剤もちゃんといれて、万全の用意でいざ！

「はふぅ……」

おうちのより浴槽は小さいけど、窓から海が見れるし最高です。

「キティ、キティ、僕、夜ももう一回入っていい？」

「かしこまりました。夜には入浴剤も変えさせていただきます」

「僕、このままでも大丈夫だよ？」

「そういうわけには……クリームとの兼ね合いもございますので」

「あ、そっか」

夜用のクリーム塗らないとだもんね。

納得してお風呂を満喫した僕は上がったらウトウトしてたみたい。寝室で仮眠させてもらって起きるとお夕飯の時間だった。

「起きたか」

リビングで待っててくれたトレーズくんと食堂で夜ごはん。教授は食欲がないらしくてお部屋で食べるんだって。やっぱり船苦手なのかも。かわいそうだなぁ。

ごはん食べてたら船長が夜のご挨拶に来てくれて、明日の朝に王国に入るから今日は海で停泊しますって教えてくれた。

お部屋に戻って食休み。まったりしてトレーズくんとおしゃべりしてたら、あっという間に夜になっちゃった。そろそろ寝る準備しなくちゃ。

「停泊って言ってたか……星座が見られそうだな。フラン、オレは外で星を見てくるけど、遅くなったら先に寝てていいからな」

自分の荷物からメモ帳とペンを取り出したトレーズくん。お空の情報はたいせつって言うもんね。

「ん！　そのあいだにお風呂入るから大丈夫だよ！　お外寒かったらお風呂入ってきてもいいからね！」

「お、おう」

というわけで二回目のお風呂も入れてしまった。窓から夜空が見えてきれいだし、とてもまんぞくです！

今度おじい様にお礼のお手紙書こ！

お風呂からあがってもトレーズくんは戻ってきてなくて、でも湯冷めしたらヤだからベッドにお先に入ってた。大きいベッドだけど、トレーズくんと寝るからちょっとだけ端っこで寝る僕。

「早く帰ってこないかな」

お泊《とま》りで同じベッドでお話するっていいよね！　トレーズくんは海の生き物好きっぽいからそのお話と、僕はトレーズくんの冒険のお話聞きたい。あとやっぱりこういうときは恋のお話も！　って考えてたら寝室の扉が開く音がした。

カチャ、パタン
「フラン？」

「おかえりなさいトレーズくん！」

「元気だな」

ベッドの端っこまで行ってシーツのあいだからお顔を出してお迎えしたら、トレーズくんが笑いながらお着替えして、ベッドに近づいてきた。

「眠くないのか？」

「ん、まだ少しなら大丈夫！　僕、トレーズくんとベッドでお話しするの楽しみだったんだよ」

ベッドに座ったトレーズくんが僕のほっぺを撫《な》でてくれる。気持ちいい。んう、なんかドキドキする。

「恋のお話とかもしたくてっ……て、あぶぁ!?」

僕とトレーズくんはこっ、恋人だから恋バナってどうなるんだろ!?　恋人……っなんか急に恥ずかしくなってきた！

「んううう～！」

「……何かに気づいたな。まぁ今日は寝ようぜ」

恥ずかしさでちょっと丸くなった僕を、ベッドのまんなかまで転がして、トレーズくんがベッドに入ってきた。

「フラン、おやすみ」

「ふぬぬぬっおやすみなさい……！」

「ふ……っ」

吹き出すみたいに笑ったトレーズくんがおでこにチュッとしてくれて、僕の脳は限界をむかえたらしい。急激な眠気に目が閉じたら、トレーズくんが優しくお背中を撫でてくれたのでした。

## †王国着！　からの少し忙しい僕

ぬくぬく。ぬくぬくする……僕、お兄様と寝たんだったっけ。春だからかな、ちょっと暑い……。

「んむぅ……」

「蹴るな蹴るな、暑いのか？」

おふとんを退《ど》かそうとして足をもぞもぞさせたら、自動的に一枚おふとんが消えた。んぬ、かいてき……。ちょっと涼しくなったからお兄様にすりよる。ちょうどいいあったかさですね。

「……？」

いわかん。

ゾムゾム、て位置をかえてお兄様のお顔のところにンパッてお顔を出したら「うわ」って言われた。

「トレーズくんだ」

「……おう」

「んふふ。あのね、僕、トレーズくんの恋人になったんだよ」

「そうだな。それで……頼む、そろそろ起きてくれ」

とってもお顔が近くてよく見える。かっこいい。目がずーっとトレーズくんを映しちゃってたら、トレーズくんがおでこをくっつけてきた。とっても赤いしなんか熱い。

え、あれっ？　これは……ホンモノのトレーズくんっぽい……ぞ!?

「は、……はっ……ハブァ……！」

「フラン？」

「ぷぁあああああああ!?」

トレーズくんと目が合ったらすごく恥ずかしくなって、慌ててゴソソソッてふとんの中に潜りこんだ。体を丸めて思い出す。あー！　あー！　僕、旅行中だった！

なんで忘れちゃったんだろっ、きのうどうやって眠ったんだっけ……！

一生懸命考えるけど、僕の頭にトレーズくんのおなかからへんがあたってて、あったかくてドキドキするよぅ！

「フラン、大丈夫か」

「だっ！　だひ、だいじょうぶにしますっ」

そのときトントンって寝室がノックされて、キティが入ってきたみたい。

「ぼっちゃま、いまのお声は……！」

異変を聞かせちゃった。ごめんねキティ。でも今は恥ずかしくておふとんからお顔が出せない。トレーズくんのおなかに頭をあてて たら、トレーズくんが「寝ぼけてたらしいぜ」ってフォローしてくれた。

「フラン、用意があるみたいだから、オレはいったん外にいるからな」

おふとんの上からポンポンって合図して、トレーズくんは行っちゃった。キティとバトンタッチだね。

モゾ……ってお顔を出したら桶《おけ》と布を用意したキティがいた。布でお顔をふいてもらう。

「キティ、僕寝ぼけちゃった……トレーズくんに変って思われなかったかな」

「お気になさらずとも、ぼっちゃまはいつでも凛々《りり》しくていらっしゃいます。お声も朝一番にもかかわらず、よく伸びた良いお声でございました」

「そ、そう？　んへへへへへ」

それから着替えさせてもらって廊下に出たら別室からトレーズくんが出てきた。お着替えとかそこでやってるんだって。ん、恥ずかしいのなくなった！

改めておはようってして食堂で朝ごはん。教授も起きてて、ミルクにひたしたパンだけ食べてた。

「あっ教授、おはようございます！　体調は平気？」

「は、はい、おかげさまで……慣れれば落ち着きますので」

「ああ、わかるわ。食べ物の見た目からこうも違うんだもんな……」

「そうなんですよね……」

「？」

なにかをわかり合ってるトレーズくんと教授。慣れたら元気になるのかな。じゃあ今日もゆっくりしたほうがいいのかも。

「教授、王国についたらお宿で寝ててください。お勉強は明日とかあさってでもいいから」

「い、いえっそんなわけには！　貴重なお時間なんですから、ついてすぐに行動できますよ」

「そう……？」

「はい！」

スプーンを置いてやる気の教授。メガネも光ってて頼もしい！

「ん！　じゃあ、王様にご挨拶したらすぐお出かけできるようにしますね！」

「王様⁉」

そうなんだよ、王様なんだよ。僕って帝国のエラい公爵家の人間だから、王様にお世話になりますって言いに行かなきゃいけないんだ。なかなかのオオゴトで僕も引いてる。

「オレたちも行くのか？」

「んーん、トレーズくんたちはお外で待っててていいよ」

「そうか」

ちょっとだけ眉毛を寄せて複雑なお顔をしてるトレーズくん。の、となりの教授は目を閉じて穏やかなお顔してた。……寝ちゃったのかな？

そんなんで、王国に到着。

予定通りの時間だったから王国のお迎えも来てて、僕は馬車でお城に向かった。護衛の人とか以外は先にお宿に行くみたい。

「ようこそトリアイナ公爵子息、フラン卿《きょう》」

お城では宰相って人が来てくれて、そのまま謁見の間に通してもらった。で、王様にご挨拶。なんか優しそうな王様で安心。これなら僕が王国にひっそり隠れ住んでもそんなに怒られたりしないんじゃ……。

旅行の目的は潜伏先さがしですって言えないからお勉強しに来ましたって言ったよ。

無事にご挨拶できたので、また馬車に乗って今度はお宿に行く。

「ぼっちゃま、おかえりなさいませ。お部屋の用意は済んでおりますのでいつでもお休みいただけます。ただ……」

王国が用意してくれたのは王様のとこの別邸。お城にしか見えないけど、ここが僕のお宿になります。

「ただ？」

「この館《やかた》にはお風呂がございませんでした」

「なぁあああ⁉」

おふっ、お風呂がない⁉　そんなことが……！

ショックを受ける僕の側方には、柱の陰で教授が体育座りしてた。なんか気持ち、わかります！


「いやぁ～現実逃避になるかと森に来たけれど植生が面白くて夢中になりますね」

「はい！　木も少し特徴が違うような？」

「さようですね！」

イキイキしてる教授を見るのひさしぶり。元気になってよかった！

キティから受けた衝撃の宣告から数分後。僕は床に四つん這《ば》いでいた。

（なんで……なんでおうちからちょっと遠くに行くとお風呂ないの……っ！）

貴族は魔法で体をきれいにするのがふつうだし、庶民の人は水浴びか公衆浴場みたいのがあるけど貴族は使えない。噛《か》み合わない僕の生活……！　貴族は魔法でなんでも解決するってよくないと思うな！

『四代前の王弟殿下が使っていたそうですが、そもそも浴室がないようでございます。王国内に温泉があるかお調べいたしましょうか』

僕も清浄魔法《クリーン》使えるよ。使えるけどお風呂は違うんだよぅ。

『ん。お願いします、あ、けどさり気なく探そうね。王様がムムッてしたら困るもんね』

『あのぅフ、フラン様。温泉とおっしゃいましたか』

柱の陰で丸くなってた教授がプルプル震えながら立ち上がった。子鹿感。教授もなにかのショックでさっきからずっとジメッてしてたんだよね。僕といっしょ。

『はい。僕、お風呂が好きで。教授もお風呂好きですか？』

『い、いえ私は清浄魔法《クリーン》で充分……ではなく、王国内には温泉があるはずです。ここの近くならオイレの森というところに一つ』

『ほんと！　えっ、すごい！　教授すごい！　僕、温泉行きたいです！』

シュバッて手を上げて立候補したら、周りにいた騎士も一歩前に出た。

『恐れながらフラン様。オイレの森でしたら近いようなので、我々はいつでもお供できます』

『ふぁああっ頼れる！　ありがとうございます！』

さすがセブランお兄様がつけてくれた騎士の人たち！　目が合うとニコッてしてくれるし、セブランお兄様と同じ年ぐらいの騎士もいるし、なんか安心する！

『あ、でも教授の体調が悪いから明日……』

『いえ！　いえ……っ！　ぜひとも今日、いや今からでも行けます！』

ということで、さっそくオイレの森に来た僕たちです。

トレーズくんは目的の市場調査に行っちゃったので、僕と教授だけ。鳥さんとか虫とか発見するたび、帝国と少し違うところ見つけて興奮してる僕たちなので、トレーズくんは来なくて正解だったかもしれない。

「あ！　フラン様これ！」

「なになにっ」

「フォレストポニーたちの足跡かもしれません！」

「ひゅわぁあああ～！　フォレストポニーがいるの！」

すごいね、すごいねえ！　って教授としてると護衛の騎士が不思議そうにしてた。ううっとても珍しいし迷彩柄のポニーで王国のは白黒らしいって噂《うわさ》なんだけど、ちょっとマニアックなお話なのかな。でも白黒ってそれってシマウマでは？　ってずっと思ってたから絶対にたしかめたい！　んううっ森楽しい！

「フラン様、フォレストポニーは温泉に入ることもありますから、この足跡を辿《たど》っていけばもしかしたら」

「温泉につく……！」

ついてきてるメイドたちもザワザワした。お風呂セット持ってきてるもんね！

にわかに高まりだした空気の中、フォレストポニーの足あとを教授と真剣になって探っていく。森には魔物もいるかもだから騎士もキリッとしてる。

「あ！　温泉だー！」

森に入って一時間くらい。

ついに温泉を発見！

「教授っ、ありがとうございます！」

「えっいえっ、私の力ではないですよ」

「でも教授が言ってくれなかったら、僕、温泉入れなかったです！」

教授の手をムギッと両手で握ると、教授も照れたお顔で笑ってくれた。

騎士がまわりの安全を確かめて、大丈夫となったらうちのメイドたちがササッてテントみたいの建てだした。地面にシーツが敷かれたら簡易お風呂場の完成です！

「ぼっちゃま、水質、深さともに異常ありません。湯加減もちょうどよろしいようです」

「ん！　入ろう！」

テントで服を脱がせてもらって、温泉にチャポン。うむ！　お湯もキレイだし気持ちい。なんだかうっすら魔力も含んでるみたいだし……もしかしてこれは秘湯ってやつなのでは⁉　すごい体験だ！

「教授！　この温泉は魔力ありますね！」

いっしょに入ることになった教授を振り返ったら、肩までお湯につかってはふぅーってしてる。メガネくもりまくってるけど平気？

「はひ……なんだか魔力が回復するような気がしますね……」

教授はもにゃもにゃっとつぶやいたあと、寝そうになった。気づいた騎士が支えてテントに運んでくれたけど、教授、おつかれだったんだね。

教授もおつかれなので、少ししたら温泉を出て館に戻ることにした。来るときより疲れてない気がする。

(あれってゲームの回復の泉に似てるのかも)

帝国じゃないところで、前世のゲームに似てる場所を見つけてちょっと首をかしげた僕なのでした。

## †あっくんが来てる

「んーっえい！」

ポポン！　魔力がまぁるくなって発現。ふたつ作れたそれは、僕の手のひらに吸いつくみたいにしてくっついてくる。

「行けっ」

ポイッて投げたら魔力はヒューって飛んでいって、なんとふたつともお庭の木にあたった。効果は目に見えないけど、ちょっとだけ素早さが下がってるはず。効果は三秒。木の素早さってわからないけど。

「ぼっちゃま素晴らしい！」

「完璧でございますね！」

「大魔法使いになれますわ！」

見てたメイドたちが褒めてくれる。うむ！　いやな気持ちではないです！　調子にのった僕はもう一回魔法を放つ！

ヒョロロロ〜　ぺとん
じわぁーって木に吸いこまれた僕の魔力。

初速よわし！　けどこれがいつも通りだから、うむうむと頷いた。

（やっぱりあの温泉の効果っぽい！）

ふうって息をついて、僕の実験しゅーりょー。あの温泉に浸かると魔力とか体力が回復して、全力が出せるようになるんだと思う。でも持続力はそんななさげ。僕が全力のときは魔法二個分なんだということがわかった。

「イエミツに効果あるかも」

ヒカリゴケのイエミツは相変わらず元気ない。温泉水あげてもいいか、あとで教授に相談してみよ！

王国一日目から充実してるなぁって思ってたら、トレーズくんが帰ってきた！　玄関からまっすぐお庭に来たみたい。

「ここにいたのか」

「トレーズくんおかえりなさいっ！」

テテーって小走りでトレーズくんの前に行ったら、トレーズくんがパンが入った紙袋渡してくれた。

「みやげ。王国にも屋台があったから買ってみた」

「屋台の！　きっとおいしいねっ。ありがとうトレーズくん！」

「おう」

袋の中を覗《のぞ》いたらちっちゃいパンがいっぱい入ってた。なにこれおいしそう！　あっあれはリンゴ入りでは!?

袋に顔を埋《うず》めてフスフスフスフスフス嗅いでたら、キティが遅めのティータイムを提案してくれた。お夕飯とお茶が合体したやつで、たまーにやる。夜ごはんにサンドイッチとかスコーンがまじってて楽しいから、僕はぜんぜん問題ないですよ！

食堂に行くとお茶の準備はされてて、コース料理にしてごはんを出してくれるみたい。テーブルの上に置かれた大きい白のお皿に、トレーズくんがおみやげに買ってきてくれた小さいパンを並べてもらう。んはーっおいしそう！

「下町のパンが大層なものになったな」

「もっとおいしそうになったね！」

早く食べたくて、お茶をカップにそそいでもらうのをジッと見ちゃう。いい？　食べていいかな？

「いただきますっ！」

僕のお皿にパンをひとつもらって、モグン！

「んんん〜っ」

やっぱりリンゴ入ってた。アップルパイと違うけどこれはこれで好き！　つぎに食べたミニクロワッサンみたいのもおいしかった。思わずほっぺに手をあてちゃう。

「はああっトレーズくん、パンおいしいねぇ！」

「そうか。よかった、いっぱい食えよ」

「うん！」

あっ、教授用に先にちょっと取り分けておこう。じゃないと僕がぜんぶ食べちゃいそうだ。

教授はまだぐっすり寝てるんだって。顔色はよいから心配ないですよっておうちからついてきてるお医者さんが言ってた。お夜食か明日の朝食べられるといいなぁ。

「トレーズくんは現地チョーサはできた？」

「ああ、いい感じだ。物価に差異はねーが収穫物が違うからな、いい勉強になる」

「そうなんだ、よかったね！」

なんかよくわかんないけど、トレーズくんがしたいことができてるなら嬉しい。下町の治安もよくて、護衛も少しで足りてるみたい。王国はほんとに平和なんだ……これは移住の期待が高まっちゃうな！

「街の方には銭湯があるらしいから明日行ってみる」

「あっ温泉もちゃんとあったよ。僕、今日入ったら気持ちよかった！　トレーズくんも温泉行ったらいいのに」

「あー……まあそのうちな。今はほら、市場調査中だからさ」

「そっかー」

トレーズくんが王国に来たのはお仕事みたいなやつだもんね。仕方ない。

クロワッサンをお口にいれてバターおいしいってしてたら、「そういえば」ってトレーズくんがちょっとシブいお顔してた。

「下町のほうでアーサーと会ったぞ」

「あっくんと！」

「おう、先週から来てたらしい。あいつも落ち着きねーから心配だ」

「前に会ったときはディディエと来るって言ってたよ」

「あの吟遊詩人か……それは安心か……？」

うーんと首をかしげてるトレーズくんと、今日あったことをいっぱいお話ししてお夕飯は終わった。

「フラン、今日はオレ汚ぇから他の部屋で寝るわ」

「清浄魔法《クリーン》」

僕だって貴族だからね。日常の魔法くらいできるのだ！

「……ありがとよ」

「ん！　いっしょに寝ようね！」

大きいベッドでトレーズくんと眠る。抱きつきたかったけど、なんかドキドキしたから、おとなりにくっつくだけにしたよ。

いっしょに寝るのに慣れてきた僕なのでした。

## †あっくんがお話しするには

「いってらっしゃい！　気をつけてね！」

「おう、フランも森でケガすんなよ」

朝はトレーズくんをお見送り。

歩いて街まで行っていろいろ見てくるのがトレーズくんの日課になりそう。

「フラン様っお待たせいたしました！　行きましょうか」

「はい！」

僕はすっかり元気になった教授と森に行っていろんな動植物を観察したり、午後は生物学の資料がないか手分けして探してみようねって予定になってる。

午前中のメインイベントはイエミツのために温泉水を持ち帰ること！　森に行く途中、馬車の中で温泉の効果について相談したら、教授はそう言われれば……？　くらいでピンとこないお顔してた。

「腰痛に効く温泉があると聞いたことはありますが、体力と魔力まで回復するのですか。たしかに疲れはとれましたが……うーん、もしもあるならそれは奇跡の温泉と呼ばれそうですね」

キセキ！

なんかすごいレアな響きに感動したけど、あれ？　これはあり得ないってお話の流れな気がする。

「んん、回復したと思ったんだけど自信なくなってきました……」

「いっいえ！　フラン様が感じられたのなら、本当にそうなのかもしれませんから！　けっ検証、検証をいたしましょう」

はりきってたぶんショボ、としちゃったせいで教授がフォローしてくれた。すみません。でもたしかに、回復の温泉なんてあったら王国の兵士は温泉入りながら戦えば無敵ってことになるもんね。そんな無敵の兵士のお話は聞いたことないや。

森について温泉の方向に歩きながら、教授による実地授業がはじまった。

「フラン様、あの木の穴にはモモンガが」

「教授っ帝国と色ちがいの虫発見！」

「アアッあれは妖精の木では!?」

すごく楽しい！　ちょっとの距離をゴソゴソして見て回るから、温泉についた頃にはお昼近くになってた。

テントを張ってもらって教授と温泉に入って休憩。

「ハァ……外国でこのように実物を見て回れるなんて夢のようです。フラン様、素晴らしい機会をくださり感謝いたします」

「ううんっ僕もいろんな虫見れて嬉《うれ》しいです！」

教授とニコってし合って、温泉につかり疲れを流す。

「……、……回復してる気がする」

僕がお湯の中に視線を落としたら、教授もハッとして自分の手を見た。

「キセキの！　キセキのやつかも！」

「けっ検証する人数を多くしましょう！」

僕たちは急いで温泉からあがり、護衛の騎士の人に温泉に入ってもらった。結果……！

「気のせい」

馬車の窓に力なく頭をあずける僕。

温泉に入った騎士の人は誰も回復しなかった。気持ちいいとは言ってたけど、それは基本の効果だもんね……！

こんなに体に力が満ちてる感じなのにこれが気のせいとか。お風呂が好きすぎてってことなのかな。そんなに？　そんなに好きだったの僕……？

キセキの温泉だってはしゃいじゃったのが恥ずかしいぃ。お向かいに座ってる教授も苦笑いです。両手でお顔を覆うしかできない。

「ぼっちゃま、街に到着いたします」

「ふぇい。……んわあああ！」

馬車から降りると、王国の中でも大きい城下街だった。人もお店も多くて活気にあふれてる！　すごい！　なんか外国に来たって感じがしてきた！

「ではフラン様、また後ほど！」

森と同じくイキイキした教授が護衛をつけて街に消えていった。教授とはいったんお別れ。待ち合わせのお時間決めて、ここからは自由行動の予定なのです。お買い物とか聞き取り調査とかしたいもんね！

僕も観光したい！　おいしいお菓子とかお兄様たちにおみやげとかさがしたい！

フスンッて鼻息を出して歩きだそうとしたところで声をかけられた。

「フランさま！」

「!? あー！ あっくーん！」

大通りの先に僕のお友だち、ツンツン頭のあっくんこと勇者（予定）アーサーがいた。僕が手を上げたらあっくん猛ダッシュでこっちに走ってきて、目の前でふつうに騎士に止められた。

「あ、あっくんはお友だちだから大丈夫です。ありがとうございます」

「失礼いたしました」

騎士のあいだからニュッて出てきたあっくんと手を取り合う。ゆっくり上下にふりふりしつつご挨拶。

「ひさしぶりだねあっくん！ 本当に王国に来てたんだ！ トレーズくんからきのう聞いたんだけど、びっくり！」

「ヌフフ！ 最強の装備を揃《そろ》えるため、拙者がんばりましたぞ！」

最強武器。前世で『アスカロン帝国戦記』をやりこんだあっくんが気にしてる、ゲーム内での最強の剣のことだと思う。

「もう手にいれたの？」

「それはまだなのですが、拙者、先週からレベリングに励んでまして」

「レベリング」

強くなるための修行と同義ですね？

「ここだけの話、もう少しで最強武器を護《まも》りしレッドドラゴンへの勝機が見えそうなのでござる……！」

お耳にコソコソって教えてくれたけど、レッドドラゴンを倒せるくらい強いとか、それってつまり……。

大通りの先で吟遊詩人と魔法使いが微笑《ほほえ》ましそうにこっちを見てる。きっと彼らもいっしょにレベリングしたんだよね。

なるほど。

(悪役が消し炭になる可能性が高まりましたな……！)

僕の瞳から光が消えた気がした。

せっかくあっくんたちと会えたからいっしょにランチしよーってなって、僕は王国に来て初めてカフェに入ることになった。地元でもカフェって行ったことないから楽しみ！

で、来たのが街のはじっこにある黒塗りの高級そうな建物。レンガを黒く塗ったのかなあ。僕のうちの使用人が入り口に立ってる男の人に話しに行くあいだに壁を触ってみる。……うーん？

「うふふ、フラン様は好奇心がお強いのね」

「ディディエ。壁を黒くするのは外国だとよくあるの？」

「そうねぇ。高級感を出すのに白や黒にしてる商家はあるわね。これって厄除《やくよ》けも兼ねるそうなの」

「そうなんだ！　ディディエは物知りだね」

吟遊詩人のディディエはいろんなところを旅してるから賢い！　すごいねって振り返ったら、魔法使いの子をあっくんがなだめてた。

「こ、こんな高そうなお店……いざとなったら丸坊主にして髪を売ればいいかしら……！」

「おおお落ち着くでござるブリジット殿っ、そのハサミしまってくだされ！　拙者たちもクエストをこなしたからオカネはあるでござる！　ああっ」

あっくんが必死。でも僕がごいっしょしようって言ったんだし大丈夫だよ、って伝えようとしたら店内へどうぞってご案内されちゃった。

赤い絨毯の上を歩いて、階段をのぼって二階席に通された。全部屋個室らしくて、ここまで誰ともすれ違わなかった。この世界のカフェはこういう感じなのかな。

「ぜんぶ個室なんてすごい」

魔法使いのブリジットさんが棒立ちでつぶやいてるから違うっぽい。

お席に座ると近くの大きい窓からちょうど街が見えて面白い。二階だから見回すみたいにして、お店とか通りを歩く人とか上から見れる。

すぐにお茶とランチが運ばれてきた。王国の本場のケーキだと思ったら早く食べたくなっちゃう。みんなも落ち着いたみたいだし、では、いただきます！

「あっ人参……」

オレンジ色のパンは人参パンでおいしい！

けど食べるのはゆっくりになっちゃう僕。お野菜も帝国とちょっとちがうんだね。あ、この緑のやつはほうれん草かも。パンに練りこむのが好きなのかな。うちのシェフもアップルパイにいろんなの混ぜてたもんね。……シェフ、元気かな。

「……と思うでござるよねフランさま！」

「んえっ？」

おうちを思い出してたらあっくんに同意を求められた。ぜんぜん聞いてなかったけど、あっくんの目がキラキラしてるから「ウン」って言っとこ。

「う、うん」

「フウー！　さすがフランさまわかってますな！　レッドドラゴンと相見《あいまみ》えるなど滅多にないチャンス！　むしろソコに至るまでも最高の冒険でござる！　うむうむ！　やはりフランさまも行きたいとお思いでござるか！」

「ふあ⁉」

「アーサー、無理言っちゃダメよ。フラン様は公爵様のご子息なんだから」

「クゥゥッ！　実現したらば夢のスポット参戦になるのに……！」

え、今のは冒険に誘われてたのか。なんのヒントもないのにお返事しちゃダメだね。

「ごめんね。僕イエミツ、えとヒカリゴケ育てないといけないから。元気なくて心配だから、王国で治療法みつけたいんだ」

王国に来た表向きの理由だし、お部屋探しと同じくらいメインのことです。午前中に温泉水くんだから、帰ったらあげてみるんだあ。

「そうであるかあ……、残念でござる」

と言いつつもあっさり引き下がってくれるあっくん。中身がたぶん大学生らしくてちゃんとしてるんだよね。

「ヒカリゴケ……」

黙々とランチを片っぱしから食べてた魔法使いがポツリとつぶやいた言葉は、意外とお部屋に響いた。

「あらブリジット、何か気になるの？」

「うん。ヒカリゴケってダンジョン内によく生えてるんだけど、元気ないって不思議だと思って。生命力つよいから、それこそドラゴンの巣穴にも生えてたりするって聞くわよ」

！　ドラゴンの巣穴にも！

なんか、なんかピンときました！

ドラゴンは魔力が強すぎて体から漏れてることがあるんだけど、そこで元気ってことは、逆に考えたらイエミツは浴びる魔力が少ないのかも！　僕のおうちは魔物、つまり魔力をだす生き物を入れないようにする結界があるから！

「あっくん！　僕っ、僕もい」

行く！　って言い切る直前、視界のはじっこにソレが映った。

「！　……!?」

建物と建物のあいだ。薄暗い路地にいるのはトレーズくんだった。僕が二階にいるからこそ見つけられた角度かも。

一瞬ワアー！　ってなったけど、すぐにトレーズくんが誰かとお話ししてるのがわかった。その相手は、

（おねえさん！！！）

お胸の半分が出そうなお洋服を着たおねえさんが、トレーズくんと親しげにお話ししてた。

ファンタジーの世界だから、ああいうお洋服もふつうなのかもしれないけど、なんかなんか……そわそわしちゃう。やたら距離が近いおねえさんは考えるようなお顔をして、ア、ってした。それから「オッケー」みたいなリアクションすると、今度はトレーズくんが考えだした。おねえさんが近いの気にならないみたい。

（なんのお話してるのかな）

きれいなおねえさんとずっとお話ししてる。……の見てると、どうしてか不安になってくる。

心臓がキュッとなりながら見守ってると、おねえさんはトレーズくんからスッと離れて、お別れに投げキッスして行っちゃった。トレーズくんは苦笑で見送って……お、おとなの関係すぎる！

「……だいじけん!!」

大事件のようなものを目撃しちゃった！

「フランさま、ど、どうなされた？」

ビャッてなった僕を心配してくれたあっくんが、僕の視線を追って窓の外を見た。キョロキョロしてるあっくん。僕ももう一度外を見たら、もうトレーズくんはいなかった。

「んぅ、なんでもない」

「そうでござるか……？」

大きい声出たのに、なんでもないとか言っちゃう僕。なんて説明したらいいかわかんないんだもん。不思議そうなお顔してるあっくんにえへへって笑って誤魔化す。

ちょっと変な空気になっちゃったんだけど、ディディエが「そうだ、新曲聞いてちょうだいよ」って歌ってくれたから、だんだん落ち着けて、それからはふつうにランチを食べたりお話しできたのだった。

「あっくん、ドラゴン退治いつ行くの？」

「レベルもいい頃合いですからな。できれば今週中には行ってきたいですぞ！」

「それなんだけど、レッドドラゴンの巣は山の上でしょ？　馬車を借りるか、歩くならキャンプの用意がいるわ。野宿なら虫除けや薬を揃えなくちゃ」

「ブリジット殿は旅に詳しくて心強いでござる。まずはお手頃なテントを見つけねばか」

「あらやだ！　アタシたちぜんっぜん用意できてなかったわね！」

ハハハッて笑い合うあっくんのパーティ。いい仲間って感じする。冒険って計画したり用意してるときも楽しいんだね。いいなあ。

出発するときは教えてねって言って、ランチは終わり。

ブリジットさんには出口で深々と頭を下げられたけど、ランチ代のことかな。お支払いはうちの使用人がしたけど僕のお金じゃないから複雑な気持ちである。

教授と待ち合わせて、馬車で館に帰る。教授は本を何冊か買ったらしくてごきげんで、ダンジョンの動植物の本を見せてくれて、あとで読みましょうね！　って言ってくれた。

ハイってお返事したけど、僕、やることがあるのです……。


館の柱の陰にひそむ僕。

あっくんみたいに隠密魔法《ステルス》はできないけど、こういうのは気合いだってお父様がよく言ってるからね！　気配を消すぞって気合いをいれて、待つ。

セブランお兄様がつけてくれた護衛の騎士も、気を利かせて遠くにいてくれる。んはははっこれならバレまい。

しばらくそうしてたら館の玄関扉が開いた。

もう夜になっちゃいそうなお時間に帰ってきたのはトレーズくん。

(異変はなさそう……？)

メモ紙を見ながら入ってきて、スタスタと歩いたかと思うとふと足を止めた。

「……うわ!?」

しまった！　バチ！　って完全に目が合っちゃった。

柱から半分だけお顔を出した僕と、メモをにぎったままびっくりしたお顔で立ってるトレーズくん。

「な、何してんだ？」

「……」

ススス、と柱に隠れる僕。ぐぬぅ。何してるって聞かれたら、僕だってわからない。トレーズくんを観察して、う、う……うわ、うわきしたっぽかったらヤだなって思って、こうしてるので。

「フラン？　マジでどうした」

柱に回りこまれちゃった。メモを胸ポケットにしまって、僕の真横にまで来てくれる。

柱におでこをくっつけてる僕のお顔をのぞくトレーズくん。

「……おとなの魅力……」

「あ？」

「街で投げキッスされてるトレーズくんを見ました」

「……ハ!?」

あの親し気な光景を思い出す。うぐううう！

「ナンパしたのされたの!?　トレーズくんは僕の恋人なんだから、ほかの人とすんなりイチャイチャしたらイヤだよぅ！　トレーズくんかっこいいから逆ナンでしたか!?　かっこいいから！　わかるけど……っんうううう僕、ぼく……っ気持ちが処理できないぃ」

ドゥゴ！　ってトレーズくんに突撃するとギュって抱きとめてくれた。

「おちっ落ち着け！　ナンパも浮気もしてねーから！」

「フブゥウウウ」

「わかった、説明する、説明するから息を吸え。それでとりあえず、ここじゃなくて部屋行こう」

頭からお背中をゆっくり撫でてくれて、落ち着いてきたらトレーズくんと手を繋《つな》いでお部屋まで行く。キティにお茶持ってきてくれってお願いしてるのも聞こえた。

「落ち着いてきたか？」

お部屋のソファに座らせてもらって、またお顔を覗きこまれる。あったかいお茶も一口飲んだから、今、とても冷静な僕。

「とりみだしました」

「お、おう。あー……フランが言ってたのは街の話だな？」

「うん。あのね、カフェでランチしてたらたまたま見えちゃったんだよ」

「はぁー、変なとこ見られたな。なんて説明したらいいか……」

眉毛をギュギュッと寄せて真剣に悩んでるトレーズくん。

「最初に誤解をとく。話を聞いてたのは町の情報屋、つーかまぁ、王国を拠点にしている冒険者だ」

「……冒険者さん。女の人なの？」

「冒険者に性別は関係ねえからな。強けりゃ生きるし、弱ければいなくなる。冒険者もいろいろで、討伐系の依頼をこなす奴と、情報を取ってくるのを得意とするやつがいるんだ。あの女は、町や森、ダンジョンも魔物も、あらゆることを調べて、必要なやつに売る情報屋だ。だからナンパじゃねえ」

「トレーズくん、かっこいいのに？」

「ああいうタイプは俺よりも、なんつうかな……守りたくなるような新米冒険者を囲う傾向にある気がするな」

ご趣味がちがう感じってことかな。トレーズくんは、まあまあ少年だけど、新米さんじゃないもんね。スラムの子どもたちのこと守ってて、すっごいかっこいいお兄ちゃんだもん。

「うーぬ」

僕はソファの上で腕を組んでむずかしいお顔をした。よく考えるお時間だぞ。トレーズくんのお話を、しっかり考えて、まとめて、うんしてうんして……。

「トレーズくんは、情報を集めてたの？」

「おう」

「んー……じゃあ納得！」

ぶにっと抱きつくと、トレーズくんがほぅって息を吐いた。

「んへへ、やきもち焼いちゃった」

「ああ、冷や汗出たぜ……けど、なんか嬉しいな」

「ムム！　やです！　ナンパはぜったいノーにしてください！」

「おう」

僕がプンプンしてるのに、トレーズくんはなんだかお口ムニムニさせて、嬉しそうなお顔してるから、僕は頭からドついてやったのでした。

## †イエミツ温泉事変

「イエミツー、温泉だよぉ」

パジャマに着替えた僕は、窓際に置いたヒカリゴケのイエミツにお水をあげることにした。

教授にご相談したら温泉水はシゲキが強いかもって言われたから、薄めてあげてみることにした。

コップにいれた温泉水をじーって見ると、七色の魔力がゆらゆらしてる。意識して見ないとわからないくらいだけど、魔力が混じってるんだよ。

うむぅ。やっぱりなんかの効果があると思うんだけどなぁ。

「フラン。どうかしたか？」

パジャマになったトレーズくんも、僕のおそばに来てくれる。

「ん。イエミツにね、温泉のお水あげてみたの。元気になるといいなと思って」

「ああ。騎士祭でガキどもが売って」

「子どもたちです」

「……子どもたちが売ってるヒカリゴケだな。森の洞窟にあるから俺たちが採取してくんだけど、結構でかくなるんだな」

「うん。でも最近元気ないから心配なんだ……」

「そうか」

しょぼんとしたら、トレーズくんが肩を抱きよせてくれた。頭をくっつけて甘えるとよしよししてくれるから安心ちゃう。

「フランも、もう寝ようぜ。たくさん歩いてつかれただろ」

「ん！　トレーズくんもいっしょに寝よ！」

「おう」

明日になればイエミツも元気になってるかも。そう思ったら急に眠くなってきちゃった。

僕たちは大きいベッドの右と左に横たわる。おふとんの中で手ぇ繋《つな》ごうかなって思ったからけど、ちょっと恥ずかしいからやめとくね。枕に頭をくっつけて横を見ると、トレーズくんは真上見てた。お鼻のかたちがかっこいい。

「トレーズくん。おやすみなさい」

「おう。おやすみ」

ちらっとこっちを見てくれたトレーズくんが笑ってて、僕はしあわせな気持ちで目をつむったのでした。


翌朝。

すっきり目覚めた僕は、寝室に入ってきたキティから、盥《たらい》に入った布を受け取る。ぬくぬくな布でお顔を拭くとサッパリするよ。

トレーズくんも起きてきて、いつものお洋服にお着替えしてる。……ちょっとだけ動きがにぶい。もしかしたら、朝に弱いのかもね！

僕もお着替えしよーって、おとなりの部屋に移動したら、なんだか窓際のほうにすごい存在がある気がした。その存在が何かはわからないけど、窓際にはイエミツがある。

「んあっ。もしかして！」

期待とそわそわに気持ちをあせらせつつ近づいてみたら、やっぱりイエミツに異変が起きてた。

小麦色のヒカリゴケをまとった犬の木彫りだったイエミツが、うっすらだけど、なんとマーブル模様になってたんだ！

「派手になった！」

器をそーっと持ち上げて、上から横から、下からもぜんぶ見てみる。

芽とか茎とか、派手になった以外の変化はない。きのうの夜から変わってることは、お皿に注いだ温泉水をすっかり吸水してるくらいかな。お水が吸えるのは良い兆候だ。

イエミツの本来の魔力とも、マーブル模様の魔力はいい感じにまじってるみたい。

「どうした？」

「あっトレーズくん。あのね、イエミツが元気になるかもしれない。教授にお知らせしなくちゃ！」

「マジかよ。やったな」

「うん！」

七色に光るイエミツ。もともとは黄色っぽく光ってて、今日もマーブル模様だけど光が戻ってる気がする。トレーズくんには魔力の色が見えないみたいだけど、元気になるといいなって言ってくれた。

朝ごはんを食べながら教授に報告すると、やっぱり温泉の効果じゃないかってことで、今日も温泉をくむことになった。温泉がイエミツにとって良い効果になるなら続けたい！

ごはんのあとは教授と森へ。トレーズくんは街に行くのかなって思ってたら、お館《やかた》に残ってやることがあるらしい。お留守番役の護衛の人といっしょになって、森に行く僕たちを見送ってくれたのだった。

オイレの森で温泉を入手して、今日はもう少し森の奥に進む。鳥とか虫とかいっぱいいるから、そのたび足を止めて教授の買った本と照らし合わせたり、観察したりでぜんぜん進まないんだけど楽しい！

今もリスっぽい動物を見つけて、教授と木の上を眺めてるところ。リスがピョイ！　ピョイ！　って枝をジャンプしてるから僕と教授の頭も右、左って動いちゃう。

「ずっと同じところ跳んでて面白いですね」

「ええ、あのような行動は仲間への合図だという学説もあります。近くに仲間がいるのかもしれませんね」

「んん、見つけられないです」

キョロキョロしたけどほかにリスいない。

「お話しできたらいいのになぁ」

「ふふふ、それは学者の夢ですね。そうだフラン様、この森の近くにもうひとつ森があります。そちらにも行ってみませんか」

「行きます！」

新しい冒険だ！

僕たちはいそいそと馬車にのって、少し先の細い川を越え、また森に入った。ここには温泉はないっぽくて残念だけど、湖はあるんだって。

「あっ教授、ふくろう！」

「おお！　やはり縄張りがあるのですね！」

あっちの森にはいなかったもんね。ふむふむ、新しい出会いが期待できそう！

キョロキョロ見渡しながら森を探索。前のところは小鳥とかリスみたいに小さい子が多かったけど、大きめの動物が多い気がする。ハーツくんのおうちのうさぎを思い出す。うさぎ見たい。

「熊とかいるかなあ」

「うーん、ここらへんの森では発見されていないようですが……」

「おふた方！　お下がりください！」

「へふ！」

落ち葉の道をサクサク歩いてたら、護衛の騎士がとつぜん前に出て制止をかけてきた。今までニコニコ静かに見守っててくれてたからびっくり。

ピタッてその場で止まると、キティや使用人も僕と教授を庇《かば》うみたいに陣形をとってきた。んああ、トラブルの予感！

騎士たち数人が忍び足して前方に進んでいく。大丈夫かな。僕、不良とかムキムキな人間は怖くないけど、オ、オバケとかはちょっとあれですよ……！

息をひそめて騎士の背中を見つめてたら、なんか、声がするような……？　数人の人がお話ししてる声がするぞって思った瞬間、木々の枝をガサササー！　ってかき分けて、何かが飛んでった。

「あー!?　ぜんぜん方向違うじゃない！　魚ぁ!!」

騎士もメイドたちも一瞬ピリッとしたけど、女の子の大きい声が聞こえてきて、僕はなんか「あ」って思った。あ、知り合いっぽいぞって。

またガサササー！　って何かが飛んでったから、今度はそれを目で追ったら、

「お魚だ」

「あれはマスですね」

「あ、鳥」

「あれはオウギワシですね」

パクン。バサバサ。

ワシは捕球が上手。豆知識を得た僕です。

去っていくオウギワシを見上げて、僕と教授のお口が開いちゃう。どういうリクツで魚が？？

「フラン様、お騒がせいたしました。ただいま確認が終わりました。危険はないようです」

「あ、はい。ご苦労さまです」

報告に来てくれた騎士にお返事したけど、騎士さんが変なお顔してる。ふぬぅぅ、確信を持ってしまいそう！

「あっちにいるの、僕の知り合いですか」

「は、そのようでございます。ひとり、見知らぬ男が武器を振り回しておりますので少々お待ちください」

え、え、あっくんたち変な人に絡まれてるの!?

まだお名前も告げられてないけど、向こうにいるのはあっくんたちだってわかっちゃうし、武器ふり回してるって危ないのは助けに行きたいよ！

ハラハラして騎士が許可を出してくれるのを待つ。騎士があっくん側の騎士と合図したら、近づいて良しってなった。

「あっくーん！」

ちょっと小走りしてたどりつくと、やっぱりそこにはあっくんと仲間たちがいた。小さい湖の前で、キャンプしてたみたいで焚《た》き火とテントがある。

「おおっフランさま。いやいやお騒がせしましたな！」

「ん、偶然だね！　何してたの？」

何をしたら、ああなるの？

ニコニコしてるあっくんのおとなりに立つ。

純粋に不思議で聞いたら、キャンプは山攻略のための予行練習で、お魚は釣りしてたからだって。

「あ、そうだフランさま、新しい仲間を紹介しますぞ！　マモノ使いのフィニアス殿でござる！」

あっくんが手でさした先には釣りをしてる男の人。え、あれ釣りかな？　湖にたらしてるのムチだけど……ふわっ釣れた!?

けど、ムチを引きすぎてお魚がポイーってお空に。それをワシがキャッチ。

「あーっ！　また魚がぁ！　私たちのお昼ごはんんん！」

魔法使いのブリジットさんが地面にふせて泣いてる。その横で黙々と釣りを再開するマモノ使いの人。立ち方がなんかおしゃれだった。

僕の前世の記憶では、マモノ使いの人はデフォルトで仲間になる人で、最初は強いけどボス戦とかでは攻撃力がいまひとつだから外しがちになる人。イケメン枠だけど、会ってみると釣り好きなお兄さんって感じだった。

「よろしく、美しい少年」

「はい」

釣果ゼロながらっぽの盥を小脇に抱えてカッコつけるマモノ使いさんとご挨拶。

(うむ、威圧感なし!)

そのあとも魚釣れなくて魔法使いにめちゃくちゃ怒られてるのに「フフッやんちゃな子猫ちゃんだ」とか言ってたし、なんかあんまり怖くなさそう。

あっくんの新しい仲間にちょっと安心した僕は、あっくんがキャンプの準備してる横で教授と湖の魚や藻を観察した。

よぅく見たけど湖には魔力はないみたい。

王国にしかいない魚も何種類か見つけて「おおー」ってなって満足した僕たちは、お昼も近くなったから帰ることにした。

「あら帰るの?　もうすぐ魔物肉が焼けるわよ」

「う、うん。ありがとう」

ずっと目をそらしてたんだけど、キャンプ前でディディエが狩りたてのお肉をお料理してたんだよね。鼻歌交じりで力強いお料理をしてるのを感じてはいた。でもごめんよぅ、僕、ジビエって苦手なんだ。

「申し訳ございません。ぼっちゃまは本日街で予定がございますので……」

敏腕キティのフォローで現場を脱出できたのだった。


街で教授とお別れして王国の街を見学することにした。

僕のお気に入りは脇道のお店通り。古い建物ばっかりで前世で行った地方のおみやげ屋さんっぽくて楽しい。看板は見えないし道にも小物を置いてて、中に入らなくても品物が見えるようになってる。

(あそこ空き家っぽい!)

僕はお店前の品物を見るふりをして、その奥の通りで空き家がないか探してます。んふふふっ策士!　策士な僕!

使ってなさそうな倉庫みたいのもあるし、お願いしたら住ませてくれないかな?　それでバイトとかしてなんとか生きていけるんじゃないかと思ってるんだけど……。

あ、帝国脱出することになったらトレーズくんにも王国に行こうってお話ししなくちゃ。お父様たちもごいっしょがいいなぁ。そしたらあのお部屋じゃ小さすぎるかな。

「むむぅ」

「はっは、ぼっちゃんずいぶん悩んでるね」

腕をくんで唸《うな》ってたらお店番のおばちゃんに笑われちゃった。木箱の上に並べられたきれいな羽根ペン。ペン先の部品はアレだけど、あそこらへんの見たことない羽根は王国の鳥のかな?

「おばさん、この羽根はなんの鳥ですか?」

「それはルビーダイヤインコの羽根だよ。青のグラデーションは珍しいんだ」

すごそうな名前の鳥だから僕も知ってる！　赤い体のインコで王国にしかいないんだよね。

おばさんが言う青いグラデーションのはたしかにめずらしい。小さいからなかなか売れないって言われたけど、これはちょうどいい！

「青いのください！　プレゼント用にできますか？」

「あいよ」

やったー！　これは良いお買い物ができたぞ！

お支払いしてくれてるキティがちょっと不思議そうなお顔してる。うむ、僕が使うには小さいよね。

「グレンにあげようと思って。そろそろ字を習うでしょ？」

グレンはステファンお兄様の子どもで四歳の男の子。トリアイナ家のあととりだから、そろそろお勉強がはじまるらしい。羽根ペンはまだ持ってないと思うんだけど……、余分に持っててもいいよね！

「まあっなんと慈愛にみちたプレゼントでしょう……っ」

「異国に来てまでもお優しい！」

「きっとお喜びになられますっ」

「えへへ」

ご遠慮なく褒められてたら、羽根ペンを包んでくれたおばさんがびっくりしてたけど「愛をもって選んだら気持ちは伝わるもんだよ」って言ってくれた。自信がつきます！　グレン喜んでくれるといいなぁ。

来週には帰るし、みんなのおみやげも買ってこうかな。
お店通りをウロウロして買い食いもさせてもらって、夕方前におうちに戻った。

## †魔力補給（意思なし）

「ただいま戻りましたー！」

「おう、おかえりフラン」

馬車から降りたらトレーズくんがお出迎えしてくれた。ぎゅうって抱きついて、ほっぺにただいまのチュウ。トレーズくんもお耳にチュッてしてくれた。

「今日はずっと館《やかた》にいたの？」

「ああ。勉強してた」

おでこを合わせて教えてくれたけど、おべんきょう……お勉強を一日やるってなかなかのじごくでは？　マッサージしてあげたらいいかな。

「それから、……フラン、ちょっと来てくれ」

「んう？」

トレーズくんに手を引かれて館の中を行くと、使ってないお部屋の前で立ち止まった。

「中に入ってみ」

よくわからないけど扉を開けて中に入ると小さめのサロン。お庭に繋《つな》がる窓があって、

「えあっ！　あー！！！」

デデデッて窓辺に走っちゃう！

お庭が見える景色がいいそこに、お風呂が！　お風呂があります！

脚付きのまっしろのひとりぶんのお風呂には、お湯が張ってあってすぐ入れそう！

「なんっな、なんであるの⁉」

「フランは風呂好きだろ。でかいのはムリだけど、これなら許可が出たんだ」

「許可が！」

振り返るとメイドたちもニコニコしてる。ナイショで準備してくれたんだ！

「ど、だっ、どうやって⁉」

「この前、街で冒険者の女に情報を聞いたって言ったろ。あれさ、じつは王国の風呂はどんなのがあるかを聞いてみたんだよ。そしたら貴族の屋敷には室内用の風呂があるらしくて」

「んぁあああああ‼　ありがとうトレーズくん！　僕っ、ぼく、あー！　嬉しいよお！」

ぜんぶ聞く前になんかわかっちゃった！　トレーズくんは僕のために、僕のために女の人に話してくれたんだっ。たまんなくなってベイン！　って抱きついたら、トレーズくんはおおって言って笑いながら抱きとめてくれた。好きなときにお風呂に入れるなんてしあわせ！　好きな人がご用意してくれたお風呂なら、もっともっとしあわせだね！


トレーズくんが用意してくれたお風呂はひとり用だけど、お湯に入るだけでも気持ちいい。温泉のお湯を毎日運んでもらうのは大変だけどやめられないよね！

バスタブに寄りかかれるし、小さいお風呂もいいなぁと思う僕。入浴剤もいれてもらって、上がったらタオルの上に立ってクリームを塗ってもらう。

「ん、今日は少なめなんだね」

「はい。教授とぼっちゃまが発見された温泉水がほどよく保湿になっているのか、肌の調子がよろしいようです」

夏に使うくらいのサラサラクリームで保湿された僕は、寝室で待ってるトレーズくんのもとに急ぐ。お風呂の感想を早く伝えたいもんね！

「トレーズくんただいま！　お風呂ね、すごく気持ちよかったよ。ありがとうっ」

ベッドに座ってたトレーズくんの横にベスン！　って座ってご報告。トレーズくんのお顔を見上げて、自分でわかっちゃうくらいの満面の笑みです！

「よかったな」

「うん！」

頭に手を置かれてニコニコし合う。んふふ！　しあわせだ！

今日は知らない森も見たし、おうちも探したし、おみやげも買えた。充実した一日だったなぁ。あとはトレーズくんにくっついて眠ったらいい夢が見られそう。

ふわぁとあくびが出ちゃう。お風呂で温まっているおかげか、昨日からあくびが止まらないんだ。じんわりふっくらぬくぬくになった僕は、いつものようにトレーズくんと一緒にベッドで眠りについたのでした。

七色のお部屋。見覚えがあるけど、このお部屋に来る夢は数年ぶり。なにもなかったお部屋にまるいクリスタルが一個だけ浮いてて、そのまわりを僕の知ってる妖精さんらしき人がくるくる回ってた。

「あれキミ、なんでいるの」

「妖精さ……妖精さん？」

気づいた妖精さんがこっち見てきたけど、妖精さん、なんか透明だ……どうしちゃったんだろか。

「妖精さん、色なくなっちゃったの？」

「進化中だからねー。それよりキミも精霊になるの？　人間からだと千年はかかるのに、根気強いんだね」

「なん、なんのお話？」

あれ、噛《か》み合ってました……？

精霊になれるかな⁉　結果は千年後！　って聞こえたような。でも僕、千年は生きられないしなぁ。

相変わらず妖精さんのお話は展開がむずい。

ちょっと考えてるうちに、妖精さんはなんかすっかり納得してた。

「まぁ、もともと親和性高いしいいんじゃん？　そうそうキミ、国境越えたでしょ。おかげで近所付き合いがタイヘン」

「ふへ、ごめん」

「こっちでもやっとくけどさ、キミも愛想よくしといて。よく聞こえるようにしとくから」

「え、え」

それじゃー頼んだって言った妖精さんは、僕の前でくるんとすると、あっさりと消えてしまった。

な、なんなん……！

「なんなん……‼」

自分の声で目が覚めた。なんかすごく大変なことを頼まれた気がするんだけど、くわしいことがわかんない。でも僕が何かに巻きこまれた予感だけはする……！

へんな、へんなフラグだったらどうしよう。具体的に言うと悪役系のー！

不安にわなわなするけど、でも不思議と体には気力と魔力が満ちてた。なにこれ。逆にこわい。

とりあえずお水飲もう、と思ってベッドから降りようとしたら、なんだか足元がふわわっとして、僕はそのままモソンッとベッドに大の字になってしまったのでした。急激に眠くなる意識の向こうで、トレーズくんの慌てた声が聞こえたよ。

「いってらっしゃい、トレーズくん。気をつけてね」

「ああ、フランもゆっくり休んでろよ」

街にお出かけするトレーズくんを、玄関でお見送りする僕。小さくなっていく背中を見てると、目の前がぼやけてくるから、目をぎゅってしてて、しぱしぱする。

「ぼっちゃま、お部屋にお戻りになられますか」

「ん、大丈夫」

妖精さんの夢を見た日から、僕の体の中で魔力が行ったり来たりしてくらくらするようになった。上手に歩けないし、目はぼやや〜とするし、やたら寝ちゃう。ハーツくんが言ってた〝魔力が不安定になる〟のまっただなかになってるようです。これが……成長！

「フラン様、私も行ってきます。フラン様の分もヒカリゴケのサンプルを採ってまいりますので、どうか楽しみになさってください」

「んあっ教授。よろしくお願いしますっ」

玄関で待ってたら、いつもより装備品が多い教授をお見送り。今日は洞窟を見てみましょうねって言ってたのに、ついていけなくて無念です。

教授と護衛がのった馬車が見えなくなったところで、僕は館の居間に行ってソファに沈みこんだ。

「ねむぅい」

借りてる館がお城みたいなものだから、室内の装飾がハデでまぶしいんだけどそれ以上におねむ。

困ったなぁ。

「ぼっちゃま、こちらに紅茶を置いておきますが、もう寝室でお休みになられても……」

「ありがとキティ。でも訓練したいからがんばる」

「ぼっちゃま……！」

居間を過ごしやすく整えてくれてたメイドたちが声を震わせてる。むむぅ、心配おかけしちゃってるな。

魔力が不安定になることは、まあ貴族が通る道なので、お医者さんも安静にしてなさいぐらいしかなかった。普段とちがう刺激になるような魔力はあんまり良くないみたいだからお風呂も温泉じゃなくてお湯にしてもらった。ほかにできるのは魔力を整える練習をすることだって。

（僕は妖精さんに魔法かけられないことも追加で……）

これはそんなにあることじゃないけどね！

よし、って寝そうな頭をふって僕はソファに座り直す。それからテーブルに置かれた紅茶を見た。

紅茶からはユラユラとうすい魔力が浮き上がってる。

「ふぬぬぬ……っ」

目にぎゅーって力をいれて揺れてる魔力が何色なのか見極める！

これが僕の訓練！　方法は合ってるかわからない！

「んぬにいいい、赤、ちゃいろ、緑！」

ピシ！　って色を見分けたら、紅茶のまわりのぼやけてた景色がちょっとだけマシになった。

ふぃーっやりとげたやりとげた。満足して紅茶をいただく。ひと仕事したあとのお茶はおいしいね！

僕の魔力が不安定になって何が不便って、周囲のものの魔力が見えたりすることだ。色つきで見えるし輪郭がぼやけるし、世界がカラフルすぎてああああってなるし、でもふつうの視界のときもあるから不安定って不便。

「ふあぁ……」

あくび出ちゃった。運動したわけじゃないのに疲れてる。

クッションをソファの片方に集めて、いい感じに寄りかかれるようにセッティング。もに、もに、って手のひらで押してこねて微調整します。

「寝ます」

もすってクッションに埋まって、いったん仮眠しますね……。

「んは」

一時間ぐらい寝てたみたい。紅茶は冷めてるけどクッキーは置いてある。うむ、食べよ。

「大丈夫ですか、ぼっちゃま。お水をお持ちいたしましたが……」

「んぅ、ありがとう」

体を起こして、お目覚めのお水を飲む。はふ、しみわたる。

ちょっと寝たらすっきりしたよ。つぎのネムまでもちそうだ。

「ぼっちゃま、起きたばかりで申し訳ございません。ご友人のアーサーが来ております」

「あっくんが？」

「はい。日程が決まったと……」

！　日程ってドラゴン退治のことだよね！

あっくんの冒険にはとても興味ありますっ。主に戦力とかあっくんの敵とか。

応接室に行くとあっくんだけが来てて、ちょっと緊張したお顔でソファに座ってクッキー食べてた。

「お待たせあっくん！　ドラゴンの日程きまったんだって？」

いそいそとお向かいのソファに座ると、あっくんはきりっとしたお顔で僕を見た。あっくん、魔力が満ちててまぶしい。

「フランさま。そのとおり拙者ども、明日、行ってくることにしたでござる！」

勇者は、にっこり笑顔で宣言したのでした。

## †聖霊さんの圧がすごい

「そなた、聞こえるか」

「んえ」

気づいたら、僕の前に水色の女の人がいた。

キョロキョロしたけど周りにはなにもなくて、もしかしたらここは夢の中かもしれない。この空気感に覚えアリ。女の人も羽がないのに空中に浮いてるし、たぶん妖精さんのたぐいだ。

……うむ、夢！

「僕、お風呂で寝ちゃったのかな。夢を見ると妖精さんたちに会えるの？」

「いや、妾《わらわ》が意識を繋げた。とにかく聞け。そして妾の言うとおりにせよ」

ご、強引んん！　この感覚も知ってるよ、すごく最近体感したやつ……！

「そなたの友が、赤竜を倒すとのたまったな、あれを止めよ」

「あれって、あっくんがレッドドラゴン倒すおはなし？」

「ようやっと赤竜が落ち着いたのじゃ。またぞろ暴れられたら森が死ぬ」

し!?　し、し……ぬのはダメと思う。けど、あっくん勇者だし、ドラゴンってなんだかんだ勇者に倒されがちだし……。あっくんも最強武器のことすごく楽しみにしてたしなぁ。うぬん。

止められないかもって思ってたら、妖精さんがスイッて、僕の顔面寸前にやってきた。怖い。女の人が真顔なの怖い。

「鎮静に三百年かかったのじゃ。……寝た暴君を起こすでない」

「うぅ、けどやめてって言ってやめてくれるかなぁ。んあ！　僕じゃなくて、直接あっくんに言えばいいんじゃ」

「あやつは異国の聖霊に愛されすぎておる。妾のことばが聞こえぬようじゃ」

「あの、あっくんたちもう明日には出発でして……」

「今の今まで、妾の言《げん》を聞かなかったそなたの責じゃな」

「ふへぇ」

形のいいお鼻をツンとさせて言ってくる。エラそうにするのに慣れた人の動きである。高圧的ぃ。

「……あれ。今までって、今までお話ししてくれてたの？」

「そなたと友が赤竜の話をしてからずっと話しかけておったぞ。あまりにも妾の話を聞かぬから、雨を絶やしてやったが」

妖精さんはホッホッて笑った。そういえば王国に来てからずっと晴れだったね。森の探索もしやすくて、王国はお天気いいなあって思ってた。

（……んえ、あ、雨!?）

「えええぇ！　雨はたやしたらだめだよぅ！」

「ではやつを止めよ」

暴君！　暴君のやりくち！

唖然《あぜん》としてる僕の前で、妖精さんはアゴを上げてふふふんとしてる。勝ちを、勝ちを確信された
……！

「それから妾は妖精ではない。聖霊じゃ」

女の人が、用はすんだとばかりに手を振った。すると、目の前が真っ白に光って、僕が強制的にお部屋から出されたのが、なんとなくわかったのでした。


「フラン……、フラン」

「ぅー……ぅぅぅー……」

だれかが僕のおでこを優しく撫でてくれてる。だれかの唸ってる声も聞こえてくる。いつもはパチッて目が覚めるのに、今日は頭が起きてくれない。

「ぅぅー……」

ふに、ってやわらかいのがおでこにあたって、気持ちいいなって思ったら唸り声も止まった。僕の意識もはっきりしてきたから今まで寝てたんだなってわかった。

「んあ、トレーズくんだ、おはよう……？」

「おはよ。起きたか」

上半身をちょっとだけ起こしたトレーズくんと目が合う。ホッとしたみたいなお顔してるね。

「うなされてたぞ、しかめっ面して」

チュッてお鼻にキスしてくれた。僕のお顔から力が抜けた気がする。うーうーしてたの僕だったんだね。

寝室の窓からは朝のおひさまの光。自分の声で起きるのって初めてだ。

「あのね、夢見てたんだよ」

「怖い夢か？」

「んー……」

怖かったけど、ブルブルする怖さじゃなかったなぁ。

なんて説明したらいいんだろ。悩みながらトレーズくんにくっつく。

「んへへ、あったかい」

「風呂入るか？　朝風呂好きなんだろ」

ハグしてくれたトレーズくんを僕もギュッとし返した。

うむうむ。まとまってきたぞ。

「お風呂はいります」

「おう」

「あとね、夢は聖霊さんの夢だったんだよ。レッドドラゴンを寝かせてあげてって言われたから、僕、やんわりお断りしようと思ったんだけどムリで」

「……夢だよな？」

レッドドラゴンって言葉でピクッとしたトレーズくんが、僕のお顔を覗きこんでくる。真剣な表情。

わかる。僕とレッドドラゴンの組み合わせって、サラダにかかってるパプリカの粉と、お父様のお誕生日のときに出るシェフ渾身《こんしん》のケーキくらい格差があるもんね。もちろん僕がパプリカの粉ね。

「駄目だ」

僕の複雑なお顔を見て察してくれたらしくて、トレーズくんが止めてきた。

「レッドドラゴンってアーサーが倒そうとしてるやつだよな？　王国の伝説のドラゴンだ。いるかどうかもわからない魔物だが、万が一いたとして、フランがどうにかできる魔物じゃねぇし、ケガで済むレベルじゃない」

僕がドラゴンを倒せるとか誰も信じないよね。僕もだよ！

「ドラゴンはどうにかできないから、あっくんを止めるしかないかなって」

「……アーサーも、言って聞くようなやつじゃねぇな」

「うん……」

絶望とはこれを言うのかな？　あっくん、お友だちだけど止め方がわからないし、止まらなさそうな予感がしてる僕とトレーズくん。でもやらなくちゃいけないんだよう。

お風呂に入ってから、朝ごはんの場でみんなにもご報告したけど、全力で止められた。とくに護衛の騎士はドラゴンと戦ったことがあるらしくて、経験談を交えて諦めるよう言ってくれたりした。その経験談にめちゃくちゃビビった僕です。臨場感がすごい。

帝国の公爵家の僕が他国でやることじゃないけど、「聖霊に言われた」ってことは結構たいへんなことらしくて、最終的になんとか説得できたのがお昼過ぎ。

レッドドラゴン対策に午後いっぱいを使って準備して、僕たちは明日の朝、山に向けて出発することになったのだった。

## †あっくんを説得してみよう

僕たちはあっくんに会うため、現在ドラゴンの巣がある山に向かってます。

一日早く旅に出たパーティに追いつくために早朝から馬車をすごい速さで走らせてるし、しかも僕についてきてくれた騎士が総出。

「ドッ、ド……ドラゴンの頁《ページ》は……！」

同じ馬車のお向かいの席では教授が生き物図鑑にお顔をくっつける勢いで調べてくれてる。お留番してくださいって言ったのに教授も来てくれたんだ。大丈夫かな、乗りもの酔いしてないかな。トレーズくんも来てくれて、今は僕の肩に手を回して抱きよせてくれてるし、とても大事になってる。

「フラン、大丈夫か。唇噛《か》みすぎだ」

「んぬぅ」

ごめんねトレーズくん。

僕、これからやることのシミュレーションで頭がいっぱいなんだ。

まずなんとしてもドラゴンの巣より手前であっくんに会って、ドラゴンを起こしちゃダメらしいよってお話しする。納得してくれたら解散で、説得失敗したら全力であっくんたちを取り押さえる。

主に騎士の人はあっくん対策。数で！　数でレベル差を埋める！　それでもだめなら貴族パワーをつかって……。

馬車の前の小窓で外とやりとりしてくれてたキティがこちらを向いた。

「ぼっちゃま、キャンプが見えてきました」

「っ、あっくんたちかな！」

窓にべったりお顔をくっつけて外を見たら、森の奥から白くてほそい煙が上がってた。あそこがキャンプかな。馬車が走りつづけてるとだんだん人影も見えてきた！

窓をガコガコッて開けてよく見たら、ディディエと魔法使いさんがなんか焼いてて、僕の馬車に気づいたみたいで立ち上がってくれた。

馬車が止まったらすぐに降りて、ディディエたちのところに行く。トレーズくんも追いかけてきてくれたし、騎士はキャンプを取り囲むみたいに広がった。物騒な雰囲気になったけど気にしていられぬ！

「あら、おはようフラン様。どうしたの、朝早くからずいぶん物々しくして」

「おはようディディエ。あっくんは？　あっくんはいる？」

「温泉に行ってるわよ。もう戻るんじゃゃ……、ああ、ほらあっち」

ディディエが視線を向けた先には、なんだかホカホカのあっくんとマモノ使いの人が歩いてきてた。

こっちを見て不思議そうな顔してる。そうだよね、人増えすぎだもんね。

「あっくん！」

「フランさま、どうしたでござるか。トレーズ殿も……？」

「あっくん、お話があります！　聞いてください！」

「し、承知」

頷《うなず》いたあっくんの肩を掴《つか》んで、僕は夢で見た聖霊さんのことをこまかく説明した。ドラゴンのことと、めちゃくちゃ圧があったことと、雨のこと。

聞いてるうちにあっくんがびっくりのお顔になってきて、これは僕の説得が効いてる手応えでは！

「そ、そのようなことが……。いや、拙者たちもドラゴンを倒そうとは考えてなかったのでござる。新メンバーのレベル上げも途中でござるしな！　ドラゴン討伐の適正レベルにないのである」

「そうなんだ……」

よ、よかったぁ！　あっくんお話通じるじゃん！　ヒューッさすが！　おとな！　前世で大学生！

嬉《うれ》しくなってあっくんの手を握ってぶんぶんしてたら、トレーズくんがふと聞いてきた。

「倒さねぇで、どうするつもりだったんだ？」

「よくぞ聞いてくれた！　拙者ら、巣をあさる作戦なのでござる！　そもそもドロップ品とはモンスターが変質してできるのではなく素材を売った報酬やテリトリーに隠してあったものを手に入れるのでして拙者このシステムに現世にて初めて腑《ふ》に落ち」

すーごい早口。聞き取れない。

あっくんが語り終えるのを待つしかない時間かな。

周りを見たらこの森はオレンジ色の魔力でいっぱいなのが見えてきた。んん、魔力で視界がぼやけちゃう。

シパッ、シパッてしてから目を凝らすとディディエは面白そうに、魔法使いさんは呆《あき》れ顔であっくんを見守ってて、マモノ使いの人は鞭のお手入れしてた。ドラゴン戦の緊張感がないのはすごいなあ。

……え、あれ？

なんかいやな予感にごくんて空気をのむ僕。

「ね、ねぇあっくん。ドラゴンの巣に行かないよね？」

「あさりに行くつもりでござる！」

「ダメぇー！」

どんって自分の胸をたたいて自信満々に返された！

聞いてよかったー！　ぜんぜん行くつもりだった！

「ドラゴンが起きたらどうするの！　弱い仲間がいるしあっくんもケガするかも、それに聖霊さんのお願いは聞かなくちゃいけなさそうだったよ」

「う……っ聖霊……！」

あっくんが頭を押さえた。

「アーサーったら聖霊に愛されすぎてるのよねぇ」

「そ」

そうなの？　って聞こうとしたら、とんでもなく大きい魔力が吹いてきて、あたり一面オレンジ色になっちゃった！

「フラン様お下がりください！」

「ぼっちゃま！」

騎士たちの声が聞こえるけど、オレンジ色すぎて周りが見えない。となりにいたあっくんでせいぜいな感じ。

「あ、あっくん、ここ危ないみたいだよ」

「そうでござるな……ドラゴンが来てしまったでござる」

え？　って見たら木々を倒しながら着地した巨大な赤いドラゴンがこちらを見てた。

「フラン様！」

「ここは我々が押さえますのでお逃げください！」

『やはり勇者がいるのか』

「馬車を開けろ！　フラン様をお逃がしするのだ！」

急に現れたドラゴンと僕とのあいだに、剣を抜いた騎士たちがすごい速さで走りこんできた。

ドラゴンは大きいお顔を人が見える高さにおろして目を細めてる。目が僕の頭くらいあるし、大きすぎて現実味がない。作り物みたい。

「フラン、アーサー！　下がるぞ！」

「あ、あ、はい」

トレーズくんに腕を引かれてハッとした。僕が馬車に戻らないと騎士たちも逃げられない。使用人たちも逃さないと！

早く行かなくちゃって思ったのに、となりのあっくんが動いてない。むしろ一歩前に出そうだから、僕は慌ててあっくんのお洋服を握りしめた。

「あっくん！」

「いかにも！　拙者が勇者でござる！」

あっくーん!!

な、なんか勇者宣言したけどどういう展開で!?　わからないけどあっくんのお洋服は離さない。トレーズくんも僕を抱きしめて立ち止まってくれた。

そうしてるあいだにも僕たちをかばってくれてる騎士のおじさんたちは、じりじりとドラゴンから間合いをとって陣形を作ってるみたい。

「君も早く退避しなさい！」

「いや！　いやいやいやいや拙者には聞こえたでござるよ！　ドラゴン、ではなくドラゴンさん。お話しできますか！」

え、えっどうしよう。あっくんがなんか勇者っぽいことしてる！　でもこれはどう考えても一回逃げたほうがいいよ。ドラゴンとの距離が近すぎるもん……！

「大丈夫よ、アーサーは本当に声が聞こえたのだと思うわ」

「ディディエっ、あっくんが、あっくんが逃げないよぅ」

「敵意がないと判断したのよ、ね？」

僕たちの横に立って腰に腕をくむディディエにつづいて、魔法使いさんとマモノ使いさんも来た。杖《つえ》とか鞭は持ってるけど構えてはいない。

「そのとおりでござる。拙者、ドラゴンさんの声が聞こえたでありますからな！」

え!?　なにそれチートじゃない!?

まわりの人もピク、としたけど警戒は解けない。うむ、まだぜんぜん安全ではないもんね！

『勇者と自称するとは高慢だな』

ふへぇ、ストレートな感想。でもあっくんは本当に勇者ですからな。勇者って言ってもいいと思うよ！

(……んえ、今の声ってだれの？)

「たしかに現時点では拙者、勇者にあらず！　しかし素質はあるとドラゴンさんも思われたのではないか」

『弁の立つ人間だ』

おふ。ドラゴンの鼻息で風が起きた。ドラゴンって鼻息まで魔力ふくんでるんだなあ。

「話し合いは相互理解の基本ですぞ！　ジャンルは違えど同じオタク、夜通し語り合えば無二の友にもなれるのでござる！」

『フッ、その根拠のない前向きさはさすが勇者だな』

二回目のドラゴンの鼻息で僕のおでこがまる出しになった。今の鼻息のタイミングは、完全に鼻で笑った声と一致。

(あ、僕も聞こえてるパターン)

あーはい。なるほど？　妖精さんの「聞こえるようにしとくから」の影響だね！　ぐぬぅう。なんか怖い！

「……アーサーのやつ、マジでドラゴンと噛み合ってんじゃねえか？」

トレーズくんも構えてる騎士たちも、あっくんの独り言と攻撃をしてこないドラゴンに不審そう。でもなんだかんだあっくんのお話はドラゴンの反応に合わせて続いてるように聞こえるしで、止めたりはしなかった。

とりあえずあっくんのお話が終わるまで。終わったらそのときの状況に合わせて動かなくちゃ。

「ところでドラゴンさんは伝説の剣は持ってますかな」

あっくんも直球だなぁ。僕も気になるけど伝説っていうくらいだし、ドラゴンのお宝の可能性もあるし、簡単には教えてもらえないんじゃ……。

『我が食ったから腹にある』

あまぁああ!?　答えてくれたっ、でも結末が怖い！

「おおぅ……拙者らそれが欲しくて来たのでござるが、腹に入れるほど大切ならば諦めるしかないですかな」

『大切？　いいや、これは食った勇者がたまたま持っていただけだな』

「では拙者らも食べられたら腹に剣や鎧《よろい》が残るのでござるか……拙者、自慢の靴はどうであろうか……」

あっくんが自分の足元を見る。おうちで作ってるやつだね。革製っぽいからなぁ、そういうのは残らないかも。ちょっと残念そうなあっくん。

『この剣は特殊で溶けなかっただけだ。それに愛してない者を食ってなんとなる。我が愛する半身は我の身となり、とっくに一つになった』

「おっ、では剣のほうは拙者がいただいても？」

『取り出せるのならな』

「はっはっは！　難題でござるな！　仲間と相談いたすからお待ちくだされ」

笑い事かな!?　たぶんどこかの勇者は食べられちゃってるけど!?　勇者のメンタルすごい。僕が勇者に生まれなかったのもなんかわかっちゃうよぉ。

ドラゴンの声が聞こえない人たちも、あっくんのお返事の内容から引いてる雰囲気だったけど、あっくんは「話のわかるドラゴンさんでござった！」っていい顔でこっち見てきた。

あっくんが皆さんにお話の内容を聞かせてくれる。改めて、いつかの勇者が食べられちゃった事実にセンリツする皆さん。

「ア、アーサー。その話が罠《わな》で私たちも食べられるってことはない？」

「たしかにドラゴンは叡智《えいち》の泉だと言われるけれど、アタシたちを食べるのにそんな手間をかけるかしら」

「拙者の話した感じでは良い方でしたぞ」

「美しいドラゴンだ」

勇者パーティは意見交換中。魔法使いさんが言うみたいに、これが罠ってことあるのかなぁ。僕も聞いてたけど話し方とか雰囲気が、大貴族にたまにいるおじさんの紳士みたい。そういうおじさんって僕をからかったりするけど、騙《だま》したりはしないんだよ。

ドラゴンをこっそり見ると目が優しい気がしてきた。怒ってない目だよね。……それにしても大きいなぁ。森の木に隠れて体全体は見えないや。僕はちょっとだけ体を傾けて、目をギィーって細めてドラゴンのおなかあたりを観察。

「んうう―」

「フラン？」

「あ、やっぱり剣あるみたい。おなかにオレンジじゃない魔力あるもん」

「マジか。……おい、剣はあるってよ」

トレーズくんが魔法使いさんたちにお伝えしてくれた。魔法使いさんは遠い目をして「じゃあ本当に取り出せっていうのね……腹を斬る……？　私死ぬ？」ってつぶやいてた。

おなかきるのはダメなのはわかるよ。ぬぬ、どうしたらいいかなぁ。

「あ、あのぅ、フラン様」

資料を抱きしめた教授が小さい声で声をかけてきた。手がブルブルしてる。うむ、この状況はきっと怖い。僕は魔力でぼやけてるけど、ほかの人はダイレクトにドラゴンを目撃してるんだもんね！　それにわざわざ近づくとか……うぐぐ、想像したら夜眠れなくなりそうぅぅ。

「教授、大丈夫……？」

「は、はい！　あのぅ、私にひとつ案が……吐くのでしたら千本ジャラシがもしかしたら効くのではないかと」

「千本ジャラシ？　なんだそれ」

トレーズくんは不思議そうだけど、僕はハッとなった。

そこらへんに生えてる千本ジャラシは野草なんだけど、動物がいっぱい食べるとおえってなるやつ。変なの食べて体調悪い動物がわざと食べたりする草のことだ！　ドラゴンの状態にピッタリ！

「あの体格ですからかなりの量は必要だと思いますが……」

「たしかに！　集めてくるのたいへんそう。けど効果あるかもしれないし、あっくんに聞いてみましょう！」

「ふむ、吐き薬のようなものでござるな。ドラゴンさん、拙者が集めてくるまでお待ちいただけるだろうか！」

『我は気が長いほうではないぞ』

「くぅ……っ、ど、どれほどで⁉」

『五日程度か』

じゅうぶーん！

ドラゴンって長生きだから時間の感覚がちがうのかな。とても助かる。

そんなわけで、僕たちは草集めに走り回ることになった。教授が千本ジャラシの見本を見せてくれて、騎士も使用人も草刈りに出る。森のどこにでも生えてるから森中に散って千本ジャラシを抜きまくる僕たちを、ドラゴンが伏せて待っててくれた。

千本ジャラシでベッドが作れそうなくらい集めて、あっくんがドラゴンの前に置く。

「さっ、食べてみてくだされ！」

ううん、なんかシュール。自信満々なお顔でおすすめしてるのが草。自然界でも好物にしてる動物がいない草。

状況を見てる騎士たちも、ドラゴンの機嫌を損ねないかなってちょっと警戒を強くした。ドラゴンの頭がノゾゾって持ち上がって、

『……………』

バクン
ドラゴンが一口で草のベッドを食べちゃった。一口、すごく大きかった……あっくんが丸ごと入るくらいのお口だった！

「ひゅぇぇ……」

こわいぃ！　敵にしたらぜったいにダメってわかる！

そ、そういえば妖精さんも、他国のヒトには愛想よくみたいなこと言ってたもんね。きっとこういう生き物がいるからだよね！

となりにいた教授も同じくドラゴンのお口を凝視しちゃったみたいで、僕といっしょにプププって震えてた。

みんなが見守る中、ごくんってしたドラゴンからしばらくして変な音がしはじめた。ボコ、ボコみたいな……？？？

「も、もどしそうなのだと思います。おなかの中で空気が動いている音ですね」

教授が言うとおり、ドラゴンも目を細めて薄くお口を開けてスタンバイ。

「ねぇ、ちょっと……口から炎出てるわ」

ドラゴンの口の端からちょろって炎が出てる。ドラゴンサイズだからちょろっとしてても、たぶんあれはすごい業火！　あれが吐かれたら火事になっちゃう！

「水、氷魔法用意！」

「は！」

騎士が魔力を練り、魔法使いさんも杖を構える。

「フラン様は馬車へ！」

騎士に言われて僕は走る！　僕、なんもできないので、せめておじゃましないようにせねば！　馬車まで来て振り返ったら、ドラゴンのお口全開。炎がボーボー。あああ、あれはヤバそう。

ぼ、僕も魔力ねっとこ。いざとなったらイチかバチかで睡眠魔法《スリープ》を……。

「えっドラゴンさん、詰まってますか！　ディディエ殿、フィニアス殿サポートを！」

「まかせなさい！」

「鞭《むち》が必要かい？」

ディディエが歌うとあっくんが分厚い魔力をまとった。そんでドラゴンの口元に駆けつける。ほ、炎あびてるけどいいのかな⁉

マモノ使いさんが振ったムチはドラゴンの口の中にいき、それを掴んだあっくんとマモノ使いさんが引っ張った！

『ぐおおお』

ドラゴンがちょっと苦しそうにうめいた瞬間、炎とともにポンッてムチが抜かれてその先には剣が……！

あっすごい！　すごい既視感！

「あー‼」

魔法使いさんが叫んだときには、剣は上空に放り出されるところだった。

青空に飛んでく伝説の剣。森に投げられたら探すの大変だし、へんな人に見つかったら事件！

「んうぅうっえいー‼」

ボンッヌ！

僕の放った遅延魔法《スロー》が剣にあたった！

「ツハ！」

おとなりでトレーズくんが動いた。三本のナイフがすごい勢いで飛んで、空中にある聖剣にあたって地面に落ちて転がる。

『抜けたか』

「抜けたでござるな！」

迅速な鎮火作業が進むまんなかで、ドラゴンが満足そうに鼻息を吐いてた。

## †聖霊さんはそんな力ない

　あったかい雲の中でふわふわ浮いてるみたいな感じ。

　冷えてだるかった体がスーッて楽になってるなぁって思ったら、じわ……て目が開いた。

「んぬう？」

　お風呂。

「起きたか」

「トレーズくん？」

　裸のトレーズくんに支えられて、僕はお風呂につかってた。

　まわりをキョロキョロしたら見慣れた館のサロン。一人用のバスタブいっぱいのお湯は、入浴剤が入ってない透明でなんかやわらかい感じ。

「んえ、僕どうしたんだっけ。あっくんとドラゴンは……あ、夢っ？」

　どうやって館に帰ってきたかぜんぜん覚えてない。ドラゴンがいたのが夢、もしくはお風呂に入ってるこっちのどっちかが夢なのかも。

　チャパッてお湯の中で振り返ったらトレーズくんが苦笑いして、僕の前髪をかき上げてくれた。

「魔力切れを起こしたんだってよ。アーサーが剣を掲げたあたりで気ィ失ったんだが……気分は悪くないか」

「んんー」

　そういえばおなかが少し気持ち悪いような？

でも目が覚めてからはどんどん元気になってってる感じ。

「平気になってきたよ」

「そうか」

ほっとしたお顔でトレーズくんがつむじにちゅってして、それからお風呂の中でぎゅうってしてくれた。うなじのところにトレーズくんの頭があたってくすぐったい。

「っ……はぁ、マジで心配した」

「ぉ、おぐぅ、ごめんねトレーズくん。僕、魔力切れしちゃったんだ」

肩にのっかってるトレーズくんの髪をよしよしって撫《な》でる。とても申し訳ない気持ち。

飛んでく聖剣に慌てて魔法を撃ったからかなぁ。たしかにいつもより多めに魔力使った感じしたし、あれで魔力使い切っちゃったんだ。

お風呂にちゃぷちゃぷしながら、トレーズくんが事情を教えてくれた。

あっくんがドラゴンに「本当にいただいてよろしいですか！」って聞いて、そのあと剣をうおーってしたんだって。ドラゴンもそのあとすぐに、消火でひんやりした森からバササーッて帰ったらしい。

僕はトレーズくんの腕にしがみついてて、トレーズくんが見たら立ったまま寝てたらしい。

「ベッドに寝かせてたんだがアーサーたちが見舞いに来てさ、そのとき温泉がいいんじゃないかって話になって、汲《く》んできたんだ」

「くんで？　え、……え！　これ温泉なの！」

この量を!?　森から!?

「おう。みんなで運んだんだぜ、騎士も使用人も。すげぇ主人想《おも》いだな」

「おぼ……おぶあああああ」

お部屋のはじっこで立ってるメイドたちは、そんな大変なことをした疲れなんか見せないでいつもどおり待機してくれてる。

ううぅ、ありがたいよぅ、泣いちゃいそう……！

お風呂の中で足をぎゅっとして丸くなる。お湯があったかくて、温泉のおかげか魔力も戻ってきてる感じがしてる。今の僕、魔力切れじゃない！

ぐりんって反転してトレーズくんと向かい合わせに座る。

「トレーズくん、僕、みんなにお礼言いに行きたいです」

「体調、じゃねえか、魔力は戻ったのか」

「ぅあい！」

「十段階で言うとどの程度だ」

「十です！」

キリッてして言ったら、トレーズくんが笑ってくれた。それで「じゃあ、あがるか」って許可をくれたのでお風呂から出る。

メイドたちが僕を拭くのに来てくれたから、さっそくありがとうって伝えるとニコニコして「お元気そうでようございました」って言ってくれた。

クリームを塗ってもらってお着替えもしたら、つぎは騎士のところ！　急ぐ気持ちでサロンをべべべッて走ったらトレーズくんに「走るなよ」って言われたから、早足で騎士の詰め所に行く。

お風呂あがったばっかりだから、早足すると暑くて汗かいちゃう。

「フラン様!?」

詰め所の扉を開けたら、騎士が一斉に立ち上がってびっくりした。いや、騎士の人もびっくりしてる。前もって行くよって言ったほうがよかったかも。

でもこんなに元気になったのは騎士の人たちのおかげだし！

「えー……、僕のために温泉をくんできてくれたと聞きました！　おかげで回復したように思います。感謝します！　ありがとうございました！」

僕は貴族なので頭は下げちゃダメらしいので、胸をはって大きい声で伝える！　気持ちが大事だってお父様が言ってたもんね！

「フラン様……もったいないお言葉です」

騎士の人たちはその場で胸に拳をあてて、ちょっとおじぎしてくれた。んへへ、お礼言えてよかった。

たくさんの大人に囲まれるのってあんまりないから、扉のところに立ってちょっともじもじする僕。へ、へへ、帰るタイミングはどこでしたか……？

「フラン様、ひとつお聞きしてもよろしいでしょうか」

「ん、はい」

おじさんの騎士が真面目なお顔して一歩出てくる。

「アーサーという少年が得た剣ですが、あれは彼に与えてよろしかったのでしょうか。ドラゴンから生まれた剣となれば聖剣に等しいのでは」

あっこれはアレかな。よさそうなモノは貴族が持ったほうがいい理論。悪い貴族の人がよくやるやつ！

つまり。

「いいんです。あの剣はあっく、アーサーが持つ運命だったから、ドラゴンも攻撃しなかったのだと思います。あっあと、なるべく剣のことはヒミツにしてください、争いが起きたら聖霊の怒りをかうので」

僕は悪役を回避するために生きてるからね。聖剣とか聖剣とか、とくに人のものを取っちゃう流れとか、危なさそうなフラグにはさわらないのだ！

ふん！　って言い切ると、おじさん騎士は真顔からフッて笑った。

まわりで見てた騎士も体の力が抜けたみたい。

「はっ、かしこまりました！　フラン様のお考え、我らは忘れません」

「ん！」

よかった、なんか正解だったみたい。騎士もニコニコしてるし、ついてきたキティも泣きながら頷《うなず》いてる。

よし！　帰っていいよね！

すっきりした気持ちで、僕は騎士の詰め所から寝室に戻ったのだった。

翌日からは午前中はいつもどおり、教授と森の探索をしたり、洞窟にもちょこっと入ったりして動植物を観察。午後はあっくんと会ってお茶したり、空き部屋をこっそり見つけたりして過ごしてたけど、今日からは街でお兄様たちへのおみやげを選ぶようになった。

なぜってあさってで旅行は終わりだから！

二週間くらいの予定だったけど、気づいたらもうあっという間に帰る日になってた。

「ぼっちゃま、そろそろ王宮へ参りませんと」

「あばっ、もう時間っ？　急がなくちゃ！」

街から直接お城に行って、王様にあさって帰ります、お世話になりましたのご挨拶。いい人そうな王様だなって思ってたけど、僕のこと気にしてくれてたみたいで、滞在中不便なかったか聞いてくれたりした。

うむ。やっぱり逃亡先の第一希望は王国ですな！

ごはんもおいしくてお天気もいいし、って思ったところでハッとした。お天気いいのって聖霊が雨を止めてたせいだった！　あっくんのドラゴン退治を阻止できたのに、そのあと聖霊に会えてないから雨がどうなったかわからない。これは誰かに聞くしか……ッ。

僕のおとなりには、ご挨拶が済んで馬車までお見送りにきてくれた宰相さん。んん、なんて切り出そうかな。

「宰相閣下、よい天気ですね。僕の滞在中はずっと晴れてましたけれど、今日も雨は降らないのでしょうか？」

唐突かもだけど、聞かないと僕のおなかがいたくなりそうだから聞くしかない。お空を見て何気ないのを装いつつ、お耳を宰相に集中させた。

「おや、そうでしたか？　例年どおりの降水量ですが、たまたまご子息のまわりでは降らなかったのでしょう」

「そうなのですか」

思わず宰相さんを見ると不思議そうな顔してた。

え、雨ふつうに降ってるの？　えええ～。

宰相さんに愛想笑いして馬車に乗って、僕は確信した。

「聖霊さんお話、盛ってた……」

## †海の生物は怒らせなければ安全

船にどんどんお荷物が運びこまれてる。

お昼の日差しの中、汗をかきながら笑顔で働いてる使用人たちを二階のテラスから眺める僕。

あ、いま運ばれた箱は僕のおみやげセットだ。まだあとよっつある。

「おみやげ買いすぎちゃったかなぁ」

「足りないよりはいいんじゃねぇか？」

お兄様とお父様のほかに、使用人とかお友だちにって選んでたら多くなっちゃった。初めての旅行で張りきっちゃった感ある……。

僕のおとなりに立って柵に寄りかかってるトレーズくんは、船から見る港が面白いって言ってずっとついててくれてる。僕の船は大きいから屋根の上も見えるもんね。

今日、僕たちは帝国に帰ります！

おみやげとお荷物を積んだら、みんなが乗ったのを確認して、船のイカリが巻き上げられた。汽笛が鳴って、いよいよ出港です。ブボォーって鳴る汽笛ってわくわくする！

船がゆっくり動きだして、だんだん王国が遠くなっていく。さよなら王国、お世話になりました。

港からカモメとか小鳥がいっしょに飛んでくる。人馴《な》れしてるなぁ。でも撫《な》でるまではできなさそう。

海風にあたりながら見てたら、トレーズくんに腰を支えられた。

「寝るか？」

「……ンハッ⁉」

「半目になってたぞ」

僕の魔力はあいかわらず不安定で、やることがないとすぐ眠くなっちゃう。まぶたが勝手にとじようとするんだよ。いまもカモメのおなか可愛《かわい》いなぁって思ってたはずなのにウトウトしてたみたい。

「トレーズくんは？」

「フランが寝るまでいっしょにいるよ。手ぇ握ってたら楽なんだろ」

ポム、て一回頭を撫でてくれたトレーズくんと、手を繋《つな》いで船内に戻ることにします。トレーズくんのそばにいると、ねむねむになってた頭が少しすっきりするっぽい。

途中で一階のデッキが見えて、教授が船員さんたちとカモメにお魚あげてるのを目撃。うむ、船に慣れたみたいでよかった。元気そうです。あと僕もお魚あげたかった。

でも今回はおとなしくお部屋に戻る僕。早く寝ちゃおう。

「寝ます」

窓から明るい光が入ってくるけど、僕はすぐにベッドに入ってふすーって鼻息を吐く。トレーズくんはベッドのそばに椅子を持ってきて、僕の手をにぎってくれた。はふ……すごく安心する。

「トレーズくん、あのね、僕が寝ちゃったら放っといて大丈夫だからね」

トレーズくんも海でいっぱい見たいのあるはずだもんね。

「わかった」

「ん！　おやすみなさい」

ちょっとは起きてるかな？　って思ったけど、三秒もしないで眠った僕だった。

青い。起きたら目の前がすごく青いのですがこれは。

「フラン！」

「ぼっちゃま！」

バタン！　って勢いよく寝室の扉が開いて、トレーズくんとキティが入ってきた。ふたりが慌ててるのめずらしいなぁ。

「トレーズくん、キティ、なんか大きい魔力が近くにあるみたい」

「そ……、よくわかったな」

僕、レッドドラゴンのときに学習しましたよ、魔力が大きい生物のそばはあたり一面にその影響があるって。あのときほど視界はぼやけてないから平気だと思うんだけど……。

ベッドから体を起こして言ったら、トレーズくんが寝室の窓に近づいて外を見た。

「海竜が近くを通ってるらしい。部屋から出るなってお達しだ」

「かいりゅう」

海の生き物のことも教授の授業で習ったから、どんなのがいるかはなんとなく知ってる。

海竜って魔物はヘビっぽいドラゴンで、大きいのから小さいのまで結構な種類がいたはず。みんなが慌ててるなら、ちょっと大きめなのかなあ。

「リヴァイアサンだそうでございます」

「んぶァ!?」

で、伝説のやつ！　リヴァイアサンは伝説のやつじゃん!!

「だっべ、え！　大丈夫!?」

「近くを通ってるだけらしいが……窓から見えるぜ」

「えへぇ!?」

ベッドからおりて急いで僕もお部屋の窓にはりつく。トレーズくんが背中から抱きしめてくれた。

明るいと思ってた外は、真っ黒な雲のせいで暗くなってるし、遠くで雷も鳴っててとても不穏。船が防音だからぜんぜん気づかなかった……！

「うわ」

そんな海の波間に、黒い背中と赤いヒレがチラチラ見えてる。

(はあああ……リヴァイアサンですね)

前世のゲームにも出てたよ。めちゃくちゃ強くてゲームオーバーになったの覚えてる。なんで戦ったか忘れたけど、それがすぐそこの海に……うひゅぅ、実物になると迫力ありすぎて怖いなぁ。

「ぼっちゃま、船は現在停止しております。リヴァイアサンが去るまでは動かず、万一のときは大砲などを使用しつつ、全力で回避行動をとるとのことでございます」

キティの冷静な報告。言われてみたら船は動いてないみたい。

刺激しなければ攻撃してこないタイプなのかもしれないし、気配を消しとくのがいちばんだよね！

僕はトレーズくんの腕に掴まって窓の外の巨大生物を観察。ニョイン、ニョインって本当に泳いでるだけらしく、こっちの船には興味なさそう。

青い魔力がもれてるけど魔法が撃てるほど練ってない。このまま通り過ぎてくれればいいんだね！

さすが船長、海での判断力はかんぺきだ！

ちょっと余裕が出たら、赤いヒレがそこだけ魔力も赤なのが気になってきちゃう。

「でけぇな……」

「王国で見たドラゴンと同じくらいだね」

海竜には聞こえないと思っててもコソコソしちゃう。万が一なんてぜったいダメです。あんな大きいのとモメたら大変なことになるもん。

しばらく見てたら、リヴァイアサンは雨雲といっしょに遠くへ泳いでいっちゃった。お部屋にいたみんながホッとした。きっと船の全員もそうと思う！

「行ったな」

「行きましたね」

「行っちゃったねぇ……ふへい……？」

みんなに相槌《あいづち》をうったあたりで、ものすごい眠気がきて僕の意識はフッてなくなったのでした。


「んむ……」

トレーズくんがベッドに寄りかかって座ってた。僕の左手を握ったまま本を読んでるみたい。僕がモゾってしたからか、トレーズくんはサイドテーブルに本を置いてこっちを向いてくれた。

「お、起きたか。腹減ってないか」

「ん……僕、いっぱい寝ちゃった……？」

「ふだんはもう寝てる時間だな」

うむぅ、やっぱり。なんか寝室の明かりが夜用に変わってるし、トレーズくんはパジャマ着てた。

あ、僕もパジャマ着せてもらってるじゃん。お外も暗いし、しっかり夜だ。

リヴァイアサン見たのが夕方の前だったから、それからずっととか寝すぎだね。リヴァイアサンのヒレを集中して見たのがダメだったのかなぁ。

「おなかすいてないです」

食べてないのに空腹感なし。それよりトレーズくんの手が気持ちよくて体ごと近寄っちゃう。

王国に行く前にお友だちのハーツくんが、恋人と仲良くしたら不安定な魔力が落ち着く、みたいなこと言ってたけどホントかも。トレーズくんと繋いでた左手のほうはムズムズしてないもん。

「魔力がすげえ不安定だったらしいぞ。……触ると良くなるか？」

「うん、トレーズくんにくっついてるといい感じだよ。体のなかが静かになってくの」

「そうか。船には温泉ねーし、ほかに何かできねぇかって思ってた」

笑ったトレーズくんが空いてる手で僕のほっぺを撫でてくれた。んふふ、これも気持ちいい。

「トレーズくん……魔力安定してきた。きもちいい」

「マジか、よかった」

「ん！」

親しい人、いや、好きな人と一緒にいると安定するってホントだね！

## †ただいま帝都！

おはようございます。朝です。

船は海竜のおかげで、帝国に着くのがちょっと遅れてるみたい。

「海竜の通り道なのかなぁー」

僕はランチが終わってから船室に戻ってきたよ。

少し魔力が不安定でおねむな気持ちもあるから、いつでも寝れるようにって、キティがおすすめしてくれたのです。

そんなわけで、窓のとこにソファ置いてもらってお外を見てる。海竜見えるかもだし、もしかしたら帝国も見えるんじゃないかなーって思ったけど、ぜんぜん海だし、海竜のしっぽも見えない。大きいらしいけど、どこなん……？　全体が見えたら、お兄様やグレンにお話しできるのになぁ。

僕が帝国に帰る日とお時間は、使用人がお手紙でお知らせしてる。なので、港にはセブランお兄様がお迎えに来てくれるはずなんだ。おまたせしてるかもと思うとソワソワしちゃう。早く港つかないかな。セブランお兄様が見えたりしないかな。会いたいなぁ。

「フラン、起きてるか」

「んあ、トレーズくん！　起きてるよ」

ソファで体育座りになってゆらゆらしてたら、トレーズくんが銀のトレイを持って入ってきた。むむむ、あれはおやつをのせるトレイ！

「お、走んなよ」

「はいっ」

お返事したものの、早足でお迎えに行っちゃう。

お船はゆっくり揺れてるけど慣れたものである！

トレーズくんがおやつ持ってきたってことは、今日はお部屋でいっしょに過ごせるってことなんだ。嬉《うれ》しくて、お迎え急いじゃうよねっ。

僕はいま魔力不安定期で、よく眠くなるんだけど、お船の甲板でウトウトすると命の危機を迎えるんだよ。

僕が落ちちゃうのもアレだけど、僕を助けようとして船員さんたちが海に入るでしょ。僕のせいで、みんながアブなくなるとか、ほんとにいちばんダメな事態。しょえない。僕はそんな重い責任はしょえない……!!

だから、なんだか眠いなーって思った日は、僕は自主的にお部屋に閉じこもることにしてるんだよ。おじい様が揃えてくれた家具はすごく居心地がいいし、本もおもちゃもあって、一日いたって楽しく過ごせる。そこにトレーズくんがお茶とケーキを持ってきてくれたのだ。これはもう最強の布陣。

「八卦《はっけ》の陣だ」

「あ？　なんだって？」

ふたり用の丸テーブルに置かれた輝くトレイとケーキに、フォークを構えて震えてちゃったよね！

あとからキティと給仕のメイドもやってきて、紅茶を注いでくれました。

「トレーズくん。港、見えた？」

「ああ、望遠鏡で見せてもらった。夕刻前には着くってよ」

な。
俺んとこも仕入れようかな、って考えてるトレーズくん。トレーズくんのお店に望遠鏡が入るのか
「初めて使ったけど、覗《のぞ》くと遠くが見えるってすげぇな。冒険者が買うわけだ」
「望遠鏡！　いいなぁ！」

ケーキを食べながら、新しいアイテムに触れて楽しそうなトレーズくんをながめる。

いっしょに王国に行ってくれたけど、それがトレーズくんのためになってたらいいなぁ。トレーズくんのお顔見てたら気づかれて、からかうみたいなお顔でほっぺをムニンとつままれた。

「なんだよ、へんな顔してんな」

「トレーズくん好きって思ってた」

「……、俺もだ」

トレーズくんは照れたみたいに笑った。そんでぎこちなく、おでこにチュウしてくれたよ。

優しいのも好きなので僕もえへへってした。

お茶を飲んでケーキ食べて、食休みのためにふわふわで最高な座り心地のソファに、並んで座っておしゃべりしてると、ブオーって汽笛が聞こえた。少しウトウトしてきてたから、大きい音にびっくりしちゃった。

メイドたちが忙しく動きだして、ほかのメイドからキティにお知らせが来る。

「ぼっちゃま。間もなく港に到着いたします。すぐに下船できますが、いかがなさいますか」

「おります！」

ビッて手を上げて言ったら、お外に出る用のお洋服に着替えることになりました。トレーズくんも

寝室からお荷物をまとめに行ったよ。

でも僕が直前までおねむ顔だったせいで、トレーズくんはすぐに戻ってきてくれて、腕を組むように支えてもらって船を降りることになりました。くっついてると、心臓の苦しい感じがなくなるの。僕がトレーズくんのこと大好きだからだね！

ゆっくり甲板に出たら、教授も先にいて僕のことを心配してくれてた。帰りは教授とあんまりお話しできなくて残念だったなぁ。教授の体調は良さそうだから、行くときより楽しめたかな。

「みなさん、お世話になりました！　とても快適でした！」

「「はっ！」」

僕はトレーズくんから腕を離してひとりで立ち、船員さんたちにもご挨拶。ありがとうございました！　ってしたら船員さんたち、一日働いてたはずなのに、今まで聞いた中でいちばん大きい声でお返事してくれた。ちょっとビビる僕……。

ムキムキな船員さんたちにへへへ、どうもって笑顔をむけつつ、陸地へのスロープを降りたら、すぐ前に騎士が並んでた。圧！　ムキムキ（船員）からムキムキ（騎士）！　圧！

そしてその中央には私服の、

「セブランお兄様っ！」

「おかえりフラン、無事に戻ってきてくれて何よりだ」

優しいお顔のセブランお兄様が両手を広げて待っててくれた！　条件反射みたいにその中に突進する僕。しっかりセブランお兄様に抱きつく！

セブランお兄様もぎゅうって抱きしめてくれて、おでこにちゅうしてくれた。

んはぁー！　セブランお兄様だー！　安心感、安心感がありますっ！

一気に帝都に帰ってきたって感じがして、なんか、ワーッてなって、セブランお兄様のお胸にお顔を埋めてにおいを吸いこむ。ふむふむふむふむ！　これです！

「無事でよかった」

フンッフンッてしてる僕に、セブランお兄様はほぅっとため息をつくのでした。

## †帝都は僕のふるさと！

港町を出て四日、夕日に赤くなってる帝都に戻ってきました。

行くときは五日かかったんだけど、セブランお兄様たちが先導してくれたおかげで一日短縮できたんだって！

セブランお兄様は近道知ってるのですか？　って聞いたら、

「そうだね、近道だけれど少し危険な道の行き方を知っているんだよ」

って言ってた！　ンハーッかっこいい！　危険なところも安全に歩く方法知ってるってことだよね！　サバイバーみたい！

僕だけだったら安全でも遠回りなコースで一日多くかかっちゃうところだ。

セブランお兄様はふつうは騎士たちと馬で走ってて、たまに馬車に乗ってくれた。そのときはトレーズくんとか教授とたくさんお話ししてて、いい感じの空気でこっそり安心した僕です。

セブランお兄様、僕とトレーズくんが恋人になったの知ってたみたいだけど、お父様みたいにブワーッて殺気を出したりはしなかった。でも港町でトレーズくんとご挨拶するとき「ぼくの弟を傷つけないでね、まだ小さいのだから」ってさり気なく言ってたのを僕は聞きました。……圧！

「なぁ、もしかしてフランの家に行くのか？」

おとなりに座ってるトレーズくんが、窓の外の帝都と僕を交互に見て聞いてきた。

僕とトレーズくんは帰りのお宿はお部屋がべつべつになっちゃった。寂しかったけど、教授とかお宿の人といっぱいお話ししてお勉強がはかどったみたいだから、結果はいいです！　馬車ではおとなりに座れるしね！

「ん！　イロー会するってセブランお兄様が言ってたよ。みんなの夜ごはん用意してあるから、食べていってね」

「そ、それはわたしにもあるのでしょうか……っ」

「もちろん教授も！　あっ苦手な食べ物ありますか」

「い、いえ」

教授、船のお食事ちょっと苦手っぽかったもんね。ダメなのあっても、シェフがすぐに代わりの用意してくれるはずだから、ぜひ言ってほしい。

（シェフ……）

シェフのこと考えたらアップルパイ食べたくなっちゃった。うぅ、僕、三週間くらいアップルパイ食べてない！　考えないようにしてきたのに、思い出したらすごく食べたくなってきちゃった！

かんぜんにお口がアップルパイになった僕をのせた馬車は、街を抜けてほどなくしてお家の門をくぐった。

パカパカ走ってた馬車がとまって、使用人が馬車の扉を開けてくれたら、おうちの前に使用人たち全員が立ってる！

「「おかえりなさいませ、フラン様」」

みんながいっせいに頭を下げた。そのまんなかにはステファンお兄様とアラベルおねえ様もいて、なんか、なんかおうちに帰ってきたって感じがしてきて、僕は馬車から降りたままジーンってしちゃった。

「フランおにいさま！」

感動にひたってたら、集団の中から小さい弾丸が突進してきて、僕の前で急ブレーキ！

「グレン！」

「フランおにいさま、おかえりなさいませ！」

「っあー！　グレン！　ただいまっただいまー！」

僕の甥っ子のグレン４歳がご挨拶に来てくれた！

すごい！　僕って認識してくれてる！　この前まで赤ちゃんだったのに！

嬉《うれ》しくてぎゅうってしたら笑ってくれる。なんていい子なんだ！

「いい子！　グレンいい子！」

「ふふっフランおにいさまー！」

ほっぺをドゥリドゥリってこすり合わせて、グレンのお顔にチュッチュしてたら、近くに来たステファンお兄様にも笑われた。

「フラン、よくぞ無事に帰った。私にただいまのキスをしてくれないのか」

「ステファンお兄様っ、ステファンお兄様……！」

体を起こしてステファンお兄様にもドゥリドゥリドゥリ！

んあああ、この感じ。この空気！

(わが家がいちばん)

ステファンお兄様に抱きしめてもらいながらハフゥッてため息でちゃった。僕、外国行ってたんだなぁ……。信じられない。

「フラン、おかえりなさい。それから皆様も。長旅でお疲れでしょう。ディナーの用意がありますわ」

僕とステファンお兄様を見てクスクスしてたアラベルおねえ様が言ってくれたおかげで、トレーズくんと教授はおうちに案内されていった。あ、すみません、久々のおうちに興奮してました……！

僕とセブランお兄様、ステファンお兄様もあとに続く。グレンは僕と手を繋《つな》いでエスコートしてくれるつもりみたい。

僕は一度お着替えさせてもらうんだけど、グレンもついてきてくれた。なんて、いい子……！

着替えて食堂に入ると、もうテーブルにはいっぱいのディナーが並べられてて、すごくおいしそう！

それにどこからともなく、甘くておいしい香りがしてきてて……。

「ぼっちゃま、おかえりなさいませ」

「シェフ！」

僕のお席のそばにワゴンを引いてきたシェフ。満面の笑みで僕のおとなりにワゴンをとめた。そこには銀の蓋をされたお皿がみっつ。

椅子に座った僕がごくりと息を飲んでシェフを見上げたら、ゆっくりと蓋を持ち上げてくれた。

「あっ！　あわ、アー！　おいっおいしそう！」

「アップルパイ三台。すべてノーマルなものでございます」

ふわっと香ばしくて甘いかおりが一気に広がった。ツヤツヤに輝くパイと、切れ目から見えるリンゴの影……！　かんぺきな焼き加減のアップルパイがそこにあった！

こんなにおいしそうな食べ物がほかにある⁉　めずらしく何もいれてない宣言したシェフだけど、僕は黄金色のアップルパイから目を離せませんでした！


「はあーすごい。この世にこんなにおいしいのがあるなんてすごい……んふぅー」

アップルパイをひとくち食べてごくんてしてから、余韻にひたる。ほっぺに手をあてて、目をつむって。僕の中がリンゴの香りでいっぱいになっちゃう。

（なんでだろ、なんか生き返るって感じがするよね）

いただきますってしてから、僕はずーっとアップルパイをモムリモムリ食べてる。よぅく味わって、リンゴのひと欠片《かけら》ずつが体に染みこむようにゆっくり噛む。

ステファンお兄様のお向かいの教授とか、おとなりに座ってるトレーズくんはちゃんとごはん食べてて、そのごはんももちろんおいしそうなんだけど、僕は本日、アップルパイで満ちたいので。明日からはちゃんとします！　なのでどうか今日は……！

「シェフ、おかわりください」

「かしこまりました」

シェフもニコニコしてアップルパイ切ってくれる。

そろそろ怒られるかなーって、チロッて見たキティも何も言わないからいいみたい。

「おとうさま、ぼくもアップルパイたべていいですか」

「ああ。料理長、グレンにも頼む」

「かしこまりました」

ナナメお向かいに座ってるグレンがステファンお兄様にお伺いをたてた。グレンはいい子だから、ステファンお兄様と教授のお話が終わるまで待ってたみたい。静かにアスパラ食べてた。

僕のおとなりですっかりアップルパイ係になってたシェフが、グレン用にアップルパイを小さめに切って、メイドがお席に運んでいく。

ナイフで切って、フォークをお口に運んで、モグン！

「……おいしいです！　フランおにいさま、アップルパイおいしいです！」

僕のほうを見て感想をご報告してくれるグレン。わかる、わかるよ！　シェフのアップルパイ最高だよね！

ねーってグレンとおいしいおいしいしてたら、アラベルおねえ様がホホホって笑った。

「グレンが元気になってくれて、わたくしは嬉しいですわ。たくさん食べて大男になるのですよ」

「えっ、グレン具合悪かったの？」

大男になれも気になるけど、グレン、こんなに元気そうなのにお風邪とか引いてたのっ？　グレンは小さいんだから無理してたら大変！

びっくりしてグレンを頭からテーブルでギリギリのお胸まで見たら、グレンは恥ずかしそうに頭を振った。

「いいえ、フランおにいさま。ぼくはへいきです」

そうなの？？

よくわかんなくて、ステファンお兄様を見たらうむって頷いて教えてくれた。

「フランがいなくて皆、寂しかったのだよ」

ポポッて僕のほっぺが赤くなったのがわかった。なんだか照れちゃう。そうなの？　僕がいなくてさみしいって思ってくれたの？　えへへへへへへ。

「僕、僕もみんなといられるのが嬉しいです」

もじもじしちゃう。

おとなりで立ってるシェフが鼻をグズってしたから見上げたら、腕で目を押さえて泣いてた。


ごはんも終わって、教授がおうちに帰る時間になった。

ステファンお兄様とご挨拶したあと、僕にもご挨拶してくれる。

「フラン様、長旅おつかれさまでした。わたしもとても貴重な経験ができ、お供させていただいたことを光栄に思います」

「こちらこそ、ありがとうございました！　また学校で！」

「王国で知った動植物のことを一緒にまとめましょうね」

「はい！」

ドラゴン見たり洞窟入ったりしたから、教授はすごくやる気みたいだ。メガネをキラッとさせて、うちの小型馬車に乗りこんだ教授をお見送り。つぎの学校が楽しみだなぁ。

教授の馬車が小さくなってくのを見たら、ひと仕事の区切りがついた気持ちでふすん、と鼻が鳴っちゃった。よし、明日からまたお勉強がんばろう！

「じゃあ、俺も帰るな」

「え、あ」

うちに来てから静かだったトレーズくんが、すごくふつうの感じで言った。

（え、帰る……え、あ、そうだ、トレーズくんもおうち帰るんだった）

「トレーズくんは泊まると思ってました」

「なんでだ」

「僕の、が、願望……？」

ふはって笑ったトレーズくんに頭を撫《な》でられた。

ううう、帰っちゃうと思うとすごくさみしい。王国ではずっといっしょだったし、お宿でお部屋がちがってても会いたくなったら会える距離だったのに。

（スラムは遠いよぅ）

今まで遠いって思わなかったけど、今日はそう思っちゃう。

トレーズくんのお胸に頭をくっつけて、でもハグしたら離せなくなっちゃいそうだから、ハグできないでいたら、トレーズくんが体に腕をまわしてくれた。

「すぐ会えるだろ」

「はい」

「学校もあるし」

「うん」

「ウチに来たけりゃいつでも来ていい」

「ん……」

それはそうなんだけど、なんでだろう。

トレーズくんといっしょにいるのが楽しかったからかな。しあわせだったからかな。トレーズくんにくっついて、離れたくなくなっちゃうんだ。

「トレーズくん」

「ん？」

「おやすみのちゅうしてください」

上を向いて目をつむったら、おでこにチュッてしてくれた。

「……むうう、今のはお口にしてほしかった」

「むちゃ言うな」

苦笑いしたトレーズくんに今度はこめかみにちゅうしてもらう。お返しに僕もトレーズくんのほっぺに。

「フラン、そんなに引き留めては本当に泊まりにさせてしまうよ」

「ぁい」

そばにいたセブランお兄様がそうっと言った。

トレーズくん用の馬車も用意してるから、そこまでの数歩をトレーズくんとふたりで歩く。

「トレーズくん、またね」

「ああ」

トレーズくんはすごくアッサリ。大人だからさみしくないのかなぁ。……僕もいつまでもグズったらダメだよね！

「おやすみなさいトレーズくん！　気をつけて帰ってね」

「おう、おやすみフラン」

チュッ

馬車に乗る寸前、トレーズくんが屈《かが》んで僕のお口にキス。ニヤッて笑ったトレーズくんをのせて、馬車は走っていっちゃった。

「はばばばば……！」

イ、イケメーン!!

イケメンなトレーズくんに僕は真っ赤になっちゃって、でもすごくしあわせな感じがして、寝室に戻ってからもしばらくゴロゴロー！　ってベッドでもだえたのでした。

# 第3章 魔力の安定のコツのコツ

Akuyaku no Goreisoku no Dounikashitai Nichijyo

## †ご挨拶まわりをしよう！

僕のお部屋に運びこまれた木箱が解体されて、いろんな大きさの箱がジャンルごとに並べられていく。ぜんぶ王国で買ったおみやげ。

張りきってみんなに買ったから量がすごい。今日中に何人に渡せるかなぁ。

「んーと、まずグレンにこれあげるでしょ。アラベルおねえ様はこれ！　そのあとはシェフとおじいのとこに行きます」

「かしこまりました。みな、大切に運ぶように」

「はい」

アラベルおねえ様のところから来ていいよってお知らせが来たから、早速アラベルおねえ様とグレンが生活してる別棟に向かう。

ステファンお兄様はお仕事に行っちゃってるから、帰ってきたらお渡し！

けっこう歩いて大きい別棟までくると、グレンが玄関のところで待っててくれた。メイドに挟まれて真ん中に小さく立ってるグレンは遠くからでもわかる。

「グレーン！」

視界に確認できてすぐに、僕が大きく手を振って合図したら、グレンもお胸のあたりで手を振ってくれた。

「フランおにいさま、おまちしておりました！」

「うん！　おみやげ持ってきたよ！」

「はいっ！　おかあさまがおちゃをよういしています。フランおにいさまも、ごいっしょしましょう」

そう言って僕の手を引くグレン。ここに来たらいつもこうやってエスコートしてくれるんだよ、いい子！

「ようこそフラン。さぁわたくしの隣へどうぞ」

アラベルおねえ様も、お庭でかんぺきなお茶会をご用意して待っててくれた。僕はお茶を一口いただいて、それからおみやげを運ぶようにお願いする。こういうのって早く渡したくなっちゃうから、なんか落ち着かない僕です。そわそわ！

メイドから小さい箱を一回僕が受け取って、それをグレンのほうへ。

「はい、グレン。開けてみて」

「ありがとうございます！　……あっはねペン！」

箱に入った青くてキレイな鳥の羽根。王都の街で見つけたルビーダイヤインコの羽根ペンだ。うむ、改めて見てもきれい！

「グレンも字を書く練習がはじまるでしょ。見つけたとき、グレンに使ってみてほしいなって思って」

「フランおにいさま……っ」

箱ごとお胸にギュッとするグレン。むふふふ！　喜んでくれた！　でもそれだけじゃないのだよ。メイドがグレンの横の芝にゴト、と置いた大きくてカラフルな板。

「これは……？」

小型のサーフボードみたいな丘用のソリです！

「ソリ！　このまま木箱がなくて遊べなかったから。それならグレンも乗れるよね」

「わぁああ！」

「ふふふ、フランありがとう。グレン、触ってごらんなさい」

「はいっ」

丘で滑って遊んでたことをお話ししたら、グレンもすごくやりたがったんだよね。でも僕の相棒の木箱はちょっともうボロボロだったから。

覚えてたみたいで、足をウズウズさせて喜んでくれてる。アラベルおねえ様の許可が出てから椅子をおりて、ソリを触りまくるグレン。わかる、わかるよ！　なんか大きいものって強いの手に入れたぞ！　て気持ちになるよね！

「アラベルおねえ様にはこちらです」

「あら、なんて綺麗な帽子かしら。良い日よけになりそうだわ。ありがとうフラン」

ニコニコして受け取ってくれた。キレイなリボンがついたツバの大きい帽子。王国で流行《はや》ってるんだって。メイドに言ってわざわざ被ってみせてくれた。優しい。

こっちを向いて見せてくれたから、僕の後ろにいたキティと目が合ったみたい。ポッとほっぺ赤くなってたのも見た。アラベルおねえ様はキティに憧れてるんだって。

そんなアラベルおねえ様にももうひとつおみやげがあって、骨董品屋《こっとうひん》さんで見つけた騎士の手甲。錆《さ》びてるから使えないやつだけど、めちゃくちゃ喜んでくれた。思ったとおり、こっちを本命のおみやげにしてよかった！

アラベルおねえ様とグレンに喜んでもらえて自信が湧いた僕。ほかの人たちにおみやげを渡す旅のため、おうちの中をウロウロします！

まずは厨房《ちゅうぼう》に行ってシェフには、ミトンと王国で見つけたなぞのスパイスをあげる。

「シェフ、オーブンでやけどしたって言ってたから。ミトン使ってね」

「ぼっちゃま……！　ありがとうございます！」

「ん、あのね、そのお粉はアップルパイにはいれないでほしい」

あげたもののそのスパイスはお料理にいれてください。アップルパイにはいれないでくださいってお願いする僕。シェフは笑ってたけど「はい」って言わなかったことに不安が残ります！

厨房の料理人さんたちにはお菓子。そのほかおうちでも会ったことない使用人と兵士にも、日持ちするお菓子を用意したから、それをメイド長と執事にお渡しする。人数が多いからお任せすることになったんだ。

「王国のお菓子です。いつもありがとうって伝えてください」

「もったいなきお言葉でございます」

「あとで箱ごと運ぶね！」

それから庭園に出て、庭師のおじいを発見！

お仕事中のおじいを呼び止めて、汗ふき用のタオルと王国製の枝切りハサミをあげた。

「それね、バラ用のハサミなんだって」

「なんと。……ほほぉ、良き刃でございますな。フランぼっちゃまありがとうございます。このハサミは家宝にいたしましょう」

「んふふ！　いっぱい使ってね！」

よし！　おみやげを渡すの完了！

達成感にハフゥとして、午後はおじいのお仕事を眺めることにした。

「ほう、温泉に魔力があるのですか」

「ん。イエミツはそれで元気になったよー」

「不思議な話ですなぁ」

プチプチ。おじいを手伝って僕も雑草をむしる。

こういう黙々とやる作業たのしい……。根っこまでゴッソリ抜けると、しばらくかかげて見ちゃう。

こんなに長い根っこが、切れずに……！　僕は草むしりの天才なのかもしれない。こっちのほうも抜いていこう。

「ならばここに戻っては、またイエミツの魔力が切れてしまいますなぁ」

「……あ！」

言われてみれば！

## †魔法のせんせぇはすごい魔法使い

「なるほど、王国のヒカリゴケはドラゴンの魔力を……」

今日は魔法のせんせぇのお部屋に来てます。

魔法庁の宿舎で、せんせぇは最年少で入省してからずっとここに住んでるんだって。なのにお部屋にあんまり物が増えない不思議。いつ来てもベッドと本棚と机、あと小さいテーブルしかない。

そのシンプルなテーブルにお茶と僕が持ってきたお菓子を置いて、王国のおみやげ話をしてる。王国でレッドドラゴンとリヴァイアサン見たの、まぁまぁレアなことらしくてせんせぇも興味津々になってる。

「そのレッドドラゴンの巣穴は見ていないのですか」

「はい、僕らが行く前にドラゴンのほうから来ちゃったので。でも近くの洞窟もドラゴンと同じ魔力が満ちてて、ヒカリゴケもドラゴン色でした！」

「しかしフラン様のイエミツは色が違う、と。私には魔力の色までは見えませんが、とても興味深い」

せんせぇがお茶を飲む。

昔はお客さん用のお茶とか出す気配なかったせんせぇだけど、いつからかティーセットを用意してご馳走《ちそう》してくれるようになった。お友だちが来たりするのかな。僕もそのお友だちの中に入ってるかな。そしたら嬉《うれ》しいな！

「あ！　せんせぇ、おみやげあります！」

お話も一段落ついたから、せんせぇにって厳選した王国のおみやげをご披露したい。

壁際に控えてたメイドに細長い木箱を持ってきてもらって、僕はそれをせんせぇにズィッてさし出した。

「…………ありがとうございます」

「はい！」

せんせぇがすごく慎重に受け取ってくれて、でも木箱をテーブルにも机にも置かないで、持ったまま浮かせてる。ちょっと挙動不審。

（……？）

「あっ！　箱の開け方わからないです？」

「いいえ。その、フラン様。……中は何が入っているのか、お尋ねしても」

「んと、魔法の杖《つえ》だよ！　王国では使うことがあるそうです！」

帝国では見たことないけど、王国では杖を振るタイプの魔法使いがいるんだって。貴族が行くって紹介してもらったお店でせんせぇに似合いそうなの見つけて、そういえば前世の映画とかじゃ魔法使いは細い杖を持ってたなあ。って思って買ってみた。王国の貴族が使うくらいの杖だから美術性もあるって、売ってる人が言ってた。

「ああ！　杖、杖ですか」

せんせぇがテーブルに箱を置いて、横の鍵をカチャって外してフタを開いた。そして閉じた。

「………………」

すぅーっと深呼吸をするせんせぇ。

「せんせぇ?」

「……。失礼しました。杖のデザインが見たことのないものでしたから。これは、何がモチーフなのですか」

「エビ!」

なんとあの杖、持つところが大きい海老《えび》の彫り物になってるんだよ。さすが貴族用、木をツヤッツヤに磨いてピンクっぽい赤色に塗って、リアルな海老がくっついてるみたいに作られてて、かっこいいんだ!

「オヒゲが杖にシュッてくっついててオシャレだなって思ったんです!」

「なるほど」

せんせぇがゆっくりフタを開け、いや、閉め……あ、開けた。両手はお膝に置いて、まばたきしないで杖を見てる。

「せんせぇはすごい魔法使いだから、使わないかもしれないけど……」

なんか似合うなって思っちゃったのだ。飾っててもきっとかっこいいし。

おみやげって、あげる人の好みを外しちゃうとゴメンネってなる。どうかな、やっぱり杖はいらないかな……。

「……フラン様。ありがとうございます、大切に飾ります」

「!　うん!」

せんせぇが立ち上がって、フタを開けたまま杖を本棚に飾ってくれた。おおー離れて見ても本当に海老みたい。赤くて目立つ!

席に戻ったせんせぇが、お茶を飲んでお菓子を食べて、またお茶を飲む。

「……ふぅ。そういえば予定どおりならば、アーサーも戻る頃ですね」

「あ、あっくん来たらレッドドラゴンのお話聞いてみてください。あっくんはしっかりドラゴンとお話ししてたので！」

「彼は彼ですごい特性ですね。魔法庁に入れたいものだ」

おおーっスカウト！

たしかにあっくんは勇者だから魔法も得意なはずだもんね！

（ん、まてよ……）

あっくん、王国でレベル上げしてくるって言ってたな。そんで帝国に帰ってきたらエリートの中のエリート、せんせぇが指導するって。

これはもう手がつけられないくらい強くなっちゃうんじゃ。一方、僕は……。

「おぐぅ」

考えたらプレッシャーみたいのを感じてきたぞ。今の僕、中ボスになれるほどの強さはないです
し！　ゲームの僕のほうが多少やり合えてたくらいだよ！

「フラン様？」

せんせぇが心配顔で僕のお名前を呼んだ。でも僕の視界がなぜか急にボヤってしてきてて、せんせぇはいろんな色の魔力が漏れててすごいっていうのしかわからなくなってきた。

「せんせぇ、僕、いま魔力が不安定で……ふあぁ」

魔力の真ん中にいるせんせぇを確認したくて集中してたらあくびまで出てきたし。出てきたってい

うか、ねむい！

勝手に閉じてくる目と、ガクンガクンって頭から揺れてくる。

「これは……なるほど、フラン様も年頃なのですね」

せんせぇのつぶやきを最後に、寝落ちた僕でした。


枕がかたくて目を開けたら、知らない天井が見えた。キョロキョロしたら、なんか狭いお部屋。窓もなくて、大きめなベッドとサイドテーブルでぱんぱん。前世の僕のお部屋と同じか、それより小さい。

「どこ？」

ほんとにどこだろ。

せんせぇのとこですごく眠たくなっちゃったのは覚えてるんだけど、ここはせんせぇのお部屋じゃなさそう。

もしょ、と起きたらお洋服は着てるのにおクツは履いてなかった。ベッドからお顔だけ出して下を覗《のぞ》いてみたけど、おクツない。ぬぅ、ベッドから降りてけない。……絨毯《じゅうたん》しいてあるしいっかな。

「おります」

なんとなく宣言して、裸足《はだし》でぺそぺそ歩いちゃう僕。お部屋の扉まで来たら開けようとして、

（あ、ちょっと怖いかも）

バッ！　って開けて盗賊のおうちとかだったらどうしよ。ノブをにぎったまま振り返る。うーん、

ふつうのお部屋。わるい人ってベッドとかお部屋のインテリアをもっと金色にするよね。

よし、だいじょうぶ！

コソーて扉をあけて隙間から外をのぞいたら、お父様がお仕事してた。扉から続いてたのは見慣れたお父様の執務室だった。

「お……」

とうさま、って呼びたかったけど部下の人とお話ししてるから、おしずかにしないとダメ。キティとかメイドたちもいないし、僕は扉の隙間から執務室の様子を眺めることにした。

おおー、なんかお父様がお仕事してるの不思議な感じ。部下の騎士たちはお部屋を出入りするときピシッて敬礼するし、お父様はお椅子に座ってお話ししてるし、座っててもお父様は大きいし、ふむううう！　かっこいい！

ムスッムスッて鼻息を立ててたら、お父様がくるってこっちを見てきて、扉のすきまから見てる僕と目が合った。

「フラン！　起きたか！」

ちょっとだけ目を大きくしたお父様に名前を呼ばれる。近くでお話ししてた部下の人たちもこっち見てきて、すこし恥ずかしい。

扉をゆっくり開けて、僕、登場！　お仕事中すみません。

「お父様……」

「うむ！　体調は戻ったか！」

「はい！」

「よし、しばし座って待て！」

部下の人が来てくれて、ソファを勧めてくれた。お菓子も出してくれる。あっクッキー僕が好きなやつだ。甘くないけど木の実入っててておいしいんだよ。

「ありがとうございます！」

「もったいないお言葉です。そちらは閣下もお好きなクッキーなんですよ」

「お父様もっ」

じゃあぜんぶ食べないで、お父様とわけっこしよ！

僕のぶんって決めたクッキーをシャモリシャモリ食べて待ってたら、お父様が急に大声で「解散！」って言って、騎士たちが「ハッ！」って敬礼して、僕はビクッとした。

「フラン！　帰るぞ！」

「！　お仕事おしまいですか！」

「うむ！」

「わぁあ！」

お父様がおうちに帰ってくるのひさしぶり！　嬉しい！

僕はいそいそ立ち上がって、ポッケのハンカチにお父様のぶんのクッキーを包む。

小包にしたのを割れないように両手で持ってお父様のところまで行くと、お父様がヒョイって眉を上げ「おお！」って唸《うな》った。

「フラン！　靴を履かねばならんかったな！」

そう言って机の下から僕のおクツを出してくれた。な、なぜそんなとこに……。

「脱がした後うっかりしていた！　履けるか！」

「はいっ履けます！」

おまかせください！　僕、おクツひとりで履けるようになりましたので！

クッキーはお父様に持っててもらって、ブーツみたいなおクツを前屈の姿勢で履いてみせる僕。こうやってヒモでぎゅってしたら、走るのも余裕なのだ。おクツを調整したら、仕上げにちょうちょ結び。なんでかタテ結びになっちゃうんだけど、履けてはいるもんね！

「うむ！　よくできた！」

モズンと頭を撫《な》でてもらった。騎士のおクツ見たら、すごく硬そうでヒモも複雑そうだったけど、今の僕もがんばりましたので！　ご遠慮なくお父様に頭を擦りつけて、お父様も僕も満足したので、みなさんにご挨拶しておうちに帰ることになった。


「メイドたちから報告が来てな。迎えに行こうかとしたところ、アルネカが瞬間移動で運んできたのだ」

「んはあ、せんせぇ力持ち」

馬車で城から我が家へ向かっています。お父様のおとなりに座って、なんで執務室にいたのか聞いたら、そういうことなんだって。ちなみにメイドたちはお城の一室で待機してくれてて、僕が寝てたのはお父様の仮眠室らしい。

「お父様の仮眠室ちいさいですね！」

「うむ！　元は物置だったからな！　寝られれば良い」

わかる。なんだったら僕、狭いほうが落ち着くし。

「お！　フラン、パン屋があるぞ！」

「パン！」

お父様に言われて外を見たら、公園にパン屋の屋台がいっぱい！　お夕飯用に焼きたてを並べてるみたいだ！

「んああ！　おいしそう……っ」

「買ってゆくか！」

お父様の一声で馬車がとまり、僕とお父様は庶民のみなさんに混じって屋台を見て回ることになった。お父様は屋台になじみがないみたいで、僕と並んで屋台を覗いては「ほう！」とか「はー！」とか言ってた。

おいしそうなパンを何店かで買ってたら、けっこうな量になったけど、お父様と寄り道するのすごく楽しい！

「んへへ」

「どうした！」

「お父様とおでかけできて嬉しいです」

「うむ!!　父もだ！」

見上げたお父様もニッて笑ってくれた。

すぐには帰らないで、屋台をもう一周しちゃう僕たちなのでした。

## †おうちに呼ぶ計画

「トレーズくーん！　おはよー!!」

「おう、ぐっ」

ドムリ！

いつもの通学路で待っててくれたトレーズくんに突撃する！　ちょっと体を低くして頭から行くと速いのだ。トレーズくんにくっつけたら、そのまま首に腕をまわして肩にお顔をすりつけて、それでやっと僕はホッとした。トレーズくんあったかい。

「んはぁ！　んふぅぅー」

「マジで朝に強いな」

トレーズくんは朝はちょっと苦手ですよね！　動きがゆっくりな気がするし。ってお話ししたいけど、じつは僕、それどころじゃなかったんだよ。

「んん、やっぱりトレーズくんにくっついてると魔力が落ち着きますね……」

「不安定だったのか？　王国から帰った日はふつうに見えたが」

「つぎの日くらいまでは元気だったよ！　でもそのあとはずっと眠くてボヤーってしてた。なんか僕ね、魔力を使いすぎちゃうんだって」

トレーズくんと学校に向かいながら、つい最近判明したことをお話ししていく。

僕、この頃やたらおうちで寝オチするようになった。「魔力が不安定ってこういうことかあ」って僕は納得してたんたけど、このまえ廊下で眠さが限界になっちゃって、体育座りして寝てるところをセブランお兄様に見つかっちゃったんだ。

怒られちゃうって思ったけど、セブランお兄様は「え、フラン、そんなに眠いの……」ってすごく心配してくれて、お医者さんが呼ばれるオオゴトな雰囲気に。

それで来たのが魔力専門のお医者さんで、僕の眠さの正体が発覚した。なんか僕、無意識に魔力を使いまくってるんだって。それで魔力切れになって寝ちゃうらしい。

「フランの魔法は状態異常だったよな」

「ん。あと魔力の色が見えるやつ。主にあれがダメみたい。コスパ悪いって」

「こすぱ……？」

お医者さんによると、魔力を色つきで見るのは多量の魔力を使っているからじゃないかってことだった。そういえば教会の司教さんも魔力は見えても色つきじゃないって言ってたもんね。

十四年も経《た》って初めて知るけど、エコなタイプじゃなかった僕です。コスパ悪いってちょっとショック。魔法がお下手な人って感じだ……。たしかにお兄様たちに比べたらお下手だけども！　ぐゆうううぅ！

お医者さんには魔力が安定したら大丈夫でしょうって言われたから、今だけがまん！

「あととにかくストレスためないように、って言われました」

「あー、フランは貴族なのに感性が……」

フランだってストレスあるよな……、とか言ってトレーズくんが頭を撫《な》でてくれた。微妙な優しさを向けられてる気がするけど、撫でられるのが気持ちいいので今は放っておきます。んふふ、もっと撫でてもいいですよ。

お話ししながら歩いてきたらもう学校の入り口。

授業がちがうトレーズくんとはいったんここでお別れだ。せっかく会えたのに寂しいけど、まぁね！　まだあるので！

僕は学校の横でンフッと息を吐いて、今日言うのの中でいちばん大事なことを伝える！

「それでね、トレーズくん！　今日僕のおうちに来てください、そして泊まってください！」

キリッとしたお顔で言ったのに、トレーズくんがぽかんとした。

「つい、いやムリだろ！　行くのはまだしも泊まりは、いや、そもそも貴族がスラムの人間を理由もなく招くのはあり得ないって聞いたぞ」

うむ。ふつうの貴族の常識ではそうらしい。

帝国は貴族街と庶民街を橋で隔ててるし、この前トレーズくんが我が家に来たのもちょっとイレギュラーな扱いだった。

庶民をお招きするって、まわりの貴族たちにはザワザワされちゃうらしい。ご用事がないでしょって。社交界で変なことしてるって噂《うわさ》立てられると困っちゃうので、ふつうは庶民の、スラムの人は呼ばない。

だが！

「トレーズくんはお店と冒険者をしてるから、ご用事あるのです！」

「……店と冒険者」

「腕利きの入浴剤屋さんとしてお招きできるのです！　……本当は僕の恋人としてお招きしたいヌ」

マフッてお口を覆われた。見上げたらトレーズくんが僕のお口に手をあてて苦笑してる。

「わかった。俺は腕利きの入浴剤屋な」

肩書をのみこむの早い！　さすが！

「入浴剤の売りこみとしてなら、一度店に帰ってからになるな……ちょうど新作が作れたからそれ持ってくわ。フランの肌に合いそうな夏用のができたんだぜ」

新作！　これはタイミングよかったし、とても気になります！

僕が大きくうん！　って頷《うなず》くと手を離してくれた。

「じゃあお店にお迎えに行くね！」

「わかった。準備があるから今日は昼飯いっしょに食えねぇ。俺がいなくても肉か野菜を買って食えよ」

「あい！」

お話がまとまったので、僕とトレーズくんはそれぞれの教室に。

お昼の待ち合わせがなくなっちゃったけど、午後は僕のおうちで会えるんだし！　ちょっとの残念と、いっぱいのワクワクを感じたまま、生物の教授のお部屋を開けた。

「フラン様、おはようございます」

「教授おはようございます！」

王国から帰ってからメガネを新しくしたっぽい教授がご挨拶をしてくれる。

教授の魔力はよく見ると水色で、たぶんステファンお兄様といっしょの属性なんだと思う。水魔法が得意なんじゃないかな。教授が魔法使ってるの見たことないからわかんないけどね！

あと教授のお部屋に飾られてるいろんなものの魔力も見えてる。見えてても眠さはない。

トレーズくんとお話しいっぱいして安定したんだと思う。

そうして僕はお勉強に集中できたのでした。


「んんう、むぁぁ」

僕は玄関のホールをうろついていた。

初めてできた恋人がもうすぐ我が家にやってくる！　前みたいにごはん食べたら帰るんじゃなくて、お泊《とま》りに来るんだよ！

来たらすぐに僕のお部屋に連れてっていいのかな。それともお父様とステファンお兄様にご挨拶してからかな。でも僕のお客さんってことになるはずだし……あっお風呂はどうしよう。新しい入浴剤持ってきてくれるって言ってたよね。グレンも入りたいって言ってたから使わせてあげたい。あれ、そうするといっしょに入ることに……？？

「ぼっちゃま、落ち着いてくださいませ」

「ぬむ！」

うんって言いたかったのにめちゃくちゃ噛《か》んだ。

「フラン、もうここに来てたのかい」

「セブランお兄様！」

自分のお部屋にいたのか階段をゆっくり降りてくるセブランお兄様。いつもどおりの雰囲気に、わーっとなって思わずお近くに行ってしまう僕。

「ふふ、落ち着かない顔をしているね」

「なんか僕、緊張してるのです。トレーズくん、ちゃんとおもてなしできるかなぁ」

お茶会の経験はあるけど、自宅でお泊り会の経験は前世もいまもないんだよ！　前世でお友だちのおうちに泊まったときどうしてたっけ…………うぅ、スルメ食べてる不良がいたのしか覚えてない。

「スルメを用意したほうが……」

「スルメとは……？」

セブランお兄様がスルメに首をかしげていたら、廊下が騒がしくなってきた。たくさんの使用人とお風呂のほうから来たのはお父様だ！　お仕事から帰ってきてすぐにお風呂に入ったんだけど、今あがったみたいでホカホカしてる。

「うぬ!?　もう揃《そろ》っていたのか！」

「はい。ステファン兄上はお客人と同時くらいになると」

「そうか！」

お父様がホールのど真ん中で仁王立ちして玄関をむいた。え、あれは待つスタイルかな？　あの体勢で？

セブランお兄様を見上げたら、セブランお兄様は僕のお背中に手を置いて撫でてくれてるけど……

玄関ホールで待つつもりだ！

みんなそろそろトレーズくんが来るって思ってるんだよね。そう思ったら余計ソワソワしてきた！

「お父様、セブランお兄様っ、お先にサロンに行っててください！」

大変申し訳ないけど、あっち行っててください！　こんなに大勢で待ってたらトレーズくんが緊張しちゃうと思うんだ。当主の人が入り待ちってプレッシャーになりそうだもん！

「ぬ！　いてはだめか！」

「いつもみたいにサロンで待っててください！」

そう、いつもはサロンとか応接間で待ってるじゃんね！　なんだったらお客さんをお待たせして、あとから応接間に行くことのほうがふつうなの、僕だって知ってるもん！

すごくここで待ちたいお顔のお父様だったけど、僕が強めにお願いしたら、お父様はぬぅって唸って、セブランお兄様は笑って僕のことを一回ギュッってしてから、ホールから出ていってくれた。

「ぼっちゃま、トレーズが到着したようです」

「ギ、ギリギリ……！」

先触れが来て僕が慌てて前髪とか直してたら、玄関の扉があいた。

入ってきたのは高そうなお洋服を着たトレーズくんだった！　前ボタンのお洋服の中にブラウス着てるし、ア、ア、アクセサリーもつけてて、髪もちょっと整えてて、なんか……なんか……。

「ト……トレーズくん！」

「イケメン!!」

「っ……ッハ……！」

唇をすごく噛《か》んでトレーズくんがうつむいた。案内役の使用人も顎を突き出してしゃくれてる。な、なん？？

「…………」

トレーズくんが下を向いてお辞儀したまま。動かないからじっくり観察してたら、いっしょに待ってくれた執事に咳払《せきばら》いされた。

「あっトレーズくん。ようこそ！」

「は、街で商いをしているトレーズでございます。この度はお招きいただき恐悦至極にございます」

「はぁあああ」

おとなー！　僕の恋人、かっこよすぎでは？

「トレーズ様、旦那《だんな》様がお待ちでございます」

「はっ」

トレーズくんに見惚《みと》れてたから、執事がサロンにご案内してくれた。僕はトレーズくんのおとなりを歩きながら、ちょっともじもじしてしまう。チラッて見て、いつもと違う雰囲気のトレーズくんにハァアってして、トレーズくんがこっち見たら、ブン！　って横を向いたりしちゃったよね。

サロンにつくとお父様とセブランお兄様がもういて、お夕飯の前に商品を見せることになった。

新しい入浴剤はさわやかな香りのやつで、お風呂から上がるとちょっとひんやりして夏にいいやつだった。これは欲しい……！

夢中になってたら、ステファンお兄様とグレンを連れたアラベルおねえ様も来てて、美肌クリームとかいうのの説明を真剣に聞いてた。

「おお、こんな時間だ。トレーズ、夕飯も用意するから今日は泊まっていってはどうだ」

ステファンお兄様のあからさまなお誘い。これは台本がありますね……！

「いえ、そのようなお手間を……」

「良い。遠慮するな」

「では、お言葉に甘えさせていただきます」

ぜったい!! 台本！！！

食堂でごはん食べることになった。トレーズくんはお客さんだけど、前と同じで僕のおとなりのお席。

僕はやっとトレーズくんの見た目に慣れてきたから、シェフのおいしいお料理をオススメしようって思ったのに、ステファンお兄様とセブランお兄様の、トレーズくんへの質問が止まない。

前はあんまりお話ししなかったのにぃ。

「トレーズ、得意武器はなんだ？」

「投げナイフです。弓も同様に扱えます」

「へえ。では店の従業員の素行はどのようになっているんだい？」

「わたくしがしっかり教育を。従業員の中に罪を犯したものは一人もおりません」

「冒険はなぜ始めたのだ」

「入浴剤や乳液に、希少な花が必要でした」

ゆったりなペースだけど、すごい聞くお兄様たち。トレーズくんは自然体で答えてて嘘《うそ》はないと思う。ちょっとプレッシャーに感じたりして答えがつっかえそうなのに、スムーズに返すトレーズくんすごい。

それよりトレーズくん、答えながら失礼じゃない程度にしっかりステーキとか食べてた！ それがいちばんすごい……！ 僕の恋人のメンタルがすごぉい。

こうしてちょっとにぎやかなお夕飯が終わって、いよいよお泊り！

「ではトレーズ、きみはあちらのゲストルームを使ってくれ」

ゲストルーム⁉


トレーズくんが持ってきてくれた新しい入浴剤をいれて、さっそくお風呂に入ってる僕。ご紹介どおり暑い日でも使いたくなるさわやかなお湯になりました。

「キティ、ゲストルームってどこ？」

頭を洗ってもらって、さっぱりした僕はキティに聞く。

本当はトレーズくんといっしょにお風呂入れるかもってワクワクしてたのに、トレーズくんはここにいない。なぜならステファンお兄様が彼とお話があるって言って、ゲストルームに連れていっちゃったからだ。

僕もついていこうとしたら、セブランお兄様が「フランは先にお風呂に行きなさい」って言って、ちょっとトレーズくんが心配だったけど入浴することにした僕です。

夜ごはんが終わったらみんなお部屋に戻る。たまに応接間でお兄様たちとおしゃべりしたりするけど、僕が夜のお風呂に行くと「そろそろ寝ようか」って雰囲気になるみたい。だから僕は早々にお風呂に入っております！

「ゲストルームは西棟にございます。トレーズならば手前のゲストルームに通されたのではないかと」

「ふぅむ」

お茶会とかするサロンがあるほうだね。うむうむ、なら場所わかります！

お風呂からあがって、今日はもうパジャマを着せてもらう。おクツもスリッパみたいなサンダルを履いちゃう。お風呂あがりにおクツ履いてたら、足が蒸れてフニャフニャになっちゃったんだ。そしたら使用人たちが会議してくれて、爪先だけ覆ってかかとの布がないぺったんこのおクツ、つまりスリッパを作ってくれたのだ。でもはしたないから夜だけって言われてる。

その夜だけの、お風呂あがって寝るまでだけ履くスリッパをつっかけてペソペソと進む。お部屋に戻る曲がり角を曲がらない。まっすぐ行くと玄関ホールで、そこをさらに進むと西棟なのだ。

「……ぼっちゃま、そちらは！」

ペソ、ペソ……ペソソソソソ！

僕の目論見《もくろみ》を見破ったキティに声をかけられたけど、ここは早足で！　玄関まで来て西棟の階段をのぼっちゃう！　はぁはぁ！　スリッパのぼりづらい！

「ぼ、ぼっちゃま」

「んゅぅううううう！」

走らず！　あくまで早足で！

戸惑うメイドのみんなをおいて、僕はついにやってきた。

そう。ゲストルームである！

「はふぅ」

右の手をぎゅっとして……！

ガチャ

ゲストルームの扉をノックしようとしたら、先に中から開いた。出てきたのは僕の大好きな——

「ステファンお兄様？」

「……フラン、来るのが早いな」

ゲストルームから出てきたステファンお兄様はちょっと驚いたあと、眉を寄せて困ったお顔をした。それから後ろ手で扉をしめて、廊下で僕とお話しする姿勢です。

「フラン、トレーズの部屋に泊まりに来たのか？」

「ほぐぅっ」

バレてる！　メイドをかわしてここまで来たのにぃ……！

下を向いて（無念……！）って、上くちびると下くちびるをギューッて押し合ってたら、ステファンお兄様に笑われた。

「船でもともに寝ていたのだったな。急にひとりになっては寂しいか」

「……ぁい」

「うむ。しかし夜更かしはならんぞ」

「はいっ。おやすみなさい、ステファンお兄様！」

「お休みフラン。良い夢を」

チュッてこめかみにキスしてくれたステファンお兄様は、そのまま東棟の寝室のほうに歩いてった。

メイドたちも壁際で頭を下げて見送ってる。むむぅ。バレていたとは。

お背中が見えなくなったら、僕は改めてゲストルームに向かい立つ。

「では」

扉にグーにした手をぶんっとして――――！

ガチャ
「何してんだ？」

「トレーズくん！」

ブラウス姿のトレーズくんが立ってて、僕は思わず抱きついた！

うおー！　夜に会えたぞー!!

「お泊りに来ました！」

「お、おお」

トレーズくんは戸惑ってたけど、最終的に笑いながら、くっつき虫みたいになってる僕を引きずってお部屋にいれてくれました。えへへ。これは一緒に寝ていいってことだよね！

「僕、トレーズくんは僕のお部屋に泊まるんだと思ってたんだよ」

「あー……王国では一緒だったもんな」

「そう！」

力強く頷《うなず》いちゃう。

今日、トレーズくんをおうちに泊めるよってお話聞いてから、ずっとおんなじお部屋で寝ると思ってたんだもん。ゲストルームって言われて僕はびっくりしちゃったよ。

ズルズルってベッドまで引きずってもらって、ベッドに座ったトレーズくんのお膝にまたがって座らせてもらう僕。

「ステファンお兄様となんのお話ししたの？」

「ああ、そうだな。まずはフランの魔力のことか」

トレーズくんがおでこにちゅうしてくれた。んふふ、気持ちいい。すぐに離れちゃったけど、くっついてるからなんか安心する。

「魔法使いは魔力の安定が重要なんだろう？　俺が呼ばれたのもその対策だってことと、恋人といるといいらしいっつー民間療法の話」

「ん。僕、トレーズくんといたら安定して、嬉しくて、大丈夫だった！」

「ふはっ。おう。俺も嬉しかった。魔力はそういうものらしいな。だから定期的に来いってよ」

「お泊りしに⁉」

いいの⁉

「おう。フランの調子が戻るなら良いって言ってくださった。あとは商売の話だな」

「んへぇ」

落差すごい。急に難しそうなお話しますね。僕が眉間をムユッとしたら、トレーズくんに笑われた。

「で、だ。とりあえず、フランの魔力の安定が最優先だ」

「はい！　よろしくお願いしますっ、んへへ」

「よし。準備もできたし、疲れてるだろうから早く寝ようぜ」

「うん！」

いそいそとベッドの横に立つ僕。さすがにね、これはトレーズくんのベッドだから、僕がお先に入るわけにはいかない。お行儀よく待ってると、僕の様子に噴き出しながら、トレーズくんはベッドに入っておふとんを持ち上げてくれた。

「さあ、どうぞ」

「ありがとう。……へへへへっ」

うやうやしくするトレーズくんに、僕もかしこまってご挨拶し、シュバッとベッドに潜りこんだ。

トレーズくんと並んで、あおむけになる。けど、ちょっとだけ勇気を出して、横向きになってみたよ。トレーズくんのお顔がよく見える。

「トレーズくん、おやすみなさい」

「ああ、おやすみ。フラン」

こっちを見て言ってくれるお顔見てたら、ほんわりしあわせな気持ちになってきて、僕はぐっすり眠ったのでした。

## †皇子が元気そうで何よりと思う

春の終わりの少しだけ暑くなってきた日。

皇子が我が物顔でアップルパイをアレンジしてる。シナモンのクリームとかつけておいしく召し上がってるけど、僕はシンプルに食べたほうがおいしい派である。なんて、思ってても言わない公爵家の僕。成長してもえらい人には逆らわないのだ。基本リネンです。

皇子にもおみやげ渡したんだけど、あげたのは王国で見つけた香炉。金箔《きんぱく》で絵が描いてあって形も独特でかっこいい。僕は美術品ってよくわからないんだけど、悩んで決めたんだ。逆に皇子はこういうものに詳しいからあげるの緊張した。

「うん、よい香炉だね。脚が王国風で素晴らしい……ありがとうフラン」

「はいっ」

ほっとして、僕も庭園をながめてゆっくりお茶を飲む。

庭園には新しい品種のバラが咲いてる。おじいの手入れにより定期的にバージョンアップしてるから見てて楽しい。

「ここのバラは見たことがないものが多いね」

んあっ、ちゃんと見てくれてるんだね！　僕のお手柄でもないのに嬉《うれ》しくなる。あとでおじいに伝えよ！

さすがゲームでモテ役の皇子だ。そのゲームでは今頃とっくにお城から家出して、ムキムキキラキラライケメンな盾役になってるはずだった。

（うーん。キラキラだけどムキムキは足りてないと思う）

家出しない皇子は海軍に入ったんだけど、帝国の海軍は今忙しくないらしくて訓練とかしてないのかも。

「ところでフラン」

バラが似合う皇子がフォークを置いて、紅茶を一口飲んだ。

おふ。本題の匂いがする！

「フランは近頃の流行《はや》りを知っているかい」

「流行り、ですか」

流行りってどういうことだろう。貴族のあいだの流行りなら皇子のほうが詳しそうなんだけど。

アップルパイにナイフを入れつつ首をかしげてみせる。ふふん、僕だって成長しているからね。

「よくわからない質問には答えをにごす」という技を習得していたのだ！

「うむ。じつは先日、兄上にお菓子をいただいて……さる街の伝統ある飴《あめ》なのだけれど入れ物も美しくて、何よりとても美味だったんだ。それでその、あ、兄上にお礼をしたくて」

「はい」

なるほど、それでお返しに流行りのお店を探してるんですね！

スッキリした気持ちになったけど、僕、やっぱり流行りのお店とか知らない。屋台のパン屋さんとかじゃダメなんだよね。ぬぅ、申しわけない。

「皇子、ふがいないことですが僕も街の流行りは……」

知らないんですって言おうとしてハッとなった。

トレーズくんのお店をおすすめしたらどうかな。入浴剤もずっとお世話になってて効果も僕が実証済みだし、アラベルおねえ様もなんか買ってたし。皇子が使ってもいいくらいのものかも！

（あ、待て待て。これはユチャクというやつでは……）

悪代官がよくやってて、最終的にバレてたたっ斬られる関係のやつでは？

（つまり悪役が乗りがちなレールの上に今、いる……！）

「フラン？」

「あっ、えー……そうだ！　皇子が街を見て回るのはダメですか？　実際に見て選んでみては」

「わ、私がかい？」

いろんなの見て、その中から皇子が選んだら良いよね！　もしかしたらその選んだのがトレーズくんのお店にあるものかもしれないし。これなら僕もよい子だし、皇子も納得の品を買えてWin-Win！

ひさしぶりに出た名案に、うむうむしながら皇子を見たらすごく悩んでた。後ろに控えてる皇子の付き人もえらい人を中心にこそこそ談合してるっぽい。

あれ。皇子って街に行くのは禁止されてるのかな。

「フラン……」

「ぁい」

「……決めた！　私は街に行く。そして兄上のための贈り物を選ぶ！」

「ラファエル様っ」

「この程度は反意にもならないだろう。そもそも陛下も兄上もそのようには感じないであろうし、母上もわかってくださるはずだ」

「ラファエル様、ご英断にございます！」

お付きの方々が感動してる。なん、なんで？

街に行くのってそんなに大事件だったっけ。僕、学校あるから週二くらいで行ってるけど。

流れがわからなすぎて戸惑ってたら、皇子がニコってしてきた。

「感謝するぞフラン。よいきっかけになった」

「あハイ」

「よし、ならば準備をしなくてはな。日程が決まったら追って連絡する！」

いつもどおりご機嫌になったら、帰ってく皇子。

でも、え？　連絡……え？　あ、僕もお買い物メンバーに入ってる⁉

皇子ひとりで行くと思ってたから、ちょっと慌てることになる僕。お父様に護衛とかどうするかご相談しなくちゃ！


夜。お父様を待つのに、寝ないようにお部屋でイエミツを観察してたらステファンお兄様が来てくれた。

「フラン、ラファエル皇子のご相談にのったそうだな。リオネル皇子がお喜びだったぞ」

よくやった、と言って頭を撫《な》でてもらった。

「ステファンお兄様、皇子は街に行けないのですか？」

「いいや、そうではない。民心を買うのは反意になると、ラファエル皇子の母君が言っているだけだ」

「み、民心」

政治のお話だったんだ。皇子はたいへんだなー。

僕はわりと自由にお外出られてしあわせなんだね。

「フラン」

「あい」

「……今日はともに寝ようか」

「！　いいのですか！」

「ああ。警護については、父上と私が話したほうが纏《まと》まるであろうしな」

わ、わー！　ステファンお兄様と寝るのおひさしぶり！

嬉しくなって、急いで着替えて寝室に招待する。ベッドに入ったらおとなりにステファンお兄様が来てくれた。お兄様と寝る！　なんか特別な感じするぞ！

「ふはあ、ふはあ……！」

「ふふ、興奮しているな。それでは眠れないだろう」

笑いながらベッドの中で抱きしめてくれた。ぎゅーって強くじゃないけど、包まれてるみたいで安心する。トクントクンっていうステファンお兄様のお胸の音を聞いてたら、まぶたが閉じてきちゃった。

「んぬゅ……おやすみなさい、ステファンお兄様」

「お休みフラン。……街でへんな虫がつかないようにせねばな」

## †皇子とぶらり下町

さっそく皇子からこの日に街へ行くってお知らせが来た。

僕宛《あて》の手紙もくれたし、お父様を通してからも決定のお知らせを伝えられたから、皇子はとっても楽しみにしてるんだね。

よしっ僕も街のことならちょっとだけわかるから、しっかりご案内するぞ！

当日は夜明けと同時に起きて、外出用のお洋服にお着替え。今日着ていくのは普段よりおしゃれなお洋服だ。エリつきだし帽子もかぶるし、半ズボンの下に白の靴下もしっかり履く。鏡を見たらすごく貴族。

「あ、ブローチは僕がつけるね」

「かしこまりました」

トレイにのせて渡してくれたのは、僕がちっちゃい頃ステファンお兄様がくれた魔除《まよ》けのブローチ。まわりの装飾を新調しながらずっとつけてるんだ。

リボンタイにつけて完成！

貴族のお洋服は着付けに時間がかかるから、準備ができたときはいつも起きるくらいのお時間になってた。

アップルパイだけ食べて、すぐに玄関に向かう。

「うむ！　出発だな！」

「はい！」

お父様とお兄様もお仕事。

ふだんはお見送りする僕だけど、本日は僕もお城に皇子をお迎えに行かなくちゃだからね！

「おじいさま、フランおにいさま、いっていらっしゃいませ！　お気をつけて！」

「んっ！　グレン、行ってきます！」

お見送りに来てくれたグレンをぎゅっとして、ほっぺにチュッてする。

ステファンお兄様とセブランお兄様は、僕の帽子とかリボンタイをちょこちょこって直してくれたら、グレンに行ってきますのチュッチュして、馬に乗って先に行っちゃった。なので僕はお父様と出勤です！

「フラン！　用意した護衛から離れぬように！」

「はい！　離れません！」

「迷うものがあれば買え！　長居無用だ！」

「はいっ買います！」

「危機と判断したら魔法も止む無し！」

「やむなし！」

学校通うときにも言われたお父様とのお約束だ。

とにかく僕と、今回は皇子も襲われたり拐《さら》われたりがいちばん避けなくちゃいけない事態。

ブフーッと鼻息を出して、改めて気合いをいれた僕でした。

「ここが……下町というところなのだね」

皇子が感動して震えてる。馬車から降りてからほう……ってため息ついて、そのまま。さっきまでいた貴族街はこんな反応してなかったんだよ。美術商のとこでもここまでうっとりしてなかったのに、とても不思議。

「皇子は下町に来たかったのですか？」

「ああ、幼い頃に絵本で見たのだ。下町の工房には精霊が憑《つ》くのだろう？」

「んえぃ」

キラキラしたお顔で言われてしまった。

僕も絵本で読んだことはある。けど絵本みたいにいい感じにお手伝いしてくれる精霊さんは見たことがないなぁ。温泉出したり、他国の妖精さんに愛想よくしてって言ってくる妖精さんなら知ってるんだけど……。

「美術品にもよくモチーフで描かれてるのだよ。私は魔力が強いほうではないから今まで見たことがないのだけれど」

ここなら見られるかも、って言葉にしないけどワクワクしてる皇子。……ふむぅ！

「探してみましょう！」

「っああ！」

皇子はあんまりお外出ないんだもんね！　やりたいことやってみたほうがいい！

僕はキョロキョロして、工房らしきところがあったらお邪魔することに決めた。皇子と歩いて城壁沿いに長屋が建ち並ぶ一画まで来る。

「これは……人が住んでいるのかい？」

「はい。扉ひとつひとつがおうちですよ。お店をやってるところもあります」

「そうか……」

皇子がびっくりしてる。ここらへんは見た目も実際ものすごく入り組んでるし、もっと奥へ行くとスラムがあるところだ。お城とは雰囲気も建築様式もぜんぜんちがうもんね。

最近は治安も良くなったんだって。騎士も見回りに来るようになったし、今は護衛の人もぴったりくっついてきてくれてるから大丈夫でしょう！

「あっあそこはお皿屋さんです！」

「皿屋か」

もくもく～って煙が出てるのはお皿を焼いてるからだよね！　僕と皇子はいそいそ近づいて扉の前に立つ。護衛がノックしたら、おじさんが出てきた。

「はいはい、何のよ……ヒィ！」

ゾザー！　っておじさんが土下座した。ブルブルってめちゃくちゃ震えてる。

「この工房のものか」

「ヒィアイイ！」

そして気絶。ぶぁッ⁉　ええっやば！

「キティ！」

「はっ」

救護に向かうキティ。

呆然《ぼうぜん》とする皇子、と護衛の騎士。

「も、申し訳ございません！」

「大丈夫、大丈夫です。ですよね、皇子」

「あ……ああ……」

さすがにすぐ気を取り直した騎士が謝ってきたけど、彼のせいではない。いや、原因は騎士だけど、この人は悪くないんだよ。

「ですが……」

ググッと眉毛を寄せて悔いるお顔がすごく怖い。しかめてなくても怖いのに、表情がついたら迫力が増しちゃう。

じつは今日の護衛、みんなめちゃくちゃ怖いお顔の騎士さんなのだ。前世で不良をたくさん見た僕だって、お城で紹介されたとき「いかつぅい！」って思ったもん。

でも怖いお顔の騎士たちのおかげで、貴族街ではへんなお買い物勧められなかったんだよ。ご挨拶させてください！　って近寄る貴族もいなかったし。

「どんまい！」

「どん……？」

つぎ行ってみましょう！

とがんばったけど、手近な工房の人たちは騎士が訪ねただけでみんな震えてた。とんでもないストレスをお互いに与えてしまってるかも……。対応してくれたけど、気絶したり冷や汗をかく人たちの介抱をメイドにおまかせして考えこむ。

うーん。精霊がいる工房探しの条件に、怖くても気絶しない店主が追加ですな。そんなところあるかなぁ……。

「んう？」

「なんの音だろうか」

カンカンカン！　って金槌《かなづち》の音が聞こえてきた。皇子とお顔を見合わせて、音の出処《でどころ》をさがす。

下町をうろうろしてやっとたどり着いたところ。そこは防具屋さんだった。護衛がノックして出てきたのは仙人みたいなおじいさんで、強面《こわもて》の騎士とお話ししても動じず。……凄腕《すごうで》そう！

と、思うと同時にいやな予感を覚える僕でした。

ゲーム『アスカロン帝国戦記』では街ごとに買える装備品がちがって、帝都の防具屋さんには最後の街ならではのいい盾が売ってたはず。

（僕、盾打殺《シールドスマイト》っていう極悪な技つきの盾を買った記憶がある……）

最終戦メンバーにいれてた皇子（家出したほう）に「防御だけじゃなくて攻撃力も増すんだ～買いじゃん！」ってウキウキで買ってあげたんじゃなかったっけ。そんでラスボス戦でボス相手にタックルさせまくってた覚えがあります。

この防具屋さんじゃないかもだけど、いやな予感したから撤収したほうがいい気がする！

「あ、あのぅ皇子……」

「なんて素晴らしい盾なんだ!!」

おじいさん越しに店内を見た皇子が今日いちばん大きい声を上げた。ビクッとする僕と護衛。店主らしいおじいさんは動揺してない。それどころか皇子を招くみたいに工房に戻っちゃう。開けられたままの扉から僕も中を覗《のぞ》いたら、たくさん防具がある中に逆三角形の厚みがえぐい大きい盾が壁に掛かってた。重そう。あれでドンッてされたら僕、しぬますです。

「フランわかるかい。あそこに掛けてある盾、ああっなんと凛々《りり》しい！　あの曲線、研磨、そして重量感！　すべてが完璧で美しい……！」

めちゃくちゃテンション上がっていらっしゃる。

あ、これはむりです。僕に止められるやつじゃないです。皇子のお付きの人はもちろん止める気配ないし、むしろ皇子といっしょに工房に入ってっちゃった。

ううう、僕も行くしか……。知らないところで知らない凶器を買われるより、目の前でコレ！　って買われたほうがまだ怖くないかもしれないもんね。

じわーと皇子に近づいていくと、皇子は盾を見上げてうっとり中。美術商でもお気に入りっぽい絵の前でこんな反応してたよ。

「……それは精霊の加護がついた盾ですじゃ」

「っ、精霊の加護ですか！　ご老人、それはここに精霊がいるということなのですか」

「はい。姿を見たことはありませんが、気に入ってくれた作品にはたしかに加護がつくのですじゃ。作った儂《わし》にしかわからんのかもしれませんが……」

「いや、この迫力ならば私にもそう感じられる」

盛り上がる皇子と仙人。

問題の盾はたしかにほかのと違ってキラキラした粉ふいてる。あれが加護ってことなんだと思う。

うむ、見た目は似てるけど加護というなら盾打殺《シールドスマイト》付きのアレじゃないよね。癒やし効果とかが定番かなぁ。

「これは持つ者の力を増幅させて、盾でも敵を滅殺できますじゃ」

めっさつ。

「ご老人、どうかこれを私に売ってくれまいか！」

「これも運命のお導きでしょうな」

あわ、あわわわわ！

目の前で終盤に手にいれる強い防具（武器）が皇子の手に渡った！

「フラン！　見てくれ、これは素晴らしいぞ！」

「へ、へへ、ほんとですね」

愛想笑いを返す以外できない僕。へへ。

皇子が盾を受け取ってるあいだにキティが近づいてきた。そして僕のお耳にコソッと報告。

「ぼっちゃま、トレーズを見かけました。呼びますか」

な、なんだってー！

今は早急な癒やしが必要です。トレーズくんがなんでいたのかわかんないけど、合流しないと僕の危機なので。

トレーズくん、確保お願いします！

「なるほど。では肌質に合わせたほうが良いのだな」

「はい。保湿クリームに関しては左様でございます」

「マッサージオイルは効果と香り優先だったか。奥深いのだな」

トレーズくんと皇子がお風呂用品についてお話ししてます。

防具屋でトレーズくんのことを僕の友人、そして街の案内に詳しい人って紹介したら、皇子は「フランの友人ならぜひ見てみたい」と同行を許可してくれた。

お茶をしたいという皇子のリクエストに、トレーズくんは下町から少し出た庶民街でも高そうなお店に連れてきてくれた。カフェっぽい。僕来たことないや。

皇家が来たのにザワザワしなかったお店はお金持ち用っぽい。いちばん奥の小さいけどシャンデリアとかがある豪華なお部屋に通された。ちょっと慌ててたのは皇子のお付きで、たぶん毒味の準備とかしたみたい。

テーブルでは皇子は窓がよく見えるお席で、僕はその斜め横。そしてトレーズくんを僕のおとなりに配置してもらう。

「はふぅ……」

ケーキ食べて紅茶飲んだら安心のため息っぽいのが漏れちゃった。怖い武器（防具）見たし、それを持つべき人が買う瞬間も見たし、それでお店を離れたところで恋人と会えたんだもん。ため息も出るよう。

僕の油断してたお顔を皇子に見られてたみたい。

「フランは疲れたかな。ずいぶん付き合わせてしまった」

「いいえ！　僕はまだまだ大丈夫です」

トレーズくんもいるし、このお店のケーキおいしいですし！

「それより皇子、リオネル様への贈り物は決めましたか？」

「ああ、さっきは私の趣味のものを買ってしまったものね」

皇子もケーキを食べながら今まで見たお店を思い出してるみたいだ。

うむうむ。大変だったけど、これでプレゼントが決まれば今日はおしまいかな。皇子も楽しそうだったし、僕としてはいい感じだったと思う！

「あれトレーズくん、もうケーキ食べないの？」

「食べますよ。フランさまはおかわりなさいますか」

むう⁉　トレーズくんが敬語。あっ皇子の前だからか。なんか変な感じ。

僕がお顔をムニッとさせてると、トレーズくんはゆっくりケーキを食べた。トレーズくんのはパウンドケーキ。フルーツ入っておいしそう。

「どう？　どう？」

「おいしいですよ。フランさまのパイはいかがでしたか」

「僕のもおいしいよ！　おかわりはパウンドケーキ頼んでみようかなぁ」

「季節によってはリンゴが入るそうです」

「ふあー！　じゃあそのときも来なきゃね！」

「そうですね」

決意を固めてたら、皇子がフフッて笑ったのが聞こえた。

「ふたりは本当に仲が良いのだな」

「っはい！」

えへへ！　本当に仲良しだけど、まわりから仲良しに見えるのも嬉《うれ》しい！

パッておとなりを見てトレーズくんにニコってしてたら、ちょっとほっぺを赤くして微笑《ほほえ》み返してくれた。んふぅっ好き！

「……うん、そうだな。兄上へのお返しはトレーズの店で見てみようか」

「！」

ニコニコしてる皇子。僕、まだダイレクトマーケティングしてないのに、トレーズくんのところで用意するつもりみたい。

「お……皇子！　じつは僕もトレーズくんのところのクリームとかいっぱい使ってるんです！」

「ほう！　いつもツヤツヤなフランが使っているのなら安心だね」

そういうわけで、最後はトレーズくんのお店に行って実際に保湿剤をためしたり、入浴剤の香りを確かめたりした皇子。

お店の周りの住人をはじめ店員さん含めて、皇子の登場に緊張してた。そりゃそうだよね！　まさか来るとは思わないもんね！

皇子はリオネル様にお風呂ケアセットを買って、さらに自分用だと言ってまったく同じのを買い、帝都巡りは終わったのでした。

## †ドラゴンがお引っ越ししてきたけどたぶん平気

皇子とお買い物してトレーズくんにも会えて、何も心配事がないからか魔力が落ち着いてる僕です。

今は厩舎《きゅうしゃ》で馬たちのブラッシングをしてるところ。

うむ。やっぱり馬はかっこいいなぁ。

「おかゆいところはないー？」

「ブヒヒン」

馬からもういいよの雰囲気を感じ取ったので終了。うちにいる馬はみんな大きいからブラッシングが終わるとハァハァしちゃう。

でもツヤツヤになって仕上がりはすごくいい！

「かんぺき！　僕、将来はお馬番になろうかな！」

「ブヒヒーン」

「ヒヒヒン」

「あっやめてよぅ髪の毛食べないで！　なっなんでー！」

ブラッシングしてた馬が僕の頭をシャモッてして、ほかの馬たちはお洋服にビシャビシャの鼻先をくっつけてきた。お馬番になろうって言った僕への抗議？　抗議かな？　わかんない！

ここにいる五頭の馬はすごく頭が良いけど、よくわかんない行動するときがある。セブランお兄様は愛情表現だよって言ってたけど、たぶんからかわれてるんだよ。ううぅ、頭シャモ、シャモって甘《あま》噛《が》みされてるぅ……。

「うう……んえ？」

馬たちが急にみんな同じ方向を向いた。僕を真ん中にして、外を見てジッとしてる。

「どうしたの……へあ!?」

厩舎がオレンジ色になった。夕方の光景みたいだけどちがう。だっていま午前中だもん。これはきっと魔力で視界がオレンジになったんだ。景色まで見えないってわけじゃないけど、この色はすごく見覚えがある。

ぎゅうぎゅうしてくる馬たちを宥めて厩舎の外に出る。

「あー……」

空を見上げたらドラゴンらしき影。すごく高いところを飛んでるみたいで、小さくしか見えないけどアレはきっとレッドドラゴンだ。

「来ちゃったのかぁ」

帝国にある険しい山のほうに飛んでったのを見て、なんか納得した。ゲーム上で最強武器を持ってるドラゴンなのに、なんでか帝国じゃなくて隣国にいて変だなーって思ったんだ。

そりゃそうだよね、ドラゴンだって生物だもん、移動もするよ。

ドラゴンは遠く小さくなって見えなくなった。魔力もだんだん薄く、見えなくなっていつもどおり。

平和な空と僕のおうちだ。

「守ってくれてありがと」

「ヒヒン」

馬はもともと臆病な性質なのに、僕に付き合って外まで来てくれてた馬たち。いい子だねーって抱きついてお礼を言ってたら、メイドが呼びに来た。

「ぼっちゃま、セブラン様がお茶にお誘いくださっているようでございます」

「セブランお兄様が！」

ハッとなって馬たちから抜け出そうとしたら、またシャモッてされた！

「なんでー！」

「ブルルルフッ」

五頭に順番に鼻でつつかれて、やっと解放された僕でした。


清浄魔法《クリーン》をかけたあと、セブランお兄様のお庭にご案内してもらう。僕のお部屋のお庭とちょっとちがって、セブランお兄様のところは野草が少ないんだよね。

「セブランお兄様！　お招きありがとうございます！」

「ああ来たね、フラン。こちらにおいで」

セブランお兄様が手招きしてくれたので、いそいそ早足で行っておとなりの椅子に座った。

テーブルの上にはケーキとサンドイッチとお茶が用意してあって、シンプルだけどランチの前ならちょうどいいよね！

ちゃんとお花もセンスよく飾ってあるのがセブランお兄様っぽい。僕のところだと、猫じゃらしとかタンポポとかの野花を飾ったりするもんね。僕が花瓶に挿《さ》しちゃうからだけど。

「フランが好きな紅茶をひさしぶりに取り寄せてみたんだ。ショコラの香りの紅茶を覚えている？」

「ショコラ！　覚えてますっ。おいしかったですよね！」

ショコラと聞いてソワソワしてたら、メイドがカップに注いでくれた。んうう！　チョコレートの香りがする！

「はぁあぁー……やっぱりショコラの感じしますね」

「ふふ。不思議なお茶だよね」

もう一口飲んで目をつむった。こうやってると飲んだあとチョコレート食べた気持ちになるんだよ。セブランお兄様といい香りにひたる。

「フラン、ケーキも食べて。料理長がカスタードクリームがうまく作れたと言っていたから」

「カスタード！」

シュークリームじゃなくて、タルトにいっぱい詰めたカスタードクリームのケーキ。上にフルーツをのせてあるけど、結局カスタードが甘くておいしいと思うんだよね！

切り分けてもらったケーキをお口にいれる。うむうむ！　やはりクリームがいちばんおいしい！

「ふああー」

「ふふふ、しあわせそうな顔をして……ああ、でも本当においしいね」

「はいっ」

セブランお兄様も甘いのお好きだから、こうやってお茶会をするとふたりでおいしいおいしいってずっと言う会みたいになるんだよ。

セブランお兄様は大人になって体も大きくなったのに、甘いもの好きでいてくれて嬉《うれ》しい！

「フラン、口の端にクリームがついているよ」

おかわりもしてもぐもぐしてたら、セブランお兄様に笑いながら口元を拭かれた。いけないいけない。ちょっと夢中になっちゃってた。

「あっ、そのハンカチ！」

「ああ、フランのおみやげのハンカチだよ。気に入ってしまったからずっと使っているんだ」

セブランお兄様が持ってるのは、僕からの王国みやげのハンカチ！

レッドドラゴンが住んでた山が有名らしくて、ハンカチにドーンって山と山頂にドラゴンが描いてあって、なんかかっこいいの！

「もうひとつの傾けると音が鳴る置き物も部屋に飾っているよ」

「波の音しましたかっ？」

「いや、まだカエルと水滴の音しか聞けていないんだ。あれも面白いね」

気に入ってくれて良かった！

あっ、でもドラゴンのいた山は、もうドラゴンいなくなっちゃったんだよね。たまに帰ったりするのかな？　こっちは別荘扱いだったり？　まぁでも、

「帝国でもドラゴンハンカチ作れますね！　ドラゴンさん、そろそろ別荘できたかなぁ」

「……え？」

フォークを持つ手止めたセブランお兄様と目が合う僕。

厩舎で見たことを説明したら「入山規制しなくては」とつぶやいたあと、頭を撫《な》でてくれた。

「なんてことだ……フラン、よく教えてくれたね。お手柄だよ」

「えへへ。……セブランお兄様、あの、ドラゴン討伐とかしないですよね？」

王国ではドラゴンのお話や発言が僕には聞こえてたから、なんか討伐とかしてほしくないんだよね。ドラゴンはあっくんのトモダチみたいな存在に思ってるのです。心配になって聞いたら、そうか……って少し力を抜いたセブランお兄様。

「下手に刺激することはないはずだ。それよりフランがドラゴンに怯《おび》えていないことに、兄様は驚いているよ」

「んふふ！　僕も大人になったのです！」

プフッてちょっと噴いたセブランお兄様だけど、そうだねって言ってくれて満足する僕なのでした。

## †グレンと絵本とお泊りと

学校行ってトレーズくんとランチして帰ってきたらまだ誰も帰ってきてなかった。あとなんかバタバタしてる。

朝からこんな感じだったけど、たぶんドラゴンのせい。

きのう軍部と教会でもドラゴンを見た人たちがいて、今日は会議いっぱいするらしい。帝国でいちばん険しい山・メラピ山に行ったたっぽいって僕がセブランお兄様に言っちゃったから、セブランお兄様もお忙しくなってしまったような気がする……申し訳ない気持ちです。

「フランおにいさま、おかえりなさいませ！」

「っ、グレン！　ただいまー！」

グレンが玄関の端っこにいたから見つけ次第だきしめた。僕よりちっちゃい体をぎゅっとしてほっぺにスリスリすると、グレンがくすぐったそうに笑う。

「グレンひとり？　お勉強終わった？」

「はい。きょうは歴史をべんきょうしました！」

「あーっかしこい！　えらいぞー!!」

よいしょって抱き上げる。

むふぅ重い！　けど、いける！　そのままくるくる〜って回ってそうっとおろした。

はぁー赤ちゃんだったグレンが大きくなってる。なんかすごい。僕が４歳のときより大きいってメイドたちも言ってたし、グレンの成長すごい。

「フランおにいさま、あのぅ……」

おろした場所でモジモジしてるグレン。手を後ろにまわしてうつむいてる。

「なあに」

「フランおにいさまも、べんきょうおわりですか？　ぼくと、あの、あそんでほしいです」

「うん！　遊ぼう！」

もちろんだよ！

即答したらパアアって笑顔になってくれた。あーっ可愛《かわい》いグレンいい子！

一度僕はお部屋に戻って家用の服にお着替えして、グレンの住む別棟に行って遊ぶことにした。

なにして遊ぶか聞いたら「フランおにいさまと絵本よみたいです」って言ってたから、僕のお部屋からも絵本を持ってきた。小さい僕がお気に入りにしてた何冊かを用意してみたよ。

「ようこそフランおにいさま。絵本をよみながらなので、ソファにどうぞ！」

「うん、あ！　お茶も用意してくれたんだ。ありがとうグレン」

グレンのお部屋に招待されたら、すでにお茶とおやつが用意されてた。お礼を言ったら照れて笑ってたけど、もしかしてグレンってめちゃくちゃ賢い子なのでは……？　僕が4歳のときって何してたっけ。お庭のアリのあとをついていってみた記憶しかない。

おとなり同士に座って、さっそくグレンがお膝の上で絵本を開いた。

「この絵本は、ぼくがすきなおはなしなのです」

「そうなんだ。聞かせて！」

「はいっ」

グレンが読んでくれたのは、山で育った男の子が素手で国を獲《と》りに行くお話。つよい。アラベルおねえ様の遺伝を感じる。

アラベルおねえ様、いまは裏庭で日課の突きの訓練をしてる。お付きの侍女に武器は短剣しかダメだと言われて、それならパンチ力を鍛えようってなったらしい。前世でクラスの不良も同じ発想してたなぁって思ったけど言えない僕。

「こうして初代の王になったのでした。めでたし、めでたし」

「わあ！　いいねー！」

しっかり一冊読みきれたグレンにパチパチパチ！　と拍手をおくる。グレンのほっぺが赤くなって可愛い。

「グレンもこのお話の王様みたいになりたいの？」

けっこう力業《ちからわざ》で王様になるストーリーだったから聞いてみた。そしたらグレンはちょっと考えてから、首を振った。

「いいえ。絵本の王様がおじいさまににてるから……」

「あっそういえばそうだね！」

絵がなんとなくお父様に似てる。ムキムキだ。

グレンはお父様、えと、グレンにとってはおじいさま、が大好きで憧れてるみたいなんだよ。

グレン本人はどっちかって言ったら大人しい子だから面白いよね！

「フランおにいさまの絵本もよみたいです」

「あっうん！　読んでみて！　僕のとくにお気に入りのやつ持ってきたんだよ」

はい、とグレンに渡すとまず表紙をすごくじっくり見た。絵本をひらいて、字を読みはじめた。

「もりのくまは、くいしんぼうのくまです。きょうは何を食べようかな」

クマが森の果実とかを食レポしてくれる絵本。ぜんぶおいしそうに聞こえて、クマさんが食べてるフルーツ食べてみたいって思えるんだ。

偏食の僕のためにお父様がご用意してくださった特別な絵本。いま読んでもおいしそうなんだ。

「ゴンブトムシがなめてるのは、おうごんいろの、ハチミツでした。くまも　ひとくちぺろり。あまぁい」

「んぁあ～ハチミツおいしそうだねぇ」

テーブルからハチミツクッキーをつまんでお口にいれる。あああっ物語とリンクしてて最高かも！

おいしすぎたので音読してるグレンのお口にもひとつポイ。

「あっハチミツ！」

「ふふっクマさんと同じだね！」

「ふわあ……！」

ほっぺに手をあてるグレン。わかるよ！　おいしいときってそうなるよね！　僕ももうひとつ食べて手をあてる。んうう！　満ちる気がするぅ！

こうしてグレンと午後を楽しくすごして、あっという間に夕方になっちゃった。

そうしてお客さんがやってきた。

「今晩も、お世話になります」

「トレーズくん！」

週末にお泊《とま》りに来てくれる僕の恋人がやってきたー！

トレーズくんが泊まるのはいつものゲストルーム。

夜ごはんをいっしょに食べて、いまはベッドの上で後ろから抱っこしてくれてる。

後ろから回した手で僕のおなかをあっためてくれてるトレーズくん。さっきシェフがお夜食にってシャーベット届けてくれたからかな？

「接待に風呂が使われるとは考えてなかった……よくあるのか？」

「んう？　たまにお客さんが入っていくみたいだよ。僕のおうちのお風呂は帝都でいちばん気持ちいいんだって」

トレーズくんもお風呂に案内されてホカホカになって出てきたんだけど、そもそもお風呂に入ったのが不思議だったみたい。

お父様の知り合いがお風呂入るのを何回か見たことある。みんなご機嫌で帰ってくから、僕のおうちのお風呂いいでしょー！　って僕、自慢に思ってたんだよ。

でも言われてみたら人んちのお風呂に入るって変だ。お金がかかってる場所だから接待してもいい、のかなぁ。十四年ほど貴族をしてる僕だけどよくわかんない。疑問に思ったのいまだしね！

「トレーズくんのところの石鹸《せっけん》、評判いいんだよ。香りが良くてスベスベになるって！」

「フランたちが使うものは最高素材で作らせてるからな。つかあれをほかのやつが使ってんのかよ」

んん、ちょっとショボンとした気配を察知！

僕の肩にお顔をのっけてるトレーズくんのお耳にチュッとした。

「うおっ!?　くすぐってーな」

「んふふっ！」

ぎゅうっとされてお返しのキスを頭とお耳にいっぱいされてクヒュクヒュ笑っちゃう。くすぐったいからお膝も曲げて丸まったら、コロンてベッドに転がされた。

「なぁ、今日はほかの兄弟いないんだな」

上から見下ろしてくるトレーズくん。

「ん。なんかね、王国で会ったレッドドラゴンが、アスカロンに来たっぽくて、会議いっぱいらしいんだ」

「あのドラゴンがかっ？」

ガバッてお顔を上げたトレーズくんが、アーサーは何も言ってなかったぞって言ってるから、あっくんも帝国に帰ってきたのかも。今度ご挨拶に行こうね。

「ドラゴンって………大丈夫なのか。トリアイナは軍事寄りだろう」

「お父様もお兄様も強いから大丈夫！　あとレッドドラゴンさんは暴れるタイプじゃないと思う」

暴れるドラゴンだったらゲーム開始時には帝国が対処してるはずだし、勇者が到達するまで最終武器を保持できなかったと思うもん。ふふん！　僕の名推理が冴《さ》えわたってしまったな！　んはっはっはー！

「はぁ、人生でこんなに頻繁にドラゴンを話題にすることがあるとはな」

しみじみするトレーズくんに、僕もしみじみごいっしょに寝るのはしあわせだなぁと思って、今夜もお泊りをしてもらうのでした。

朝起きたら調子わるかった。トレーズくんにお泊りしてもらったのに、それでもダメなこともあるんだね。いちおうお医者さんにもみてもらったけど、一日安静にすれば大丈夫でしょうってことになった。ので、トレーズくんについてもらってお休みすることになりました。なんかお日様とかお月様とか、精霊のごきげんとか？　そこらへんも関係してるんだって。魔力でややこしいね。

「ぬいぐるみがリアルだな……」

「うん、みんな好きみたい。あ、あそこにあるのが大セミの抜け殻だよ」

「おっ、いつも秋になると消えるっていう？　すげぇでけーのな……」

僕のお部屋にて。僕はベッドにいたまま、トレーズくんといっぱいお話ししてた。

特にインテリアは、思い出がいっぱい。魔法がかかった絵とかあるんだよ。

トレーズくんとそのひとつひとつについてお話をして、トレーズくんの子どものときのお話も聞かせてもらった。

午後にはグレンも遊びにきて、僕の寝室でランチっていう未経験の状態に楽しそうにしてた。剣の稽古のために去っていったけど、こういうお行儀がわるそうなのってやらないもんね！

すごくヒマになると思った一日ベッドだけど、気がついたら夕方がもうすぐ。

「さすがにもう時間だな」

「ん、スラムの子も、トレーズくんがいなくてきっと寂しがってるもんね」

僕もさみしいのですが、それは言わないよ。オトナになってる僕だもん。なんかお顔が上げられなくてうつむいてたら、トレーズくんに抱きしめられた。

「フラン」

「んう？」

トレーズくんは何度か息をついて、言うか言うまいか悩んでる感じがした。どうしたのかなって静かに待ってると、僕のおでこにトレーズくんが唇をそっとあててくれた。

「いつか、いっしょに暮らせるよう頑張るからさ……」

「くらす……！」

「待っててくれよな」

おでこにチュ、てキスしてくれたトレーズくんは、僕の目を見てきた。いつもかっこよくてきりっとしてる黒い瞳が、少しだけ不安そうに揺れてた。

「もちろっ……もちろんですが!?　んあああっよろしくお願いしますー!!」

興奮した僕はトレーズくんを全力で抱きしめ返したのでした。

閑話　まわりの人たち

Akuyaku no Goreisoku no Dounikashitai Nichijyo

私がお仕えするトリアイナ公爵家は、アスカロン帝国において最も重要な貴族だ。

武に秀でているのはもちろん、閣下が素晴らしい人格者であらせられるので、全国から優秀な人間が集まってくるのだ。

閣下の下で天下泰平を成すために剣を振るうことは、騎士にとってこの上ない栄誉であり、帝国の騎士たちはそのために鍛錬をしているといっても過言ではない。

かくいう私も騎士を目指してからは、閣下の軍に配属されるためにあらゆる努力を惜しまなかった。

「はぁーブランコいいねぇ。ゆらゆらしてるの、いい」

「ようございました」

閣下、いえ、今は旦那《だんな》様とお呼びさせていただくことになったのでした。旦那様の末のご子息、6歳のフラン様のお世話を任されております。肘に矢を受けて騎士としての戦働きは不可能となってしまったことがきっかけです。

近頃のぼっちゃまはブランコにお座りになり、日向《ひなた》ぼっこをするのがお好きなようです。本日も木板にちょこんとおかけになり、足をぶらぶらと揺らして上機嫌でございました。

「ぼっちゃま、お背中を押して差し上げましょうか」

「ん！　してくださいっ」

　お小さい手でロープをしっかりと握り、背後の私を振り返ってくるお顔の凛々《りり》しさ。ご期待にこたえるべく、ぼっちゃまのお背中を慎重に、しかし傾きが偏らぬように押させていただきます。

「押しますね……はい！」

「んあああ～！　おひゅぅーんははは！　んあああ～！」

　地面と平行とまではいかない程度、ですがぼっちゃまは楽しそうに笑っておいでです。恐怖を感じておられない様子はまさにトリアイナ家のご子息。

「おひゅわあ～……はふへへへ！　キティ、キティ、もう押さなくてだいじょぶだよぅ。んあああ～！」

「よろしい、ですかっ？」

「んあああ～！　うんっ、キティのお手ていたくなっちゃうでしょ、おやすみしてぇぱふふふっ」

「ぼっちゃま……！」

　なんとお優しい!!

　私はぼっちゃまのお背中を押すのも忘れ、感動のあまり口を両手で押さえてしまいます。でなければ叫んでいたでしょう。

　私が手を離したのでだんだんと勢いがなくなるブランコ。ぼっちゃまもおみ足で漕《こ》ごうとなさるもタイミングが合っていないようです。最後は完全停止。

　それでもぼっちゃまはニコニコして私を見上げてくるのです。

「はあーたのしかった！　ありがとキティ！」

「アーッ、ぼっちゃまぁー！」

一使用人でしかない私に礼を、満面の笑みで礼をおっしゃるぼっちゃまに私は感動のめまいを起こしながら地に伏すしかできませんでした。


ぼっちゃまはスクスクと成長なさり、14歳になられました。

旦那様とステファン様が主導しておつくりになった下町の学校に通っておいでです。

「おまたせー！」

ぼっちゃまは生物学に興味をお持ちで、熱心にお勉強をなさっているようです。

「キティ、今日はトレーズくんいないからパン買ったら帰る」

「かしこまりました」

トレーズはぼっちゃまの恋人ですが、今日はスラムの見回りでもあるのか不在。めずらしいことです。少しだけしょんぼりとしたお顔のぼっちゃまですが、きっと屋台のパン屋が気を紛らわせてくれるはずです。

馬車に乗りこみ市民たちが集まる公園へやってきました。

「おばちゃん、パンください！」

「あいよ」

「あああぁーぜんぶおいしそ！」

ぼっちゃまのお選びになるシンプルなパンをいくつか購入したら、袋を受け取って馬車へ戻ります。

大貴族であらせられるぼっちゃまが、貴族が立ち寄ることもあるとはいえ、このような場に長居してはどんな危機に遭うかわかりません。

護衛も頷《うなず》き、すぐに馬車へ帰ることができました。

お屋敷へ向かい走りだした馬車の中で、ぼっちゃまがお顔を少し上に向けて鼻の穴をひくひくさせておられます。おそらくパンの香りを嗅いでおいでなのでしょう。

お屋敷までの車中でおひとつ、と言いたいところですが、ぼっちゃまのおなかはたいへんに容量が少ないのです。メイド達の中でも迂闊《うかつ》なおやつは禁止しております。

「んはー……あ、キティ。キティっていま十日間くらいごいっしょしてるよね」

「はい、ぼっちゃま。正確には十二日でございます」

七日に一度休みはあるのですが、ぼっちゃまのお世話をお休みするのを私自身が納得しておらず、このようなこともしばしばあります。

「じゅ、じゅうに！　しぬ！　キティ、あのね」

「はい」

「そこから好きなパンひとつとって。そしておうちについたらお部屋に戻って、今日はお休みしてください」

「な、何か不手際がございましたでしょうか!?」

暇を出されるなど……っなんということをしてしまったのか！

「えぇぇ……ちがうよぅ。キティもお休みしないと、僕、心配になる。キティがいないの寂しいけど、キティが疲れすぎちゃうのはもっとツラいから」

「ぼ、ぼっちゃま……！」

「ゆっくり休んであさって、またおそばに来てください。僕、キティに頼りっぱなしだから、あの、お休みする時間足りないかもだけど」

「滅相もございません！」

なんてお優しい……！！！

ぼっちゃまのご厚意を無駄にするわけにはいきません。私は袋からパンをひとつ選び、ハンカチに包み、ありがたくいただくことにいたしました。

「おいしいから本当にオススメだよ！　買ったの僕のお金じゃないから、えらそうに言えないけど」

ぼっちゃまは眉毛を情けなさそうに寄せておっしゃいました。

私は思慮深いぼっちゃまの名を呼びながら、馬車の中で伏したのでした。

# 第4章 聖なるものが動きだす！



## †教会で会うのって逃げ場がない感じがする

三ヶ月に一回の教会の日。

公爵家の僕は最前列で神官さんを眺めてる。

（……出世した人がいる！）

同じ制服で同じ帽子の神官さんたちでもお顔の見分けがつくようになった僕です。何年も通ってるからね！

三ヶ月前は僕の前に並んで立ってた神官さんが、中央よりに立つようになって、しかもなんか棒を持つ役目をしてる。なぞの棒だけど、神官さんにとっては誇らしい棒なんだろう。先っぽは鈴みたいになってるし。

「それでは、みなでお祈りをいたしましょう」

いちばんえらい神官様が両手を組んだ。いつもお話長いのに、今日はあっさりで終わったなぁ。めずらしいなぁって思ってたら、棒を持った神官さんふたりが前に出て棒を床でドンってしてした。

先端の鈴がシャン！　って鳴って、観察しつつもちょっとウトウトしてた僕はビクッてしちゃった。

棒、そうやって使うんだぁ。

（それよりお祈り、おいのり……！）

教会にいるみんながお祈りポーズしだしたからサワサワってお洋服がこすれる音がしてる。僕も両手を組んでちょっと頭を下げる。

今日はなんのお祈りにしよっかなー。

（リンゴがいっぱい実りますよーに。あ、それからみんながお休み増えますように！）

お父様もお兄様たちも忙しくて会えないんだもん。グレンも寂しそうにしてる、気がするし。

お留守番してるグレンのことを思い出す。僕のお部屋によく遊びに来てるし、お稽古も楽しそうだし、お昼もだいたいいっしょに食べるから、たぶん泣いちゃうほど寂しいわけじゃないとは思う。けどね！　おうちにみんないたほうが寂しくないじゃんね！

僕が寂しがりなわけじゃないよ、みんなもだよ。うむうむって我ながら納得してたら、知らない魔力の気配を感じた。なんだろ、誰の魔力かなぁ。ピンクってめずらしいんだよ。確かめたいけど神官様のオーケーがまだ出てないからお顔が上げられない。

これはお祈りどころじゃない、気になりますね……。

ピンクの魔力はブワワァーって教会中に広がってるっぽくて、僕も魔力に包まれた。なんだろう、この感じ。勢いがあるのにフワフワしてて、全体を包みこまれるこれは……。

（餃子《ギョーザ》になった気分）

「……はい、みなさん顔を上げてください」

シャン！　シャン！　ってまた音を鳴らされてお祈りタイム終了。

お顔を上げたら神官様の真横、たぶんえらい人が立つそこに、女の人が立ってた。ふわふわなピンク色の髪に、優しそうなキラキラの瞳は希望に満ちあふれてる。白くて細い指はとてもキレイだけど、発せられる祈りは悪役をボッコボコにできるのを、僕は知っている、なぜならこの人は——

(聖女っ！)

八年ぶりだけどすぐわかった。ゲームのアバターと見た目いっしょだもん！　え、え、ちょっと見ないあいだにそんなにえらくなっちゃったの⁉

聖女さんは何も言葉を発さないで、でも優しいお顔で微笑《ほほえ》んでただ立ってる。すごく聖女って感じがする！　す、すごく強いんじゃ……。

「フラン、まばたきをしないと」

おとなりのセブランお兄様がそっと言ってくれて、僕は慌てて目をぎゅっとした。ずーっと開いてたみたいで、ちょっと涙出る。

「本日の集会はこれで終わりです。みなさん、おつかれさまでした」

神官様の合図で、解散していいことになる。でも後ろのほうの人たちも、立ったものの聖女らしい女の人が気になるみたいでなかなか動かない。誰も出ていってないんじゃないかな。

「しばらくは出られぬな！」

はっはってお父様が笑って、ステファンお兄様もセブランお兄様もそうですね、くらいの感じで応えてるけど気にならないの！

ぜったいあの人聖女じゃん。これから自己紹介とかあるのかな？

気になりすぎてセブランお兄様と聖女を交互に見ちゃう。チラチラしてるうちに、聖女さんは神官様と下がっていっちゃった。ごっ、ご紹介なし！

「フラン？」

「セブランお兄様……」

「ああ、もしかしてフランは聖女を見るのは初めてだった？」

「はい……」

セブランお兄様がニコニコしながら、僕の二の腕を撫《な》でてくれた。絵本とかにいる聖女を生で見られてよかったたね、くらいの感じだ。

「なんだフラン、聖女と会ったことがなかったか」

「ステファンお兄様」

「三年ほど前から聖女として活動しているし、城にも出入りしているぞ。父上に会うときに見かけなかったか」

さ、三年も前から！

脅威はずいぶん前に完成していたんだなぁ…………。

僕は白目になりつつ、急激に湧き上がった眠気に意識を失ったのでした。


僕のパジャマは頭からかぶるワンピースなんだけど、お医者さんにおなか見せるときは、ちょっと恥ずかしい。なぜならワンピースをめくると、フリフリの飾りがついたパンツが丸出しになるから。

今日はなんか朝のノリで特にフリフリのやつ履いてたんだよ、しっぱいしっぱい。

「んむぅぅ……」

「フラン様、呼吸はゆっくりとお願いします」

「はぁーふぃぃー」

いつも来てくれるおじいちゃん先生。ベッドに座った僕のおなかにぺたん、ぺたんって聴診器あててくれてる。

「フゥム。どこも悪くないようですね。ポーションをお飲みになってしばし休めばよろしいでしょう」

おじいちゃん先生がカバンからビンに入った魔力回復薬《ポーション》くれた。

魔力の検査っていうのもしたし、ベロとか目とか見てもらって、僕の健康が証明された。もうワンピースおろしていいはずです。

僕はお胸まで上げてたワンピースをおろしてパンツを隠した。うむ、フリフリはない！

「ですが先生、フランは倒れたのです。応急処置をした神官には魔力切れと言われましたが、今までフランは眠いとは訴えても、今回のように言葉を発することもなく気絶するなんてことはありませんでした」

セブランお兄様のすごい力説。

教会で倒《ね》れた《た》僕を受けとめてくれたのがセブランお兄様らしくてすごく心配してくれたみたい。今もおじいちゃん先生のすぐ後ろで診察を見てて、お顔もめずらしくしょんぼり、手もずっとお口にあててそわそわしてた。

ちなみにお父様は教会のお布施するから、まだ帰ってきてない。

「そうですなぁ。思春期に魔力にとても敏感になる者が、稀《まれ》ではありますがおります。その場合、めまいや気絶を伴うことも珍しくありません。教会はとくに魔力が多く湧く場所ですから……」

おひげを撫でながら答えてるお医者さん。

僕もポーションを飲みながら、ふむふむ聞いてた。

僕が気絶しやすいタイプだとしたら割と耐えてるほうじゃないかな？　バッタリいったの今日くらいだもんね。セブランお兄様が泣いちゃいそうだから、これからは倒れそうになっても気合いをいれねば！「眠いです」って言ってから倒れるぞ。

「フラストゥス医師。フランはよく魔力の枯渇を起こすが、珍しいが未知の症状ではなく、思春期が落ち着けば収まるのだな？」

「はい。今まで診てきた者と同じであるならば、さようです」

「対処法は？」

「魔力切れのときは安静に。普段は落ち着いて行動することですな」

「うむ」

ステファンお兄様は腕を組んで満足そうに頷《うなず》いた。セブランお兄様もちょっと安心したお顔で、ステファンお兄様を見て、僕を見た。

あっイヤな予感するよ！

「フラン」

「ぁい」

「今日は安静にしていなさい」

むあぁああ。


「というわけで、きのうはとてもお暇だったんだよ」

ハーツくんとサガミくんをお招きして庭園でお茶会。

ハーツくんとは学校でよく会ってるけど、サガミくんはおひさしぶり！

「魔力切れですか、おつらそうですね」

自分のことみたいにハーツくんがしょんぼりしてる。

サガミくんも僕のお話聞いて眉毛下げてたけど、ハーツくんが落ちこんでるのに気づいてキュウリのサンドイッチをお皿に取ってあげてた。ハーツくんの好きな味のやつだ。

「ハーツくんはどんなの。もう治った？」

「いいえ、私もまだですが……私はお昼になると魔法を撃ちたい衝動になります」

「んえっお昼って、今も撃ちたい？」

「いいえ。今はとても楽しくて、気持ちが安定していますから」

「よかったですね、ハーツさま」

ハーツくんとサガミくんはほのぼのしてフフフッて微笑み合ってる。ハーツくんも魔力が不安定になって大変そうだったから、安定したならよかった！

「よかったね！　あのね、おみやげご用意したんだよ」

王国のおみやげはキーホルダー。この世界、というか貴族は鍵を持たないからヒモのついた動物の飾りなんだけど。

ハーツくんにはオナガドリ、サガミくんはメジロ、ぼくのはモズの形の金属のキーホルダーだよ。鳥シリーズで、三人ともヒモがおそろいの色。

「わあ！　ありがとうございます！　それぞれのイメージの鳥ですね」

「三人お揃いですねっ」

キーホルダーを大切そうに受け取ってくれるハーツくんとサガミくん。

ハーツくんはあげた日から腰のベルトにつけてくれてて、サガミくんもテーブルに置いてずっと見ててくれたんだ。

えへへ、三人いっしょってやっぱり嬉《うれ》しいな！

## †思わぬところでブル様に会った

トレーズくんのお店に来ています。下町に建ってるお店はここらへんだと大きめ。庶民の中でもお金持ちの人も来たりするんだけど、貴族は見たことない。

だから僕が来るのはちょっと異質みたい。でもいいのだ！　トレーズくんは僕のおうちまで商品を持ってきてくれるけど、僕から来たっていいはずなのだ。ちゃんときのう先触れを出しましたし。

「フラン様、廃番の石鹸《せっけん》が見つかりましたのでお持ちいたしました」

「んあぁっ懐かしい！　ボムミモザの香り！」

応接間に通された僕のところに、店長がレアなお風呂アイテム持ってきてくれた。

店長はトレーズくんよりちょっと年上で、最近は僕ともふつうにお話しできるくらい仲良し。今日はトレーズくんが素材採取のために冒険に行っちゃって不在だったから、代わりに接待してくれてるんだよ。不在なの知ってるけど来ちゃう僕。トレーズくんも好きだけども、このお店自体好きなのだ。

トレイにのっけられた石鹸を受け取ってクンクン。んはぁああ、いい香り！　甘くて優しくて、癒やされるぅぅ。あ、こっちの入浴剤バージョン知らないや。……ああああ、いい香りィ！

僕がうっとりして石鹸と入浴剤を交互に嗅いでたら、店員さんが店長になにか伝えに来た。耳打ちされた店長はカッと目を開いて店員さんを二度見。

「フ……フラン様、しばし御前を失礼してよろしいでしょうか」

「ん、はい」

お返事するやいなや、店長は慌ただしく出ていっちゃった。

構ってくれて嬉《うれ》しいけど店長はお仕事あるもんね。それに石鹸と入浴剤のサンプルを置いてってくれたからぜんぜんおヒマじゃないよ。んむ、やっぱりこの入浴剤買おうかなぁ。

僕が並べられた商品を眺めてたら、メイドに報告を受けたキティがやってきた。ソファの横で腰を屈《かが》めて、コソコソッと教えてくれる。

「えっそうなの！」

それは店長も慌てるはずだよね！

僕はすぐに応接間を出て、商品がきれいに並べられてる店内に戻った。

「ブル様！」

「やあ、フランくん。久し振りだ……ネ！」

外からの光でキラキラする前髪を、優雅にファサッとはらうブル様がそこにいた。

ブル様はトリシューラ公爵家で、セブランお兄様のお友だち。うちに遊びに来て、お茶をするときには僕も呼んでくれるいい人！　前髪がかっこいいのが特徴です！

「おひさしぶりですブル様っ！」

「フフ、ここで会えるなんてステキな巡り合わせだ……ネ！」

ファサッ！　としてるブル様がかっこいい！　会うのひさしぶりだから嬉しくて早足で近寄ると、握手してくれた。さすがスマートブル様っ。

でも僕たち、店内の景色からとても浮いてます……！　それくらいはわかる僕です。

僕より先に来たはずの店長なんかは直立不動になって、ご挨拶はしたと思うけど、あからさまに緊張してる。わかるよ、ブル様ってなんかすごいもんね！　ほかのお客さんもなんとか跪《ひざまず》いたみたいな状態。うむ、これは店内の平和のためにも僕がどうにかしなければ！

「ブル様！　応接間が奥にありますよっ。僕もよくそこで商品見たりするんです」

「へぇそうなのかい。それはボクも使わせてもらえるのか……なっ」

「ど、どうソ！」

店長が噛《か》む。うむうむ、仕方ないよ。ブル様も気にした様子なく、さっきまで僕がいた応接間に案内されてくれた。お部屋に入るとブル様がほう、とつぶやいた。

「フランくんはお買い物の途中だったのだ……ネ！　お邪魔しちゃったかな？」

「いいえ！　ブル様が来たときはちょうどどれがいいかなーって悩んでたんです」

テーブルの上に広げられた商品のサンプルたち。

新商品もたくさん持ってきてもらって、その中で気に入ったのを選《よ》り分けてたから、僕が買う気なのがすぐわかっちゃったみたい。ちょっと散らかしてるみたいで恥ずかしい気持ち。

ブル様とソファに座ると、ブル様は興味津々な感じでテーブルを眺めてた。お茶を出して店長はおそるおそるそばに控える。

「店長、先触れもなくすまなかった……ね！　話題のお店だからね、どうしてもこの店の自然の姿が見たかったの……さ！」

「恐れ多いことでございますっ」

「初めて来たけれど、とても雰囲気はいいね。貴族に向けて売っても問題なさそう……さ！」

ファサッ！

ブル様が前髪をはらうのついつい見ちゃう。そんでちょっと僕の首も前髪はらうみたいに動いちゃう。ファサってできるくらいの前髪ないけどね！

「ブル様、なにか欲しかったんですか？」

「そうだね、買ってみてもいいかも……ネ！　フランくんのお勧めはあるのかい？」

「あってでしたらこのボムミモザの石鹸いいですよ！　レアだし、お肌もフワフワになります！」

「フワフワに……？」

ブル様も魔法使いだからお風呂は嗜好《しこう》品のタイプみたいだった。でも！　お風呂は！　入ると気持ちいいので！　これはお風呂の良さを知ってもらうチャンスでは。と思った僕は、一生懸命どれがどう良いかをお伝えした。効能とか、素材とかはトレーズくんの受け売りです！

店長も僕の勢いを見てたら徐々に回復してきて、ふたりでお風呂を語る！

「そんなに素晴らしい効果があるんだ……ネ！　これは体験せねばならない……さ！　店長、ここからここまで、全部買おう」

「はっはい！」

おおーお金持ち買い！　僕、いっつもどれにしようか悩んじゃうから、こういうお買い物の仕方にちょっと憧れる。

店長がお買い物の手続きしてる間、ブル様と紅茶を飲む。僕はブル様がお風呂アイテムを気に入ってくれたのが嬉しくてニコニコ。

「良いお店だ……ネ！」

「はい！」

ブル様に褒められて、嬉しくなる僕でした。

## †僕が少し強くなった可能性があります！

「はぁ～あふぅ」

午前中からお風呂に入って大きめなため息ついちゃう僕、14歳。廃番になっちゃったボムミモザ入浴剤だけどやっぱり買ってよかったぁ。

きのうはブル様が店長といっぱいお話ししてて、そのスキに僕もこの入浴剤と石鹸《せっけん》をひとつずつ買っちゃった。うちに来るっていうブル様についてウキウキ帰ったけど、その日は廃番の入浴剤っていうのでちょっともったいなくて使えず、でも今日使っちゃうっていうね！

お湯の中で体育座りで足をだっこすると、手も足もスベスベの感じがする。ボムミモザの効果です！

いい感じなのになんで廃番かっていうと、採取するときボムミモザが破裂するせい。ボムミモザの花粉が全身にくっついていい香りになると、モンスターに気づかれやすくなって森の探索ができなくなるんだって。

当時、トレーズくんがお話ししてくれたときは「モンスターのいるとこ行かないでよぉ！　危ないよぉ！」って泣きながら怒ったっけ。あの頃の僕、子どもだったなぁ。

お風呂のフチに頭を乗せて、んふふって思い出し笑いしちゃう。

（なるべくモンスターには会わないでほしいけど）

今のトレーズくんは強くなったし近くの森なら平気。早く帰ってきてほしいけど、森だとナイフとか弓をビュンビュン飛ばして狩りができるからやり甲斐《がい》があるって言ってたからなぁ。

「…………」

僕、うすうす思ってたけど、トレーズくんて『アスカロン帝国戦記』で勇者の仲間になる傭兵《ようへい》ぽくない……？

傭兵は名前ちがったけど、トレーズくんは弓よりナイフのほうが得意だけど、なんか、なんかそう思っちゃうんだよね。ちがうかなぁ。

ちゃぷ、とお鼻の下までお湯につかる。鼻息をフーッてするとお湯が波打った。

…………。もう少し沈んでみよ。

フブーッ　ブクブクブク！

「んへへへへ……ツングゅ」

お鼻にお湯が入って痛いぃぃ。遊ばなければよかった……。

慌ててお顔を手で擦《こす》るけどぜんぜんムリ。お鼻がツーンてするよぅ。

グシグシ擦りながらお風呂を出るとすぐにメイドたちが来て体を拭いてくれる。あったまったからまずは薄い生地のお洋服を着せてもらって、汗かいちゃったらまたお着替えだ。魔法使ってもいいけど、お着替えしたほうが気持ちいいからそうしてもらってる。貴族っぽいことをする僕です。

「んはーっ今日はなにしようかな！」

お庭に出て両手をガバーって広げて深呼吸。

うむ！　なんか今日、調子いい！　ステファンお兄様が張ってくれてるおうちを覆う結界も空にうっすら見えてるけど、ぐったりしない！

「元気だから魔法の練習します！」

「かしこまりました。少々お待ちください」

メイドたちがお庭の鉢植えとかを片づけてくれた。

植物が多いから虫とかちょっと飛んでるんだけど、それも扇子で扇《あお》いでそうっと遠ざける。

それからメイドたちがみんな僕の後ろに立って、準備完了。

よしっ、これで安全！

「んーっ……えい！」

ポンッ
前に突き出した両手にまぁるい魔力のカタマリがふたつできた。いつもどおりだけど、なんだかいつもと違う感覚。不思議に思いながら、ちょっと慎重な気持ちで魔力を走らせた。

「いけ！」

ヒュルルルーッと飛んだ魔力のひとつは地面に落ちて、もうひとつはお花にあたった。

「うぬぅ？」

いま撃ったのは攻撃力を低下させる魔法で、効果時間は一秒。去年やっと使えるようになったけど、使いどころがなくてぜんぜん上達してない。

（はずなんだけど……）

あたったお花が僕の魔力を含んだまま。もう五秒は経《た》ったのに。

「素晴らしい魔法操作です！」

「見事な魔法でした！」

「あの勢いならば万物に命中しますね！」

パチパチと拍手して褒めてくれるメイド。

「良かった……？」

なんか手応えがいつもと違ったから、褒めてもらってもウンッてできない。後ろを振り返って聞いたら、目が合ってちょっと驚いたお顔をしたメイドたちが口々に評価を教えてくれた。

「とても安定して見えましたよ」

「速さも充分でございました」

「軌道もまっすぐ飛んでおりましたし」

うちで働いてるメイドは貴族出身が多いから魔法が使えるし見えるし、だから本当にそう見えたんだよね……？　チラッとキティをうかがったらウンウンウンウンってめちゃくちゃ頷《うなず》いてた。

お花を確認するともう僕の魔力は消えてたけど、

「僕の魔法、す、すごかった？」

「はい！　今季でいちばんよく飛んでおりましたね！」

「かたちも素晴らしかったですよ！」

「あれにあたっては敵もイチコロでしょう！」

んひゅふ！　嬉《うれ》しい！

「んふ……っんはっはっは－！　じゃあもう一回やるね！　見ててね！」

高笑いが出ちゃった僕は、フンフン鼻息を出しながらスタンバイ。

ん～！　って魔力を練ってポン！　さっきと同じくらいのカタマリができたら、えいって飛ばす。

ひとつは地面に落ちて、もうひとつは木にあたった！

メイドたちの褒め言葉と拍手に励まされて、それからなんと二回も魔法が撃てちゃった。合計四回だよ！

「ふぁー！　我ながらすごい……僕は強くなってしまったかもしれない」

汗を拭いてもらいながら両手を見る。

これは……中ボス程度には強い僕が完成してしまったのでは？

そう思ったらなんだか複雑な気持ちになる僕だった。


どうやら僕が強くなってしまってから数日後。

トレーズくんがそろそろ冒険から帰る頃なので、学校帰りに帝国の入り口に来ていた。

なにせ今の僕は状態異常《デバフ》魔法が中ボス並みっぽいからね！　ここで待ってて、その間に万が一モンスターが来てもサッと眠らせてケガもしないで帰れる自信が出たのだ！

お父様からも許可してもらったし「倒せそうな魔物がいたら仕留めても良いぞ！」って言われた。

が、そこまでの自信はない。

(寝かせてるあいだに倒したらいいのかもだけど)

僕、生き物をどうにかする勇気ない……。あ、今気づいたけどゲームではさんざん見たのに、現世で魔物ってそんなに見たことないし、今まで一度もちゃんと戦ったことないや。なんか戦えるって思ったけど僕、実戦経験なし！

帝国は高い塀に囲まれてて、ここが唯一の大きい出入り口。

横のほうに兵士の詰め所があって、冒険者や荷馬車を何台も連ねた商人が入国待ちしてる。前世で勉強した関所って感じがして面白い。

「ごくろうさまです！」

門番の兵士たちにご挨拶すると、ピシィッて敬礼したあとちょっと体を屈《かが》めるみたいにして僕に身長を合わせてくれる。僕も最近背が伸びた気がするんだけどなぁ。

「フラン様、まだトレーズは戻ってませんよ」

「そうですかぁ。森にお泊《とま》りしちゃいそう？」

「夕刻までまだ時間はありますからね。それにそろそろ食料も切れる頃ですから、今日あたりだと思うんですが」

昔からトレーズくんと遊びに来てたから、最初はトレーズくんに掴《つか》まって遠くから見るだけだったけど、だんだんおしゃべりしたり、おやつ分けたりしてたから、ここにいる兵士とはけっこう仲良しなのです。

「あ、フラン様、戻ってきたようですよ」

「んん！」

望遠鏡で見張ってた兵士が教えてくれた。まだ僕からは見えないけど、僕はお洋服とか髪を直しつつ森のほうを見て立つ。

しばらくしたら人影が見えてきた、けど。

「多くない？」

「多いですね……見て参ります」

四、五人いる。トレーズくんは……あ、いるね！
だんだん全貌が見えてくると、どうやらあっくんたちと合流したみたい。あっくんのパーティには
ディディエがいなくて、その代わり呪われたっぽい鎧《よろい》を兜《かぶと》までしっかりつけた人がいた。

知らない人だと思うんだけど……あっ兵士たちに事情聴取されてる。紫色の火みたいのが鎧からで
てるから、あの人、今まさに体力吸われてるとこなんじゃないかな。いいのかな、弱い呪いだけど先
に解呪したほうが良いんじゃ。

「フラン」

「トレーズくん！」

ハラハラしてたら、事情聴取から抜けてきたトレーズくんが僕を見つけて来てくれた。

「おかえりなさい！　お怪我《けが》ないですか！」

「ああ、なんともねぇ。それより一人でここまで来るなんて珍しいな」

ポムと頭に手をのせて撫《な》でてくれるトレーズくん。

んふっふっ！　そうでしょうそうでしょう！　驚いたでしょう！

僕はちょっとお胸をそらせて、ここまで来た理由をお話ししたら「すげぇな」って笑ってさらに頭
をクシュクシュに揉《も》んでくれた。うむ、気持ちいいですね……もっとやっていいですよ。

頭を押しつけてたらハッとした。

「あっ呪い！　あの人、大丈夫かな」

さっきまでいたところを見たら、鎧の人が倒れてた。

「ひえっ」

「ああ、またか」

トレーズくんがなんでもないふうに言うんだけど、え、怖くない？　いい大人が倒れるってなかなかだよ。

「またってよく倒れるの……？」

「ああ、アレ呪いの鎧らしくてよ。聖水飲めば呪いは解けるんだけど飲まねーし、腹減ってるらしいのに食わねぇし」

「な、なんで」

「肉体で打ち勝ちたいんだとよ」

「肉体で」

趣味の方ということでいい？

兵士ふたりに担がれて運ばれていく鎧の人。たぶん詰め所の中の救護室に運ばれるんだろう。

「いやはや大変でしたな！　あっフランさま！　おひさしぶりでござる！」

「あっくん！　王国ぶりだねー!!　あっくんも森に行ってたの？」

「いかにも！　王国に行ったおかげで拙者ら金欠でして、ここでつぎの冒険に向けて小遣い稼ぎ中なんでござる」

「採取より魔物狩ればいいじゃない。私の魔法でどんどん爆破できるわよ」

「せ、拙者、生態系を大切にしたいのでござる。フィニアス殿もそうですよねっ　あ！　いない!?」

マモノ使いさんは今は向こうの木にもたれて目をつむってるよ。さっきいい木を探してウロウロしてたの見た。すごく自由なパーティだ。

「まっまあ、今日はいったん街へ帰りましょうぞ！」

嵐のように去っていくあっくんたち。

勇者ってリーダーだから苦労も多いんだね。

「俺たちも帰ろうぜ」

「あ、うん。スラムまで送るね！」

トレーズくんと会えたし、今日は満足！

馬車までトレーズくんと手を繋《つな》いで歩く。

「フラン」

「んうー？」

「すげぇ良さそうなハーブ採れたから、週末持ってくな」

「！　うん！」

お泊りのお約束に横からドインとタックル！

お迎えに来てよかったー！

## †僕主催のお茶会（女子会が同時開催）

サロンに楽団による生演奏が響いてる。僕に音楽の才能があればライブできそうっていつも思うけど、才能って思うだけじゃ出ないいんだって。

でもリクエストはしちゃう。優雅なのじゃなくてズンドンズンドンしたのも聞きたいなぁって言ったら、なんとつぎのお茶会までに曲を作ってもらえたのだ！　言葉が貴族の権力を持ってしまってふるえた僕です。反省はんせい。

なので僕主催のお茶会はちょっと異色な室内楽が奏でられる。せっかく作ってくれたし、なによりすごく良い曲だから全方位で使っていきたいもん！

「んっんんん、んんん〜」

「ふふふ、いつ聞いても面白い曲ですよね」

「とっても印象的ですっ」

ハーツくんとサガミくんも覚えてくれたみたいで嬉《うれ》しい。

「さすがトリアイナ公爵家ですわ！　曲からも勇壮さが窺《うかが》えますわねっ」

「帝国の槍《やり》と謳《うた》われていますものね！　フラン様は騎士におなりではないですよね……兄君のセブラン様はあのまま騎士団に？」

「先月でしたかしら、セブラン様がシーサーペントを討伐なさったのは。ぜひお話を伺ってみたいですわぁ」

あからさまにセブランお兄様を狙う女の子たち。

そう、今日のお茶会は義務のやつです。ちゃんと楽団も呼んでお洋服もオシャレなの着てる。

ご招待するのはハーツくんとサガミくん、あとは侯爵家とかから同じ年くらいの男の子と、ステファンお兄様から指名された貴族の女の子たち。女の子たちは一杯目のお茶が終わると大抵、セブランお兄様がどれだけカッコいいかを女の子同士でお話ししだすからあんまり交流したことない。

僕も男の子とおしゃべりする方が楽しくて、お茶会の後半はそれぞれで仲良くなってお別れするんだよ。お茶会ってこれで合ってるのかなーって思ったまま、定期的に開催してます。

「シキくんシキくん、ぶどう好き？」

シキくんとはお茶会でけっこう会ってる。侯爵家の七男で、ご先祖が異国の人だったらしくてお顔がなんとなくアジア。とても親近感が湧く！　そして僕の貴重な草友だちなんだよ！　シキくんも草好きなんだって。ご招待する人迷ったらだいたいシキくんを呼んじゃうのだ。

シキくんはあんまりおしゃべりしないけど、今日は黙々とぶどうのタルト食べてた。

「はい。申しわけございません、タルトばかり……」

「いいよ！　最近シェフがタルトに凝ってるからいっぱい食べてくれたら喜ぶよお」

「アップルパイはやめてしまったのですか？　ぼく、フラン様のところのアップルパイがとても好きで、教会の研修先でも思い出してせつなくなっておりましたのに……」

「サガミ、あそこにありますよ」

んふふっうちのアップルパイ好きって言ってもらうと、僕のほっぺが赤くなるのわかる。ご自慢の気持ちです！

好きなだけお食べってサガミくんにアップルパイ取り分けさせてたら、シキくんがやっぱりぶどうタルトを食べてた。フォークにさして断面をマジマジ見てる。食通の方ですかな？

「あのぅ、フラン様」

「なあにシキくん」

「こちらのぶどうは、フラン様のおうちで採れたのですか？」

「うん！　ハツドリぶどうらしいよ。ハツドリって今年初めて採れて、これからどんどん実るよってお知らせなんだって。ステキだよねぇ……あっ、もしかして虫がっ？　無農薬なばっかりに……!?」

「い、いいいえ！　いませんっ大丈夫です！」

ハッとしておとなりに座ってタルトにお顔を寄せたら、ハーツくんたちも大丈夫？　ってシキくんを囲むみたいにする。シキくんは慌てて首を振ってちょっとうつむいちゃった。

「我が家のぶどうは萎んでしまって……。今年は天候が悪かったのかと思ったのですが、こちらは見事なぶどうで驚いたのです」

「ああ、そういえば私の屋敷でも木イチゴがいまいちだと言っていましたね」

「ええっそうなのですか。ぼ、ぼくの地元は平気そうでしたよ。お祖父《じい》様がレモン送ってくださいましたし」

むふぅ。サガミくんのとこは大丈夫なのか。……フルーツのお話されると食べたくなっちゃうな。

僕もメイドにアップルパイ切り分けてもらってモニモニ食べる。大丈夫、聞いてますよ。お話聞いてます。

「ん、んく、……帝都の西側だけお天気わるかったのかな」

ハーツくんとシキくんのおうちはどっちかっていうと帝都の西側だったはず。アップルパイをしっかり味わってからごくんして、なんとなく思ったことを言う。

「なるほど。ぼくの屋敷は西、トリアイナ公爵家は東ですね」

「ね、そうだよねー」

「すっきりしました」

うんうんってする僕とシキくん。お城を挟んで西ってだけだから、僕のおうちとそんなに離れてないけどちょっと違ったのかも。

「みなさま、男性方だけでお集まりになって何をお話ししていましたの？」

「よろしければそろそろ食後のダンスはいかがでしょうか」

「わたくしたちもお話に夢中になってすっかり食べすぎ……、いえ、ダンスをして体を動かしたくなりましたわ」

お、おおお！　女の子からお誘いされた！　お話ししてたから油断してたのもあってなんかドキドキしちゃう。チラッてハーツくんたち見たらなんでもないお顔して「そうしますか？」って僕のこと待ってる。

（ぐぅぅ……慣れてる人たち!!）

僕は急いでアップルパイを一口食べて心を落ち着かせた。そんで姿勢を正して、

「かまわないよ」

めちゃくちゃかっこつけて言ったのだった。

女の子にはぜんぜん響いてなかったけど、サガミくんはかっこいいって言ってくれたよ！　ひん！

## †お下がりのお洋服

ちょっと高い台に乗せられてる僕、14歳。

朝から仕立て屋さんが来てお洋服のサイズを僕用に直してくれてるところ。

「ぼっちゃま、お茶はいかがですか」

「ん！　ください」

キティが紅茶をトレイにのせて渡してくれる。カップの横にお菓子もつけてくれるから、お茶飲みますか？　って言われたら断らない貴族の三男は僕です。

む、今回はドライフルーツだ。噛《か》むとモニュモニュして、ほんのり甘くてグミみたいでおいしいねぇ。

「恐れ入りますフラン様、お手を少々上へ」

「あい」

左腕を垂直にしたら、ヒモをパッして測られる。仕立て屋さんはプロだからか仕事早い。降ろしていいですって言われたら腕を降ろして棒立ち。鏡見てじっとしてるのが今日の仕事なのだ。

んー……やることないですね。

「仕立て屋さんは今日なにするのですか」

「今日でございますか。店に戻り次第、フラン様のお衣装を仕上げますよ」

「今日中にっ？　ふはーっ縫うのはやいんですね！」

「ふふ、はい。畏れ多くも精霊様から加護をいただきましたので、縫製が速いのです」

「精霊から！」

はー！　あの人たちから加護をもらうってなんかすごそう！

めちゃくちゃいい人とかにしか加護くれなさそうなイメージ。僕なんか王国でお使いしたけどご褒美もらえなかったよ。レッドドラゴンさんのおなかが良くなったからご褒美なくてもいいけどね！

仕立て屋さんとおしゃべりしてたら、キティがそっと近づいてきた。

「ぼっちゃま、グレン様がおいでのようです」

「グレンが！」

許可したらすぐに部屋の扉が開けられてグレンがちょーんって立ってた。

「グレン！　見に来たのー」

台から降りられないからその場でグレンを呼んだら、グレンがお部屋に入ってきてくれない。お胸で手をぎゅってしてこっちを見たまま動かないでいる。

「？　グレーン、おいでよぅ。お話ししよう」

「……はいぃ」

もじもじしてたグレンが下を見てまっすぐ僕のおとなりに来た。メイドがお椅子を用意したからそこにちゃんと座る。とてもえらい！　いい子！

「グレン、グレン、見て！　かっこいいお洋服！」

僕は両腕を広げ、ようとして動いちゃダメなのを思い出す。足がちょっと浮いちゃったから慌てて戻した。あぶないあぶない。

「ぅ、はい……っフランおにいさま、とってもステキです……っ」

「でしょー！　これね、ステファンお兄様のお洋服なんだよ。グレンのお父様がちいちゃい頃着てたやつ！」

「えっお父様の……！」

驚いたグレンがお顔を上げた。ふふふふ、びっくりしたでしょー！

僕のお洋服はだいたいお兄様たちのお下がりなのだ。前世の僕だったら流行《はや》りとかあるしお下がりはご遠慮したかったと思う。

でも今の僕は公爵家ですので！　お下がりのお洋服でも、ものすごく凝ってるし高そうだしめちゃくちゃキレイ！　いやと言える出来じゃないんだよ。

あと正直、貴族のお洋服の流行りを知らないっていうのもある。仕立て屋さんが今風にアレンジしてくれてるらしいけど、僕、そういうセンスないからよくわかってないんだ。

「グレンも大きくなったら着られるからね」

「フランおにいさまと、おなじおようふくですか」

「うん！　このお洋服もとっておくから、そしたら僕とステファンお兄様と同じになるよ」

「はあああ……！」

目がキラキラするグレン。可愛《かわい》い！

式典用のだから遊ぶときには着られないけど、おしゃれでかっこいいからグレンが大きくなったときも着れると思うな。

それからはグレンに見守られながら仕立て屋さんに計測されまくる。ヒマじゃないかなって思ったけどグレンは大人しくお膝に手を置いて見ててくれた。

「フラン様、以上で採寸は終わりでございます」

「おつかれさまでした！　グレンもおつかれさまぁ～！」

「うふふふふっフランおにいさま！　くすぐったいです！」

「くすぐってるからね！」

台から降りたらすぐグレンを抱きしめて、ほっぺを擦り合わせる。グレンにもお茶とお菓子出てたけど、よく飽きないでいられたよね！

「グレン、遊ぼう！」

「はい！　フランおにいさまとあそびたいです！」

「なにしたい？」

「え、えーと、えーと」

グレンが考えてるあいだに、仕立て屋さんはお荷物を片づけて扉で一礼してもう帰る準備できてた。はやい！　僕がもう一度「ご苦労さまでした」って言ってたら深々と礼をして帰っちゃった。

今日中に完成させちゃうってすごいなぁ。

「フランおにいさま、決めました！」

「ん、なあに！」

ジッとしてたから鬼ごっことかかな？

「フランおにいさまと、つみきしたいです」

「積み木……いいね！　やろう！」

「はいっ」

グレンは意外とインドア。絵本とか積み木とかが好きみたいなんだ。

手を繋《つな》いでグレンたちの住む別棟までゆっくり歩いていく。けっこう距離があるけど、グレンは僕に会いに来てくれたってことだよね。そう思ったらすごくキューンってなった。

「グレン」

「はい、フランおにいさま」

「グーレン！」

「はい！」

「んふふっ大好き！」

「ぼくもフランおにいさますきです！」

嬉《うれ》しくなってぶんぶんって手を揺らしたらグレンもキャッキャッて笑ってくれた。

## †お父様のゆーきゅーの日

「ふんふーん」

ヒカリゴケのイエミツとお部屋のぬいぐるみたちを日干し。

イエミツは魔力をふくんだお水がいいってわかってから、ポーションとかの魔法系のお水を薄めてあげてる。だいぶ調子もいいみたいだから今日はひさしぶりに太陽を浴びせてるんだ。

「マーブルじゃないけどいい色になったねー」

芝生にうつぶせて寝ころんで、イエミツと僕のお顔がおんなじ高さで眺める。葉の先が枯れてたりしたけどいまはみんな緑だし、魔力もマーブルから元の黄色になってキレイ！

「たまご生むかなあ」

ヒカリゴケはたまーに産卵するから楽しみだ。産卵が見たくてたくさん育ててるマニアの魔法使いもいるし、その人たちも十年してようやく見れたってこともよくあるんだって。奥深い趣味だよね！

足を交互にパタパタ折りながらイエミツを飽きずに見てたら、廊下が騒がしくなった。

「んあ……あ！　お父様！」

「フラン！　ひまか！」

「お父様ー！」

ズンズンッてお父様がお庭に歩いてきた！　会うのひさしぶりぃ!!

急いで立ち上がってお父様が来るのを待つ。お父様は大股だけど、僕のおうち広いからお庭も距離がわりとあるんだよ。はぁはぁ！　うずうずしてしまうぅ。

「フラン！」

「お父様っおかえりなさい！」

三歩あけて立ち止まったお父様がガバッて両手を広げたから僕も頭から飛びこんだ。

「うむ！　大きくなったな！」

「んふふそうですかっ？　僕、一週間で成長してしまったかもしれません」

「成長期だな！」

お父様のぶあついお胸にほっぺを押しつけてムニンムニン擦《こす》りつける。はふぅ……とてもかたい。安心感がありますね。

フヒ〜ってお父様にもたれてたらヒョイッと抱っこされた。力持ちすぎて僕の体重とか誤差で認識してそうな軽々っぷりで、僕のほうがちょっとびっくりする。

「お父様、もしかして今日はもうお休みですか……っ？」

お父様がお昼からおうちにいることってほぼない。もしかしたら忘れ物をとりに帰っただけかも……でもお休みだったらごいっしょできるし……うあああぁ、期待しちゃうよぅ。

「うむ！　明日まで家にいるぞ！　働きすぎると部下の気が休まらんと叱られてしまったのでな、休暇をとることにした」

「ふあああ！　ではおやすみですねっ」

「そのとおりだ。フラン、暇ならば父と過ごそうではないか！」

「おヒマです！」

即答したけど、あってなった。

「お父様っちょっとだけ待っててください。イエミツとオオカミたちをしまいますので！」

お父様の腕の中で体をよじり、ぬいぐるみたちを振り返る。あれは僕の大切なお仕事ですので、責任をもってお部屋に戻さなければ。

「ならば父も手伝おう」

トスッと僕をおろしたお父様が、いちばん大きいケルピーとオオカミのぬいぐるみを抱えてくれた。この二匹は運ぶのたいへんなぬいぐるみトップ2なのですごく助かる！

「えへへ。お父様、ありがとうございます」

「うむ。残りは持てるか」

「はいっ」

僕は数年前におじい様がくれたイルカと、ヒカリゴケのイエミツを持ってお父様のあとに続いた。

僕のお部屋まで来て、なぜか二匹をぴったりくっつけて立てて頷《うなず》くお父様。なぜ……。わからないけど、僕もイルカをオオカミのおとなりに並べて置いた。

イエミツは窓辺の机の上。今日は向きをこっちにしておこうね。

「フランは植物が好きなのだな」

「はい。育つのすごいなって思って好きです」

満足行くところに置けて振り向いたら、お父様はすでにソファに座ってた。僕と目が会うとボ、ボ、てお膝を叩《たた》く。

「んう」

お膝に座っていいよってことだと思うけど、なんかちょっと恥ずかしい。グレンみたいにちっちゃければいいけど、僕、もう大きいから。

ソファに近づいたけどもじもじして立ってたら、お父様の眉毛がしょーんって下がった。

「そうか……フランももう大きくなったものな」

「ん、お父様」

あっ、これはもうのれない流れ……！　ちがうんです、のっていいならのりたい気持ちもあるんです。でもなんて言ったらいい……赤ちゃんって思われるのはちがうんだよぅ。

「茶は何にするか」

雰囲気を察してかすぐにお話を変えてくれるお父様だけど、僕はなんだかお胸がキュッとした。

「お、お父様」

「うむ」

「あの、僕……僕がお膝のっても甘えん坊って笑わないでくれますか」

「！　笑うものか、さあ乗れ！」

「っぅあい！」

お父様がお膝をベン！　と叩いたので僕がスサッと飛び乗る。

「んへへへ、お父様のお膝かたいですね」

「安定するだろう！」

「まちがいないです」

「うむ！」

僕もお父様もニコニコ。お胸もほわぁっとあったかくなったし、スキンシップって大事だなぁ。

僕はお父様に抱っこされたまま、最近のお茶会のことやダンスが下手かもしれないって悩み、グレンが絵本の音読じょうずなこととかをお話しした。

お父様はうむうむって相槌《あいづち》うってくれて、たくさんお話を聞いてくれた。

僕はお父様がいないときの楽しかったこととか思ったこと、ぜんぶ報告できて、大満足でクッキーを食べる。

「そうだ、フラン。久々に城に行ってはみぬか」

「お城ですか」

「うむ。教会で倒れただろう。近々聖女が城に祈りにくるのだが、見て慣れてはどうかと医師が言っておったのだ」

「せいじょのいのり……な、なれ……」

慣れるものかな？？？

で、でも僕だって強くなってきたからね！　もしかしたら平気かも！

僕は決意をしてお返事したのでした。

## †お城で聖女に慣れるという訓練

謁見の間。僕にとっては忘れられない場所。

八年前、あっくんたちが豪快に爆散させた皇帝の椅子は、ちゃんと新しいのになってってホッとした。前のは覚えてないけど、今の椅子もいろんな色の宝石とかハマってってキレイだよ。皇帝が座ったら迫力でそう！

（思い出深いなぁ）

……なんて思ってみたけど、もう八年前のことだから、実はくわしいこと覚えてない。天井にフグっぽい形のシャンデリアを見つけて、あんなインテリアあったっけって首をかしげてるくらいだ。

僕は朝イチで起きて、できたての礼服を着せてもらって、ひとりでお城に来た。お父様とお兄様は忙しくてお城で合流しようねって言ってたんだけど、謁見の間にたくさんの貴族がいる中で現在、絶賛おひとりさまの僕です。

「………」

「御用でございますか」

僕の心の頼りはお迎えに来てくれた護衛騎士のおじさん。見上げるとすぐになんでしょうかって聞いてくれるし、おひげもかっこいいので僕は不安になったらチラッて見て、おじさんとニコッとし合って前を向く。

まだ皇帝もお父様たちも来てない。聖女さんもいないし神官さんもみかけないぞ。近衛兵がいっぱいいいて物々しい雰囲気の中、慣れてるっぽい貴族の人たちがご挨拶回りしてた。そんでそのあとふつうにおしゃべりしてるのが、よりコドクを感じます。……チラッ。にこ！

騎士のおじさんとニコニコしてたら、貴族がちょっとざわついた。みんなが見てるほうを見たら、玉座の両サイドにある出入り口のひとつからお父様がズンズン歩いてきてた。

(あっあそこ歩いていいんだ)

奥まっててカンケー者しか使っちゃダメそうだけど。

お父様は玉座までのちょっとした階段の下に立った。そのすぐあとにもうひとりのおじさん、ブル様のお父さんが同じく階段のところでお父様の反対に立った。玉座を護《まも》る騎士って感じだ！

(ふはぁあああ……っかっこいい！　ラスボス戦みたい！)

お父様強そう！

興奮してフブーッて鼻息を出したけど、あ、待って。これ、リアルなやつだ。ゲームの最終戦、僕のお父様はそのいっこ前に戦うボスじゃんね……。

なんだかウツロな気持ちになった僕のおとなりに急に人影が現れてビクッとした。

「フラン、よく待てた」

「ひとりで来られて偉かったね」

「ステファンお兄様……っセブランお兄様ぁ……！」

「どうした、そんなに不安だったのか」

礼服を着たステファンお兄様とセブランお兄様が僕を挟むように立ってた。

あぁぁ勇者がおとなりに来たのかと思ってびっくりしたー！　僕の人生とつぜんの終幕かと思ったよぅ！

両手をグッとしながらステファンお兄様の不思議そうなお顔に安心した。

「フランは謁見の間は初めて来たので緊張しているのかもしれませんね」

「なるほど。たしかにあの玉座には畏敬の念を抱くだろう」

うんうんとステファンお兄様が自分で言って頷いてる。畏のあとは敬であってますか、畏からの怖ではないですか……！

「ああ、フラン。陛下がおいでになるよ」

セブランお兄様が僕のお背中にそっと手をあてて、頭を下げた。僕もそれに倣って頭を下げる。マナーの家庭教師に教えてもらって初めてやるけどあってるかなぁ。

ほかの貴族もやってるからカンニングしたかったけど意外と見えない。あとでお兄様に聞いたほうがいいかも。

前の方からドン、ドン、ドンって三回、床に何かを打つ音がしたあと、貴族たちが頭を上げる気配がしたから僕もソロソロ～って頭を上げた。うむ、遅れてなかったみたいだ。上出来上出来。

皇帝陛下は椅子に座ってた。足音あんまりさせないタイプなんだねー。というかナマで初めて見た！

（おおー、ゲームより顔色いい）

ゲームで皇帝は魔王に操られてたせいか、顔色が真っ黒もしくは赤かったもんね！　今はとても健康的に見えます！

皇帝ってどんな感じかと思ってたけど、思ったよりふつうの貴族って感じだった。お父様より年上そう。第一皇子のリオネル様に似てる気がしなくもない。

あと、皇帝が椅子に座ったことで、お父様たちが〝ラスボス〟として完成してしまった感ある。こわわ……。

「皆の者」

皇帝がお口をひらいた。

「今年もまた大結界の日がやってきた」

だいけっかい。

今年もまた、と言われてもぜんぜん聞いたことないイベントだ。ここにいる貴族のあいだだけでやってたのかな？

「聖女よ、入れ」

シンプルなお言葉のあと、聖女さんが呼ばれた。来てないと思ってたけど、廊下でスタンバイしてたらしい。

謁見の間と廊下のあいだの扉が開いて、聖女さんが入ってきた。教会で見たときよりも、神々しいオーラがあるよ。白っぽいドレスは、繊細な刺繍《ししゅう》と魔力が練られてて、歩くたびに裾がふんわりして見惚《みと》れちゃう。清楚《せいそ》なのに、どこの貴族よりも豪華に見えた。なんか……威厳を感じます。こわい。聖女すぎてこわい。聖女さんのあとには、三人の神官さんもついてくるし、間違いなくＶＩＰである。

聖女さんたちは皇帝の前まで来ると、スッて跪《ひざまず》いた。

皇帝にご挨拶する聖女さん。あんまり緊張してなさそうだし、やり慣れてるみたい。気のせいかもだけど、棒読みっぽいしゃべり方なんだね。

広間にいる貴族たちも静かにしてるから、聖女さんのそんなに大きくない声でも聞こえる。

「うむ、では頼んだぞ」

「はい」

聖女さんが一回立ち上がって、改めて祈りのポーズで跪いた。

「これより、魔王封印のための祈りを捧《ささ》げます」

なん、え！　これ魔王のやつなの!?

状況わかってないの僕だけだったらしくて、みんな粛々と物事を進めだした。ど、どうする。ええと、とにかく流れに身を任せるしかあるまいなのだ！　まずは様子を見て……。

聖女さんが跪いたまま、両手を組んでおでこにあてた。

あっ、も、もうはじまります？　僕、だいじょうぶかな？　なんの準備もしないで立ってるんだけど。どうしていいかわからないのでほかの貴族を見たら、魔力をシュッとしまってる！　今までちょっとだけ出てた貴族たちみんな魔力しまうのなんで……！　マナーですかっ？

密《ひそ》かにあわあわしてる僕をおいて事態が進んでいく。

「天よ聞き届けたまへ……」

おおおお、魔力出てきてるぅ！

聖女さんを中心にしてピンクの魔力が広間にひろがりだした。貴族の人たちは観に来てるだけらしくて、静かにして聖女さんのほうを向いて立ってる。腕を組んだりお顔をひきしめたり、真剣な感じ。

どうしよう。倒れたらすごく目立ちそうな空気だ。

（き、気合いだー！）

ふわんふわんと漂ってくるピンクの魔力が僕のところまで届きそう。僕は下くちびるをグムゥと噛《か》んで息も止める！

「……んむ」

全身が包まれたけど、なんかぜんぜん平気かも。あったかい。教会で僕を包んだのはやっぱり聖女さんの魔力だったんだなぁ。

「フラン」

小さい声でセブランお兄様に呼ばれた。見上げたら心配そうなお顔してるセブランお兄様。僕、真横で倒れた実績があるもんね。とても心配したと思う。

なので僕は目をしっかり見て小さく頷《うなず》いた。

（大丈夫ですので！）

そしたらセブランお兄様もホッとしたみたいで、ちょっとだけお口の端を上げて微笑《ほほえ》んでくれた。

聖女さんの魔力は謁見の間全体に広がって、たぶんお城中にいってるんじゃないのかなぁ。聖女さんから魔力がボコボコ湧いててびっくりする。魔力ってひとりからあんなに出るものなんだね。

魔力のせいか疲れのせいか、ちょっとだけ足がだるい感じがしてきた頃、部屋いっぱいになったピンク色がゆっくり床のほうに沈んできた。そのままズルルルーって床に染みこんでってる。スポンジにお水吸わせてるみたいに床がすごく吸う。どこいってるんだろ、地下かな。

「…………」

聖女さんが、おでこから手を降ろしてお顔を上げた。んむ、ちょっと疲れてそう。

「無事に結界が張られました。これでまた一年は大丈夫でしょう」

「うむ。聖女よ、ご苦労であった。皆の者また一年の猶予ができた！」

おおー！　貴族たちから歓声のようなのが聞こえてみんなが拍手しだす。お兄様も拍手してるから僕もやっておきますね。

皇帝が片手を軽く上げたら拍手終了。そんで皇帝は玉座から立つと、お父様といっしょに後ろの出口から帰ってった。

「聖女よ、ご苦労だった。下がって良いぞ」

「はい。それでは失礼いたします」

のこったブル様のお父さんが聖女さんのところまできて促し、聖女さんと神官さんが一礼して廊下側の扉から出ていくと貴族たちのおしゃべりが本格的に。めちゃくちゃザワザワしてる謁見の間。ステファンお兄様に声をかけられた。

「フラン、体調はどうだ。このあと聖女と昼食会が用意されているが出られそうか」

「大丈夫ですっ」

元気！　このまえ倒れちゃったのは教会っていう場所と祈祷《きとう》と聖女さんの強さに衝撃を受けたせいかも！

それより今日お昼あるんですか？　お城のごはんおいしいから好きだ！　最新のお料理とか出るしね！

「僕は行けないけれど、兄上も参加なさるから安心していいよ」

セブランお兄様は来ないんだ。残念……。

あと大がかりな祈祷だったのにあっさり帰る皇帝に驚いたけど、ちゃんと聖女さんへのネギライをご用意してるんだね。さすがだなぁ。

お城の使いが呼びに来たので、セブランお兄様とお別れして昼食会に向かうことになった。

「フラン」

「ぉ、皇子！　お久しぶりです！」

「うん。街に出た以来かな」

別の広間に通されると、そこには豪華なお食事と聖女さんたち、あとラファエル皇子がいた。なんかもう仲良さそうにして食べてる。呼ばれたので皇子のおそばに向かう僕。おとなりにステファンお兄様がいるので、会話に困ったら助けてもらおう。

「ソフィアよ、我が友人のフランだ。ステファンとセブランの弟になる」

「まあっそうですの！　初めましてフラン様。私《わたくし》、聖女ソフィアと申します」

椅子から立ってすぐに礼をしてくれる聖女さん。

僕もアッとなりつつ、

(はじめまして……これは僕を忘れてる！)

としめしめな気持ちでご挨拶。八年前に一瞬会ったことなんて忘れてるよね！

よしよし！　このままの距離感でお話ししていったらフラグなどが立たないのでは！

フスッと鼻息を吐いたら、聖女さんがフフフって笑った。

「私、かつて兄君のセブラン様のお茶会に招待していただいたことがありますの。こんなに可愛らしい弟君がいらしたのですね。お会いできるなんて素敵な運命ですわっ」

「！」

おぼぉぉおおおすでに接点ができてた……！　そういえば何回か我が家でお茶会してた！　バラに感

動してたっけ……。

微笑んでくる聖女さんに、打ちひしがれた気持ちでへへへと笑みを返してたら、見かねたのかステファンお兄様が僕の腰に手を回して席に誘導してくれた。

「フラン、緊張しているな。とりあえず席につきなさい」

「はい……」

「先に水を飲むか？　ああ……甘いものがあるぞ。切ってくれ」

頭がボワっとしちゃった僕の代わりに、ステファンお兄様がお世話してくれる。すみません、ちょっとヌカ喜びのダメージがまだ抜けませんで……。

お皿に切り分けてもらったケーキをフォークでモム、とお口にいれたら、なにこれおいしい！　なに！　素材なに⁉

「フフ、元気になったか」

「んはい！　ありがとうございますステファンお兄様っ」

カボチャ！　これカボチャのケーキだ！　スイートポテトに近いけどもっとオレンジだもん。これは初めて食べましたよ！

さすがステファンお兄様、いちばん僕が好きそうなケーキ選んでくれたんですねっ。夢中になって食べてたら、聖女さんを制止する神官さんの声がした。

「せ、聖女ソフィア、落ち着いてください……っ」

「落ち着いてなんていられません！　ああっなんてお優しい兄君と素直な弟君……！　素晴らしい兄弟愛ですわ！　この感動を神に捧げましょう！」

ボワー!!

目の前がピンク色に染まり僕の意識はそこで途絶えたのでした。


「んあ」

目を開けたら絨毯《じゅうたん》が見えた。ふわふわのやつ。

「起きたか」

「ステファンお兄様」

ステファンお兄様に担がれてたらしい。抱っこされてるのに床が見えるって、ステファンお兄様、抱っこの仕方が負傷兵を運ぶのに近い。おなかに圧迫はないけど、昔のキティを思い出しちゃう。騎士って人を運ぶときみんなこうなのかなぁ。

「ん、起きました」

「うむ、よかった。回復力が上がっているのかもしれないな」

ちょっとぼんやりしてるけど元気！　聖女さんの祈りを目の前で浴びて、ふ〜って意識が遠のいたの覚えてる。なるほど、至近距離はダメってことですな。

前は三時間くらい寝てたけど、今はどれくらい経ったのかな。ステファンお兄様が回復力が上がってるって言ってくれたってことは、僕、早めに起きられたんだね。……これはやっぱり強くなってるな！

ずんずん。ステファンお兄様が歩きつづけてます。僕、もう起きてるのに。

「ステファンお兄様」

「うん？」

「僕、歩けます」

「そうか」

ずんずん。

（？？？　伝わらない）

「ステファンお兄様」

「うん？」

「どこに向かってるのですか？」

「城のゲストルームだ。ラファエル皇子が提供してくださった」

伝わってる。僕のお話は伝わってるけど、降ろしてくれないのはなんでなのかなー。

ちょっと考えたけどわからないから、僕はステファンお兄様の肩にポスッとほっぺを乗せてふすーっと息を吐いて力を抜いた。ムキムキでしっかりしたステファンお兄様の肩でぐんにゃりする僕。

降ろしてもらえないなら、目的地まで運んでもーらお！

「ふふ」

ステファンお兄様がなんか笑ったけど、いいです。楽なのでちょっと甘えておくことにした僕。

ときどきステファンお兄様の部下とか知り合いの人とすれ違うも、僕は寝たふりをしてるのでご挨拶もせんですよ。視線を感じるものの、すみません。今日はちょっと貴族をサボります。

そうしてたら扉が多めな人気《ひとけ》の少ないところにつれて来られて、ある一室の前でステファンお兄様がとまった。うすーく目を開けて気配を確認したら、使用人らしき人がこの部屋の前で待機してたみたい。ここがゲストルームなのかな。

「お待ちしておりました。どうぞ」

「うむ、ご苦労」

使用人が開けてくれた扉から中に入るといい香りがした。おおーお城ってゲストルームにもいい香りさせてるんだ。

トレーズくんは僕の家のゲストルームに泊まるけど、お花飾るくらいしかしてなかったような……あっウエルカムドリンクはあったかな？　お茶飲んでた気がする。お菓子はなかった。これは間違いない。つぎにトレーズくんが来るときはお菓子用意しておこう。

「フラン、降ろすぞ」

「へい」

ベッドまできたステファンお兄様が前屈《かが》みになるから、僕もコアラのようにしがみつきつつ、ベッドに着地できるようがんばる。ロッククライミングってこんな感じかもしれない。ふおおお、指、指を離しますっ。

(ふっ、ふわふわ。ふわふわベッドだ！)

お背中が着地したらベッドに仰向《あおむ》けに寝る。そのベッドがまぁふわふわ！　マシュマロでできてる!?

「はふぅぅー」

「ふふふ、城のベッドは気持ちいいだろう。我が家は固く作らせているから、フランには新鮮かもしれないな」

「はい、雲の上で寝てるみたいです」

「そんなにか」

ハハハと笑うステファンお兄様。というか僕んちのベッドって固めだったんだ。なんでそんな苦行を……。

「では、フラン。この雲のようなベッドでしばらく休んでいなさい。芯から回復したら帰ろう」

「ステファンお兄様、僕、もう元気な気がします」

「そうか。寝なさい」

頭を撫《な》でる流れで目を閉じるようにされた。すごい寝かせようとしてくる。……うむ。目の前が暗くなると、自動的に眠くなってくるなぁ。

「ステファンお兄様……僕、寝そうです」

「ふ、良い子だ」

もう片方の手で、僕のおなかをポンポンと軽く叩いてくれた。

「あ、その前に」

「うん？」

「聖女さまは大丈夫ですか？　僕、倒れちゃってなんか、こう、問題になったり……」

僕、これでも公爵家の人間だからそういうの大丈夫だったかな。聖女は帝国の中から独立した権力だから平気かも。あっ!?　待って。むしろ聖なる力で倒れた僕ってどうです!?　悪？　悪の疑いが持たれてませんかっ。

「ああ……」

ステファンお兄様がめちゃくちゃ苦いお顔してる。な、なにかあったっぽいぃぃ！

「じつはフランと同時に聖女も倒れた。魔王封印の直後に祈りを発動したため、魔力切れになったそうだ」

「え、えへぇぇぇぇ……！」

な、なんかかわいそう！　大丈夫なの!?

「昼食で放出した魔力は微量だったようだが、それが最後まで使い切った証《あかし》なのだろう。今頃は、看護とポーションなどを使って回復させつつ、別のゲストルームで休んでいるはずだ」

「だいじないのですか」

「ああ、大丈夫だ。以前も同じことがあったとラファエル皇子が仰《おっしゃ》っていた」

そうなんだ。よかった。

なんでもなさそうだったのでホッとしたら僕は気づいた。

（もしかして、微量の魔力で倒れたから回復早かったのかな……？）

僕が強くなったからではない……？　う、うあー！

## †トレーズくんが来る日の準備

ちょっと日差しが強くなってきた公園で、屋台で買ったランチを食べる。冷たいのがいいなぁ、と思ってたから、今日はクレープ生地に挟んだ冷やしポテトサラダ買ってみた。懐かしい感じがしなくもない。

「こぼしそうなもんなのに食い方上手《うま》いよな」

「んむ」

たしかにクリームみたいなポテトがあふれるけど、食べ方はね！　習いますからね！

こぼさないように小さくかじりつきつつ、トレーズくんを見たらもう食べ終わってた。かなり大きいお肉食べてなかったっけ。トレーズくん、体も大きくなったし筋肉ムキっとしてきたから食べるのもすごいんだね。

それはそうとお待たせしてるのは間違いないから、ちょっといそぐ僕。

「あー気にしねぇでゆっくり食え。で、今日はこの前採ったハーブの入浴剤持ってくな」

「ヒソップ！　蒸留できたの？」

「おう、なかなかいい香りだぜ。ああそれと、奥様方は前回と同じでいいのか？」

「うん！　アラベルおねえ様がミルクのやつ気に入ったみたいだよ！」

「わかった」

トレーズくんが嬉《うれ》しそう。がんばって作ったのだもんね、好きって言ってもらえるの嬉しいよね！

「んふふ」

「なんだよ」

「僕ね、トレーズくんのこと好き！」

「ふはっ！　俺も好きだぜ」

「んへへへへへへへ」

　噴き出したトレーズくんにポムって頭に手を置かれた。頭を包まれてるみたいで気持ちいい。ポテトサラダでお口もおいしいし、しあわせ！


　おうちに帰ってきて着替えてたらハッとした。

「トレーズくんにお菓子用意するんだった！」

　昨日思ったのにすっかり忘れてた。僕は慌ててシェフを呼ぶようにお願いしたら、数分後に息を切らせたシェフが来てくれた。

「ぼっちゃまお待たせいたしました！」

「ん！　あのね、夜にトレーズくんが来るでしょう。それまでにお菓子作ってゲストルームに置いておきたいんだ。例えばアップルパ……は夕ごはんに出るや。夜食だし、もっとさり気ないやつがいいかな」

「クッキーはいかがですか。野菜を練りこめばいつもと違うお色になりますし、栄養も取れますよ」

「んあーっ気がきいてるぅ！　いい！　とてもいい案だよシェフ！」

「はっ、恐れ入ります」

最高なウェルカムお菓子ができてしまいそうだ。シェフにお願いして、夜までにゲストルームに置いてもらうことになった。んああ、ちょっとそわそわする！

夕方になるといつものようにトレーズくんがやってきて、今回はアラベルおねえ様がお肌の相談をするみたい。グレンもいっしょになって真剣にお話を聞いてるのが可愛《かわい》い。僕はそのあいだにヒソップの入浴剤をもらってウキウキしながらさっそくお風呂に。

結果。サイコーです！　いい香りだしなんかさっぱりした！　夏になったらたくさん使うだろうなぁ。

「あ、キティ。これはお客さんが使わないところに置いておいてね。お父様にも使わないでねって言っておくから」

「かしこまりました」

お客さんが使ってるの知ったら悲しそうだった。だからトレーズくんが僕のために作ってくれたのは、これからはなるべく僕だけが使うのだ。

お風呂から出たら、トレーズくんたちは食堂に移動したみたいでちょうど夜ごはんのお時間。

今夜もお父様もお兄様たちも遅くなるから、アラベルおねえ様とグレン、僕とトレーズくんだけでディナー。グレンがトレーズくんに慣れてきてて、ちょっと話しかけたりしてた。

僕もしっかりアップルパイを食べて、お野菜とお肉もゆっくり食べる。たまにスープとかリンゴジュースを挟むのがコツだ。そしたら最後までおいしく食べられる。

ごちそうさまをしたらグレンはもうおねむのお時間。

「フランおにいさま、ごいっしょにねたいです」

「グレン、今夜は諦めなさい。知っていて？　コイジを妨げる者はケンタウロスに張り手をされるそうよ。グレンもドーンとされてしまうわ」

「は、はりて…………。フランおにいさま、ぼくはおへやに戻ります。おやすみなさいませ」

「う、うん。おやすみグレン」

しゅんとしながら帰路につくグレンを、玄関から手を振って見送る。薄暗くなってきたけど、アラベルおねえ様の魔法でその周りだけ明るかった。たまにグレンがクリッと振り返って僕を確認するから、そのたびに大きく手を振って「見てるよ、いるよ」と合図して、見えなくなるまで立ってた。

よし、無事に帰ったかな！

満足した僕はお部屋に帰らず、そのままトレーズくんとゲストルームに向かう。

「仲いいんだな」

「うん！　グレン可愛いんだよ。僕の弟みたいなんだ」

「フランお兄様って呼ばれてたもんな」

「そう！」

僕がお兄様みたいなものなのです！　ムフーッて得意になって胸を張ったらトレーズくんが笑いながら頭を撫《な》でてくれた。

そしてゲストルームの扉を開ける。

「ん、なんだ？　クッキー置いてあるぞ」

「あ！　そうそうっそれね、トレーズくんへのウェルカムお菓子！」

入ってすぐのテーブルにバスケットにキレイに並べられた色とりどりのクッキーがあった。小さめで夜食によさそう。さすがシェフ、いい感じに作ってくれた！　なんかお部屋もちょっと甘いバターの香りがしてるし。んはぁああ、良い！

「ウェル……なに？」

「よく来てくれましたっていうお菓子だよ。おなか空《す》いたら食べてね！　お野菜入れたから栄養もあるんだって」

「栄養が……？」

なんだか呆然《ぼうぜん》としたトレーズくんがクッキーを一枚摘《つま》んで食べた。どう？　どう？

「……うめぇ」

「よかったー！」

（…………んあ？）

クッキーむしゃむしゃしてるトレーズくんの眉間がキュッとなってる。あれ、甘いの苦手だっけ。記憶にないけど……。

「トレーズくん、どうかした？」

「いや、なんでも……あーフラン」

「んう？」

「このクッキー……その、持ち帰ってもいいか？　ガキ共に食わせてやりてぇんだ」

そういうのはマナー違反か、って目を伏せながらでも真剣に聞いてくるトレーズくん。なるほど、スラムの子たちに食べさせたいんだね。

まったく、なにを言ってるんだね！

「いいよ！　それはトレーズくんのなんだから、持って帰ったり子どもたちにあげるのは自由だよ！」

僕だってお父様の執務室からおやつ持ち帰りましたしね！

「助かる」

ホッとして嬉しそうなトレーズくんに、僕もお菓子用意してよかったなって思ったのだった。

よいしょ、ってトレーズくんのお膝にお顔が見えるように乗った。またぐみたいになるけど安定してる。落ちてもベッドは高さないし、床は絨毯だから大丈夫。

「動きに迷いがなさすぎる」

じっとしてくれてたトレーズくんが、僕のお背中を支えてくれた。

「トレーズくん、僕のことくんくんしてみて！」

「ああ？」

「早く早くっ。……ヒソップの香りするでしょー！　入浴剤とってもいい香りで気持ちよかったよ。さっぱりして夏用に最高でした」

そうっと首もとにお鼻を近づけたのを確認して、僕は自慢するみたいに言った。僕のお手柄ではないけどね！　僕の恋人のお手柄だけどね！

「おお、けっこう香り残るんだな」

「んへへ。トレーズくんも好き？」

「ああ。薬草って効果が高そうな印象で良い」

「トレーズくん、薬草茶好きだもんねぇ」

たまにトレーズくんのお店でハーブのお茶を飲ませてくれるけどお薬っぽさがすごい。ポーションとは違う、なんていうか……漢方薬みたい。トレーズくんはそういうの好きなんだって。僕はいただいたときは息を止めて飲んでます。

「はあ……癒やされる」

僕の肩にお顔を埋めたトレーズくんがギュッとしてきたから頭を撫でてあげた。よしよし。

「トレーズくんはがんばっててえらいなぁって僕は思ってるよ」

「ふ……っなんだよそれ」

お顔を上げたトレーズくんの目を見て、ちゃんとお伝えしよう。

「僕ね、トレーズくんのこと大好きだけどお兄様たちと同じくらいにソンケーしてるんだよ。冒険もお店もがんばってて、強くなってるし、そうゆうとこがね、大好き！」

お口にチュッてしたら、目をまんまるにしたトレーズくん。んふふふ、驚きましたかね。

ふふんって得意なお顔してたら、目をすがめたトレーズくんが、お鼻にかぷってしてきたので、僕はびっくりしてお顔を真っ赤にしたのでした。

まったく！　イケメンは困ったものですな！

## †イエミツに異変が起きてた

その日、僕は衝撃的な光景を目の当たりにすることになった。

「イエミツ、卵できてる……！」

窓辺に置いてたヒカリゴケのイエミツが、小さい卵を先端にくっつけてた。

「いい、いつできたんだろ!?　ふぉおおおお初めて見たぁ……へぇぇぇぇ」

まさか本当に僕のところで産卵するとは思ってなかったからびっくり。窓のところに膝立ちになって、ほほぉ、とかはへぇ、とか言いながらじーっと観察。コケ自体大きいものじゃないから、白い卵は一ミリくらい。イエミツの魔力は黄色だからかうっすら黄色がかってる気もするけど、小さすぎてよくわからない。

「そうだっ教授にご相談！」

思い立って慌てて外出の準備をする。

今日は学校行く日じゃないし、もうお昼過ぎてるけど教授はお部屋にいるかな。どこかに食べに行っちゃったり、お出かけしてるかもしれない。

(手がかりないから直接行くしかないの不便だなぁ……メールとかできたらいいのに)

この世界に生まれて思う不便なことベスト3にランクイン。一位と二位はいま思いつかない。コンビニとかかなぁ？　とにかくメールだけあったほうがぜったい便利！

メイドに手伝ってもらってササッと用意できたら馬車にのってすぐに出発。イエミツはお膝の上。

外を見たら街の人たちもお仕事終わったみたいで、ごはん食べたりお友だちとお酒飲んだり楽しそう。

お相撲とってる上半身裸の人たちとか、教会の人が奉仕活動してるのも見かけた。

街に住むのも良さそうだなぁ。

「ぼっちゃま、到着いたしました」

「え、もう？」

気づいたら学校兼教授たちのアパート前。いつもは手前で降ろしてもらって歩くからもう少し遠く感じてたんだなぁ。

「それじゃあちょっと行ってくるねー！」

「あっお待ちを！　私どもも参ります」

馬車を降りて教授の住む三階へ突入！

扉をトントントンってノック。……返事がない。

「お留守かなぁ」

むーん。お部屋の中は見えないし、ちょっと待って帰って来なかったら次の授業のとき聞くしかない。そのときまでにイエミツに異変がないといいんだけど。

ふと視線をイエミツに落としたら、イエミツの卵にオレンジの光が群がってた。

「んああ!?　なにこれ、えっな、……なにー!?」

思わず片手ではらったけどフワ……と散ってすぐ戻ってくる。よくわかんなすぎて、めいっぱい腕を伸ばしてイエミツと距離をとってみる。イエミツ平気なのっ!?

「ぼっちゃま！　いかがなさいましたか!?」

「キティ、キティ！　イエミツが光ってるぅー！」

「イッ、イエミツがですか……！」

うあーん！　キティには見えてないみたい。ほんとにどうしたらいいっ。

あわあわしてたら階段を登ってくる音がして、そっちを見たら教授がいた。僕たちを見て驚いたお顔してるけど、教授の……教授がオレンジの光まみれだよぉ！

「んひゅいいいいい」

あーっ教授がオレンジぃ！　なんで！　あんな光ってる人間はじめて見たよぅ！　召される人しかああならないんじゃないい!?　き、教授があのオレンジにとり憑《つ》かれて召さ……！

怖い想像に思わず壁にビタン！　てお背中をつけて、ひとりで追い詰められる僕。教授もキティもすごく戸惑ったお顔で動きを止めてくれた。僕自身もなんでかわからないけど、ああやって光ってるのすごく怖いんだよぅ。

「ふへ、ふへ……っ」

「ぼ、ぼっちゃま、落ち着いてくださいませ」

「フラン様、わ、私が何かしましたでしょうか」

階段を登りきれないで僕の様子を窺《うかが》ってくれる教授。体からオレンジ色の発光体が数粒、ふわふわ〜ってこっちに向かってきた。動けないでいる僕の、伸ばした手の上にいるイエミツが目的地みたい。

フワンと着地してイエミツがまた明るくなった。

……全部イエミツにくっついたら教授は助かるんじゃゃ!?

「きっ教授！　こっち来てぇ！」

「ハ……ハイ！」

ビクッとした教授が階段を駆けのぼって、廊下をおそるおそる歩いてきてくれた。発光体はふわ、ふわってどんどんイエミツに吸い寄せられて、とうとうイエミツがオレンジで見えなくなった。そして教授は数粒のオレンジを残して、本体がしっかり見えるように！

「んあぁあ〜っ教授ごぶじでぇ！」

「えっあ、ハイ。よくご存知でしたね。私は無事です、このとおりピンピンですっ」

「あー！　ピンピンンン！」

やっとホッとしたところで教授のお部屋に通してもらった。相変わらず本とか標本とかが多いお部屋の中で、新しそうな小さいテーブルセットを勧められた。

現在、えらいことになってるイエミツはそのテーブルに置かせてもらう。

「フラン様、もしやこのヒカリゴケは産卵をしているのでは!?」

さすが教授！　メガネをキラッとさせてイエミツにお顔を近づけた。

「はいっ僕も今日の朝気づいたのです！　先についてる白いものは卵ですよね！」

「ええ、ええ！　おそらくそうでしょう！　はぁぁあ、私も実物を見るのは初めてですが、見れば見るほど卵ですね」

ほおーとかはぁーって、今朝の僕みたいな反応してる教授。わかるよ、マジマジ見ちゃうよね！

しばらくテーブルの上のイエミツを挟んで観察に徹する僕と教授。今の僕にはオレンジの光にしか見えないけども！　ぜんぜん消えないしコレなんなんだろ。魔力も強くないから無害って思っていいのかなぁ。

「教授、あのぅ、じつはここに来てからオレンジ色の光がイエミツにくっついてて……さっきは教授にも同じのがくっついてたけど、心当たりありますか」

「え⁉」

さっきどころか今もまだ四つくらいオレンジのついてるけど……教授は気づいてなかった。めちゃくちゃ驚いてる。

「心当たりですか。ううん、発光する未知のものの代表といえば妖精ですが、私はそんなところには行っておりませんし……メラピ山も魔力はあるでしょうが妖精や精霊の目撃談はなかったと思います」

「メラピ山？」

どうしてメラピ山のお話挟んできたんだろ。あそこは今レッドドラゴンさんの別荘地になってて、お父様とか騎士たちが警戒にあたってたと思う。おとなしく寝てるみたいだから、特に攻撃とかしないらしいよ。

（レッドドラゴンさん……オレンジの魔力）

ピンときた。これは僕の頭脳が答えをはじき出してしまったな！

「教授、レッドドラゴンに会いに行ったんですか」

「え、ぁはい。一泊二日で会ってきましたよ。あれ、ご存知だったのでは……？」

「知らなかったよぅ！　なにそれ大丈夫だったんですかっていうかよく山に入れましたね⁉　いやまずドラゴンにって会うってなにぃぃ」

前世でも野生動物を見に行く観光とかあるけど、ドラゴンはダメだと思うよ！　たぶん肉食だし、魔法も使える生物なんだからイノチの危機は少なくないよ！

「はいっ！　公爵家からいただいたお給金で早馬を借りまして！」

ありがとうございますって笑顔で言ってくるぅ。

「なにしに行ったんですか」

「あ、ええ。王国でドラゴンから剣を抜きましたでしょう？　あのとき、喉を傷つけてはいないかずっと気になっていまして。小さなキズでも自然の中で生きる動物には致命傷になることもありますから」

そんなときメラピ山に飛んでくドラゴンを見て意を決して行ったらしい。なんであんな上空が見えたのかは、同じくお給金でメガネを新調してたからだって。ぐぅぅぅ……だいたい僕が遠因になってるぅ。

なんかうつむく気持ちでいたら、イエミツに群がってた光が動いてた。なにかあった……？

「むっフラン様、いくつか卵が消えました」

「んええ？」

ふたたび教授とイエミツにお顔を寄せる。

「あーっ卵食べられてる！」

「エサなのでしょうか」

冷静！　教授が冷静！

僕も見てみたら苔《こけ》の先にあった卵が少しだけない。イエミツの卵がオレンジの発光体に食べられてるらしいのがわかり、手ではらってみるけどぜんぜん退《ど》いてくれない！　一瞬離れるけどすぐ戻る。食べるペースは遅いから全部食べちゃうことはなさそうだけど……でも！

「食べないでよぅ！」

「……フラン様。私が原因かもしれず、大変申し訳ございません」

オレンジ色のこと言ったから教授が責任を感じてる。

ううぅ、教授は悪くない。悪くない、責められないよぅ。

「そのうえで……大変申し上げにくいのですが、これはもしかすると正しい流れかもしれません」

「えええ」

「コケの卵は一日で消えると言われています。原因はその光なのかもしれないと思います……元凶が私なのは変わりませんが」

なにそれぇ！

納得したくなかったけど、たしかに光は卵のあるところに浮いてるし……。そのあと教授と資料読んだりルーペでしっかり状態を見たりしたけど、解決はできなかった。

おうちに持って帰った僕は、とりあえずイエミツにいつもより濃いめのポーション割りのお水をあげたのでした。

エピローグ

# 来年も大好きな人たちと

Akuyaku no Goreisoku no Dounikashitai Nichijyo

イエミツをお庭の木陰に置いて眺めてる。

なにかの陰になってるとオレンジの光がどれだけいるか見やすいのだ。

「楽しいかい」

「はい」

発光体がイエミツにくっついて卵食べて、でもイエミツは次々卵つけるから無事で、観察してて面白いんだよ。

っていうなんとなくの感覚をまっすぐに聞いてくるのは我が帝国の第二皇子です。僕がしゃがんで観察している背後でシュッとして立ってる。興味はあるけどすっごく見たいってわけじゃない、というお気持ちかなぁ。

「いま何体いるんだい?」

質問はしてくれる。

「いちにぃ、んと、五体くらいです」

「ふぅん。それが多いのかわからないけれど、フランの苔《こけ》を食べるのだからお礼に来るといいね」

「お礼ですか」

「そうだよ。フランはとても大切に育てているだろう。美味であった、とか馳走《ちそう》になっただとか一言あっても良いと、わたしは思う」

「皇子……っ！」

育てる人の気持ちわかってくれるっぽいぞ！

僕があげた猫型のヒカリゴケは「いつの間にか苔が消滅した……」としょぼんとしてた育てるのお下手なあの皇子がっ！

思わずバッと振り返ってまじまじ見上げちゃう。

よく成長しましたね。

「なんだいその顔は」

「んふふ、皇子がご立派だと思ったのです」

「……褒め言葉だな」

「はい！」

ニコニコしてるのは僕だけじゃなくて、皇子のお付きの人たちもだ。わかる、わかるよ。情緒がいい感じですよね。

不審そうなお顔の皇子とテーブルにつく。

お菓子もお茶もたくさん用意してあるけど、皇子にイエミツのこと聞かれて見せてたからまだ食べてないんだ。

「それで。体調はどう」

紅茶を一口飲んだ皇子が聞いてきた。主語なし。

けど今日の訪問は、この前お城で倒れた僕に皇子がお見舞いしに来るみたい、って今回はシツジから情報収集してたので！　即座に反応できてしまう優秀な僕。アップルパイのおかわりを指示する余裕すらあるのだよ。

「はい。あの日はすぐに目覚められてそのあとはずっと元気です。お部屋をお貸しくださり、ありがとうございました！」

「うん、フランが元気なら良い。わたしを挟んでソフィアとフランが同時に倒れたときは相打ちでもしたのかと慌てたけれどね」

んうう、当たらずとも遠からずぅ。相打ちといえばそうだけど聖女さんは自爆に近い気がする。女の子って倒れても平気なのかな。僕は男の子だから体が強いけど、女の子ってどうなのかなぁ。

前世でやったゲームでは聖女はメインヒロインで可愛《かわい》いイメージだった。あ、でも今はちょっと違う感じするな……強くなってるということでしょうか。

「せ、聖女さまは大丈夫でしたか。僕はあのあとお会いしていません」

「うむ。彼女もすぐに目を覚ましていたようだよ。精神的にとても強い人だし、倒れるのは慣れているそうだから」

つーよ！　間違いなくお強い。聖女になるのも早かったし、そろそろステータスもカンストしてるんじゃないかな……へへへ、敵になったら僕、霧散させられちゃうかも。大人しくせねば。

フスンッと鼻息を出してたら、皇子がティーカップ持ったままちょっとうつむいてる。ぬぬぬ、なんかまた落ちこんでるです？

「皇子、あの、どうかしましたか」

僕でよかったらお話聞くよ！

長い付き合いだから内心ではもうすっかりお友だちの感じなんだよ。なんとかしたいって思うくらい、皇子が好きになっちゃってるもん。

「ここに来る前にソフィアに会ったのだ」

「聖女さまに」

「教会に寄ることがあってね。息災のようであったし、フランが倒れたことを聞いたらしくとても心配していた」

優しい。聖女さんがちゃんと優しい。さすがメインヒロインの人だ。聖女パワーのことばっかり考えてた僕、反省である。

皇子は僕のカットウに気づかなかったみたいで、紅茶をまた一口飲んだ。

「……昼食会は波乱となってしまったけれど、フランもソフィアも互いを心配していて、そうだな、それにまた誘っても快く来てくれるだろう。こうして気軽に茶を酌《く》み交すことが容易であるし」

「？　はい」

「ふふふ。うん、そう、だからそれが、わたしはとても嬉《うれ》しいと思ったのだ」

皇子は考えながらお話ししてくれて、最後に僕を見てニコッとしてくれた。うぐぅ、イケメンだからキラキラしてる。

そんでまたティーカップに視線を落とすけど、あれは落ちこんでるんじゃなくて嬉しいとか照れちゃうなって気持ちみたい。

「フラン」

「はい」

お顔をあげて僕のお顔を見てくる皇子。

「わたしはフランと友になれてとても嬉しく思っている」

「僕もです！」

けっこう昔から心友じゃんね！

ニッて、前世の友だちにしてたみたいな笑顔をしちゃう。

貴族に向ける丁寧な笑顔じゃなかったから、皇子は一瞬驚いたお顔したけど、皇子もちっちゃい子みたいに声を上げて笑ってくれた。

のんびりした一日。きっと明日もゆるゆる楽しく過ごせそうです。

『アスカロン帝国戦記』が本格的に始まる15歳まで、もうあと一年もなくなっちゃった。

勇者のあっくんは着々とレベル上げてるし、皇子もはお城にいるけどかっこよくなったし、聖女もお祈りのプロになった。

お兄様とも仲良しだし、お友だちもできたよ。ゲームが始まって僕が悪役になったら、大好きなみんなとお別れになるかもだ。そんなのやだもん。どうなるのかわからないけど、僕は僕なりに一生懸命がんばろう。

ずっと仲良しでいられますように。

僕は決意を新たに、気合いをいれるのでした。

# あとがき

5巻をお手に取っていただき、ありがとうございます！

念願だったフラン14歳のお話も書籍にしていただくことができて、とても嬉しいです！　ひとえに読んでくださる皆様のおかげです！　本当にありがとうございます。

フランがゲーム時間で悪役貴族として本領を発揮する日まで、ついにあと一年ほどになりました。今まで頑張ってきたよい子生活の結果が見えてきそうです。アスカロンも徐々に変化しているような……？　とはいえ、フラン本人は元の性格ののんびりさのおかげで、あまり危機感がない日常を過ごしています。大好きな家族やお友達も増えて、少しドキドキも経験しつつ、充実した公爵家三男日常を満喫中です。相変わらずで、ゆるゆるふわふわ冒険するお話を楽しんでいただけたら嬉しいです。

最後になりましたが、今回もかわいくてかっこいい素敵な挿絵を描いてくださったコウキ。先生、本当にありがとうございました！　成長したフランたちが拝見できて嬉しいです。表紙が1巻と対になるサプライズにも感動いたしました。皆様にも、ぜひ表紙を並べてみていただきたいです。

またコミカライズのふわいにむ先生も、ちいちゃい頃のフランたちのお話を引き続き描いていただけるようで嬉しいです！　ありがとうございます！

これからも頑張りますので、よろしくお願いいたします！

# 悪《あく》役《やく》のご令《れい》息《そく》のどうにかしたい日《にち》常《じょう》5

初出……「悪役のご令息のどうにかしたい日常」
小説投稿サイト「ムーンライトノベルズ」で掲載

2024年6月5日　初版発行
2024年7月22日　第2刷発行

【著者】馬《うま》のこえが聞《き》こえる
【イラスト】コウキ。

【発行者】野内雅宏

【発行所】株式会社一迅社
〒160-0022
東京都新宿区新宿3-1-13　京王新宿追分ビル5F
電話　03-5312-7432（編集）
電話　03-5312-6150（販売）

発売元:株式会社講談社（講談社・一迅社）

【印刷・製本】大日本印刷株式会社
【DTP】株式会社三協美術

【装幀】AFTERGLOW

ISBN978-4-7580-9648-5

おたよりの宛先
〒160-0022
東京都新宿区新宿3-1-13　京王新宿追分ビル5F
株式会社一迅社　ノベル編集部
馬のこえが聞こえる先生・コウキ。先生